KB154632

피아노 급히 삽니다

피아노 급히 삽니다

정은구 장편 소설

목   차

프롤로그

수리에게.

마주치면 주려고 언제나 교복 주머니에 사탕을 넣어 다녔다. 사탕을 주고 싶은 마음은 용기가 없어 자주 허물어졌다. 오늘은 줘야지 했다가도 막상 마주치면 오늘 말고 내일, 하면서 헐리곤 했다. 내일은 너무 금방 왔고 마음의 준비가 안 됐으므로 매번 다시 내일이 오길 기다리는 걸 반복했던 그때. 조그맣게 쓰리다고만 생각한 내상이, 반창고를 붙일 만큼만 아픈 거라고 짐작한 증세가 차근차근 심각해져 갔다.

졸업하는 날엔 전해 주지 못한 사탕을 쥐고 자꾸 뒤를 돌아봤었다. 그렇게 끝났다고 여긴 마음이 우연 몇 번에 흔들린 걸 보면 나는 너를 아주 단단히 좋아했던 모양이지. 그러니 지금도 사탕을 주고 싶은 거겠지. 날마다 화이트 데이 같고.

1

분리수거를 하러 나온 길이었다.

어제까지만 해도 보이지 않던 광고지가 공용 게시판에 붙어 있다. 수리는 들고 있던 상자를 발치에 천천히 내려놓았다. 허리를 숙이자 긴 머리카락이 왼뺨으로 흘러내렸다. 가슴께까지 길게 기른 머리카락은 햇볕 아래에서 더욱 윤기가 흐르는 갈색이다.

수리의 머리카락으로 말하자면 얽힌 이야기가 많았다.

고등학생 시절 몇몇 친구들은 그녀를 갈색 머리 수리라고 부르곤 했다. 걔 갈색 머리 수리, 말 없는 여자애. 늘 서늘하더니 오늘은 좀 웃네. 그렇게들 수군거렸다. 제일 처음 누가 지었는지 모르겠지만 수리는 그 별칭이 마음에 들었다. 잊을 만하면 입에서 입으로 전해지는

13

말이었고, 그래서 계절풍 같다고 생각했다. 빨강 머리 앤처럼 입에 잘 붙고 어느 누구에게든 쉽게 새겨지는 말이었으니까.

갈색 머리카락은 엄마에게서 물려받은 것이었다. 물론 그 외에도 많은 것들을 물려받았지만, 엄마와 나란히 서 있는 수리에게 사람들은 호들갑스럽게 모녀의 가장 도드라진 특징을 말하곤 했다. 어머, 누가 수명이 딸 아니랄까 봐 머리카락까지 밤색이야, 했다.

가끔은 다른 말을 듣기도 했다. 수명이 딸이라 그런지 얼굴이 하얗네. 역시 피는 못 속인다니까, 같은 말들.

수리는 테이프를 지저분하게 뜯어낸 상자를 보며 멍하니 생각했다. 다른 건 다 물려받아도 엄마로부터 '그것'만은 물려받지 않았다면 좋았을 텐데.

수리에게 그건 타고난 불행이자 고집스레 묶여져 풀릴 수 있을까 늘 미심쩍은 저주였다.

언제쯤 풀릴지 의심하고 또 기대하는 일에 익숙해진 지 오래. 오랫동안 앓아 온 슬픔이 또다시 속에서 굴러다닌다. 구르고 굴러 간신히 아문 어딘가를 건드린다.

한번 흠집 나면 아물지 않는 상처도 있다는 걸 잘 알고 있다. 이제는 받아들이자고 다짐했고 어느 정도 맷집이 생긴 낯익은 통증이었지만, 사람 마음이라는 게 뜻대로만 되는 게 아니어서 견딜 만큼만 아프다가도 모르는 사이에 격통이 몰려와 눈물이 고일 때도 있었다.

수리는 표정 없는 얼굴로 천천히 숨을 들이마시고 내뱉었다. 상자 안에는 여러 전단지와 신문지가 비죽 튀어나와 있었다. 얼마 동안 그 것을 바라보다가 다시 아파트 공용 게시판 쪽으로 고개를 돌렸다. 출입문 앞에 서 있으니 자동문이 열렸다 닫히길 반복한다.

겨울 찬 바람이 시간차를 두고 불어오자 게시판에 붙어 있는 여러 가지 전단지들이 조금씩 펄럭였다. 수학 과외 모집과 알뜰 장터 안내문, 구청 강당에서 열리는 청소년오케스트라 연주회. 그리고……

"……피아노 급히 삽니다."

수리의 시선이 그 광고지에 오래도록 머물렀다.

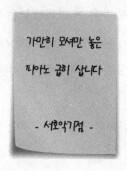

가만히 모셔만 놓은
피아노 급히 삽니다

- 서호악기점 -

큼직한 광고 문구에 어쩐지 자꾸 눈이 갔다.

집 안에 들였다가 결국 처분하고 마는 피아노를 마지막까지 악기로 여기는 사람이 많을까 짐 취급 하는 사람이 많을까, 생각하는 수리의 안색이 어두워졌다.

피아노를 급히 사려는 누군가의 연락처가 광고지 하단에 나뭇잎처럼 매달려 있다. 달랑 하나 붙어 있었고, 그마저도 누가 뜯다가 말았는지 반쯤 떨어진 채다. 게시판에 내걸린 지 얼마 안 된 광고지가 많은 주민들의 관심을 받고 있다는 건 분명했다. 수리는 피아노, 삽니다, 작게 중얼거리며 오른발 끝으로 바닥을 툭툭 찼다.

누군지는 몰라도 피아노가 정말 필요한 모양이라고 생각하며 손을 뻗어 마지막으로 남은 연락처를 잡아뗐다. 종이 뜯기는 소리가 가볍게 허공을 찢고 지나갔다. 그것을 반으로 접어 청바지 주머니에 조심히 넣고는 상자를 들었다.

분리수거를 하는 동안 방 한편에 조용히 버티고 있을 갈색 피아노를 떠올렸다. 건반을 누른 지 오래된 낡은 피아노. 오래전 열일곱 살이었던 수리의 지문을 마지막으로 어떤 사람의 흔적도 남아 있지 않은 피아노. 한때 소중했으나 이제는 먼지만 켜켜이 내려앉아 있는…… 작은 피아노.

스물아홉 번째 생일을 한 달여 앞둔 수리는 충동적으로 피아노를 팔기로 결심했다.

수리의 집은 좀 특별했다. 말하는 대로 어떤 일이 이루어졌다. 어떤 소망이나 확신을 품고, 너 무엇 무엇 하리라, 하면 그 말이 정말 이루어지는 식이었다. 열에 다섯쯤은 들어맞았으니 절반의 확률로 생기는 기적이었고, 능력의 범위나 확률이 너무 성의 없어서 단순히 신기

16

같은 것으로 치부하기엔 부족했다. 무엇보다 미래를 점치는 말이라고 보기에는 딱 한 발만 앞선 예고여서 사람에 따라 그저 우연이 빚어낸 일처럼 받아들일 수도 있었다. 언뜻 내뱉은 그 말이 누군가 다치거나 생명이 위태롭게 하지만 않는다면.

처음에 엄마는 그 능력을 선물이라고 했다.

아빠가 죽기 전까지는.

아빠는 엄마가 말하는 대로 죽었다. 평소에 옷이나 구두 사는 일에 지갑 여는 법이 없던 아빠는 한번 산 의류를 해질 때까지 입고 다녔고 그런 아빠를 죽인 건 엄마의 "멋 부리다 얼어 죽지." 한마디였다.

멋이라니, 아빠는 단지 겨울용 양복이 없었을 뿐인데.

그해 첫 한파 주의보가 내린 이른 새벽. 아빠는 환절기용 정장을 입고 출근했다가 얼어 죽었다. 디자인이 세련된 그 양복을 입고 한겨울에 눈을 감고 말았다. 버스 터미널까지 걸어가던 아빠가 손을 떨며 쓰러진 그 시간에 왜 자고 있었을까, 두고두고 후회하지만 별수 없다. 그때 수리는 아침 8시에 간신히 일어나는 초등학생이었다.

어쨌든 아빠가 그 양복을 입을 때마다 차인표보다 멋있지 않냐고 너스레를 떨던 게 기억나는 걸 보면, 아주 조금은 멋을 부렸기 때문에 아빠에게 심근 경색이 쉽게 온 거 아닐까 싶기도 했다.

다녀올게, 그 말을 남겨 놓고 차갑게 죽은 아빠 때문에 엄마는 말을 잃어버렸다. 남편이 제 말대로 정말 얼어 죽으리라고는 상상도 못했을 터였다. 방심하다가 흘린 사소한 잔소리가 가슴에 평생 남을 후회를 남길 수 있다는 사실을 알기엔 엄마가 어렸었다. 그토록 조심했는데, 무심코 내 사람을 죽이는 말을 했다는 사실이 젊었던 시절의 엄마를 짓눌렀다.

엄마는 한동안 죄책감에 시달리며 조용히 살았다. 우연일지도 모른다는 생각보다 먼저 괴로움이 찾아왔을 터다.

집안 내력이었다. 정확히는 외가 쪽 여자들에게 전해져 내려오는. 할머니를 거쳐 엄마를 지나 마침내 수리에게도 찾아온 능력이었다. 보통 사람에게는 없는 그 능력은 기어이 겁 많은 삼대를 똑바로 관통해 버렸다.

처음 능력이 발현된 건 중학교에 입학한 지 얼마 되지 않은 날이었다. 아마도 체육 시간. 강당에 모여 피구를 할 때였다. 공에 맞고 아웃당하기 싫어 상대편 아이를 보며 중얼거린 말이 있었다. 놓쳐라, 공. 그 말이 끝나자마자 공격 직전 힘차게 팔을 돌리던 아이가 공을 쥔 채 발을 삐끗하고 말았다. 그대로 공을 놓친 아이는 허탈한 얼굴로 통통 굴러가는 공을 쳐다보았고 수리는 그날의 일을 대수롭지 않게 넘겼었다.

수리의 두 살 터울 언니인 누리에게는 나타나지 않은 능력이었다. 히어로물의 주인공이었으면 꽤 괜찮은 재주였겠지만, 수리는 평범한 사람이었다. 살면서 굳이 범지구적인 정의를 실현할 필요 없는 조용한 여자였고, 원하지도 않은 능력을 감당할 자신이 없었으므로 수리는 나이가 들수록 입이 무거워졌다.

시간이 해결해 준다는 공식대로 엄마는 점점 말을 하게 됐다. 시시한 농담에도 웃음을 터뜨릴 수 있는 사람이 됐는데 수리만은 늘 조용했다. 제게도 능력이 이어졌다는 사실을 알고는 가벼운 농담도 전혀 재밌지 않았다. 농담이 가진 즐거운 기운에 이끌리지 못해서 말을 하지 않았다. 할 수 없었다. 별 뜻 없이 꺼낸 말 한마디가 누군가를 해치거나, 그보다 더 큰 불행을 불러들일까 봐 두려워서 말수가 적어진 것이다.

아빠가 돌아가신 뒤로 가난은 천천히, 그러나 틀림없이 찾아와서 이사를 가야 했다. 어리다고 봐주지 않았으며 기다려 주는 법 또한 없었다.

"왜 말을 안 해? 바보야?"

고만고만한 아이들 사이에서 수리는 금방 눈에 띄었다. 그렇게 전학 간 중학교에서 3학년이 된 수리는 성격이 모난 여자애의 눈에 걸리고 말았다. 배우가 되겠다며 부지런히 떠들던 아이였다. 영어 시간에는 반 아이들 앞에서 자신 있게 "아이 원트 비 어 액트리스." 하던 예쁘장한 여자아이. 롤 모델은 '올리비아 드 하빌랜드' 라던 그 애와 함께 몇몇 애들도 수리를 몰아세웠다.

"너 초등학생 땐 말을 했다면서?"

"못하는 거야, 안 하는 거야?"

"말 좀 해 봐. 말!"

그때마다 수리는 속으로 그 애를 이름 대신 올리비아로 지칭했다. 쏘아붙이는 말 한마디조차 마음 편히 할 수 없는 처지여서 홀로 부리는 오기였다. 미움을 바탕으로 다치게 하지도 않고 너의 이름만은 기억하지 않겠다는, 철저한 무시였다.

앵무새에게 말을 해 보라고 강요하는 것처럼 몰아세우길 몇 번. 어느 날 무리의 우두머리 격인 올리비아가 수리의 손등으로 보온병을 기울였다. 뜨거운 물줄기가 김을 뿜으며 쏟아졌다. 피해야 된다고 생각했지만 피하지 못했다. 아팠다. 손등만이 아니었다.

"얘 좀 봐. 비명도 안 질러."

발갛게 달아오른 손등을 황급히 책상 아래로 감추며 수리는 눈을 부릅떴다. 말은 안 해도 성질은 있었다. 한창 예민한 시기였으니 억눌렀던 분노는 어렵지 않게 증폭됐다.

이젠 안 봐줘.

수리는 이를 악물며 일어났다. 그러고는 깔깔 웃는 올리비아의 명치 쪽으로 주먹을 날렸다. 급소였고, 수리는 하마터면 말이 아니라 주먹 때문에 사람을 죽게 할 뻔했다.

올리비아가 우는 모습을 보며 수리는 고개를 숙였다. 너는 소리 내어 울기라도 하지. 나는 우는 것도 제대로 소리 내지 못하는데. 남들은 모를 두려움이 괴로웠다. 외로웠다. 손톱을 세워 꽉 쥔 주먹이 바들바들 떨렸다.

새 학기가 시작된 지 한 달밖에 안 된 날이었다. 수리의 엄마는 소란스러운 교무실에 가서 수리의 사정에 대해 설명해야 했다. 우리 애는 조금 특별해요. 아주 조금 복잡해요. 무심한 시선들을 받으며 열심히 설명했다.

"믿기 어려우시겠지만 병이 아니에요."

의사와의 상담을 권하는 이웃에게도, 병원에 가서도 이렇게 말했다.

"겁이 많은 것뿐이에요. 저기요, 정말 병이 아니라니까요?"

엄마 딴에는 자신의 병이기도 했으니 현대 의학이 못 미더웠을 것이다. 그래서인지 자신이 세운 울타리 안에서 막내딸이 스스로 입을 열기를 잠자코 기다려 줬다. 그 덕분에 수리는 어느 날 '배고파', '졸려' 처럼 가벼운 말을 하기 시작했다. 비 온다, 만두 먹고 싶어 같은 그 누구도 해치지 않을 말들을.

고등학생 때는 자연스럽게 과묵해진 정도에 다다랐다. 사람들은 수리의 침묵을 사춘기라는 명목으로 눈감아 줬다. 그렇게 고요하게 나이 먹는 일에 열중하는 동안 아빠를 잃은 상실감과 그런 상실감을 준 엄마를 향한 반항심이 차근차근 몸집을 키워 갔다.

말을 하고 쓸쓸해하고, 말을 삼킨 후 화를 내고.

21

불편한 예고를 빗나갈 만한 짧은 인사 같은 건 괜찮았기에 차츰 용기를 냈다.

그러나 누구에게나 그렇듯 수리의 평범한 행복에도 주기가 있었다. 엄마마저 돌아가시고 나서 수리는 다시 말을 잃었다.

딩동.

토요일 오후, 낡았지만 투명한 초인종 소리가 집 안을 울렸다. 하늘 색종이로 비행기를 접고 있던 수리는 의자에서 벌떡 일어났다. 서둘러 방을 나서는데 가슴이 빠르게 뛰어 댔다.

— 서호악기점입니다.

수화기를 들자 현관문 건너의 남자가 점잖게 인사했다.

머리를 쓸어 넘긴 수리는 약간 긴장한 얼굴로 문을 열었다. 피아노를 보러 온 남자는 수리 또래인 듯 보였다. 이틀 전 직접 통화한 악기점의 주인은 중후한 목소리를 가진 남자였다. 중년 남자 같았는데, 전화상으로만 나이가 들어 보이는 걸까.

은테 안경을 쓴 그의 뒤로 문이 닫혔다.

"안녕하세요."

연장 가방을 든 훤칠한 남자가 밝게 웃으며 운동화를 벗었다.

피아노를 급히 사려는 사람은 막연히 나이 지긋한 사람들만 있으리라 짐작했는데 완전히 틀렸다. 수리는 문 앞에 서 있는 젊은 남자를 올려다보며 꽤 당황했다. 방문자의 연령대를 헛짚은 것 말고도, 마주 본 미소가 너무 선명한 탓이다. 입꼬리가 반달 모양으로 올라가 있는 남자는 기분이 좋아 보였다.

"사장님이 급하게 출장을 가서서. 실력은 훨씬 나으니 안심하세요."

남자는 조율사라고 했다. 구입에 앞서 피아노의 상태를 보러 왔다는 말에 수리는 고개를 꾸벅 숙여 보이고는 그를 집 안으로 안내했다.

"가끔 이렇게 사장님 대타를 뛰어요. 악기점 카운터도 지키고요, 주말엔."

따로 묻지 않았는데도 남자는 자신을 부지런히 소개했다. 겨우 한 발 뒤에서 따라붙는 유쾌함이 낯설어서 수리는 마른침을 삼켰다. 머리나 어깨 부근에 닿아 있을 남자의 눈길이 왠지 신경 쓰였다.

"이 피아노군요."

남자는 곧장 방 한편에 놓인 갈색 피아노 앞으로 걸어갔다. 허리를 살짝 숙인 채 피아노를 내려다보던 그가 천천히 돌아섰다.

"SC-300NST."

외계어 같은 말을 중얼거린 남자가 미소 지었다.

"오랜만에 보네요. 90년대에 잘나간 모델입니다."

그는 짧게 깎은 머리를 쓸어 올리더니 들고 온 가방을 피아노 의자 옆에 내려놓았다. 건반 뚜껑을 여는 구릿빛 손이 언뜻 보기에도 커 보인다.

남자를 멍하니 바라보던 수리는 뒤늦게 정신을 차리고는 주방으로 향했다. 냉장고에서 사과즙을 꺼내 유리컵에 따랐다. 누리가 먹으라고 얼마 전에 보내 준 착즙 주스였다. 맑은 금색의 주스를 연녹빛 포도 넝쿨이 그려진 쟁반에 받쳐 들고 가니 남자가 기다렸다는 듯이 마주 보았다.

"고맙습니다."

두 입 만에 컵을 비운 남자가 조금 쑥스러운 미소를 지으며 빈 컵을 건넸다. 남자를 방에 남겨 두고 거실로 나와 소파에 앉았다. 읽다가 만 책을 집어 들었지만 집중이 되지 않아 같은 문단을 반복해 읽어야 했고 그러는 동안 수리는 온 신경이 낯선 조율사에게 쏠려 있다는 사실을 깨달았다. 방 쪽에서 건반 상태를 확인하는 소리가 끊임없이 들려왔다.

다시 피아노와 남자가 있는 방으로 향한 건 그로부터 30분 정도 흐른 뒤였다. 남자가 잠시만 와 보시라고 외쳤다.

"음이 반음 이상 처졌네요. 안 친 지 오래된 것 같은데."

피아노 앞에 무릎을 꿇고 앉거나 서서 바쁘게 손을 움직이던 남자가 한참 만에 입을 열었다.

"왜 팔려는 거예요?"

"······."

"이유 물어봐도 돼요?"

수리는 남자의 시선을 비스듬히 피했다. 거창한 이유는 없었다. 수리는 망설이다가 대답했다.

"버리고······ 싶어서."

"네?"

남자가 잘 안 들린다는 듯이 상체를 기울였다. 왠지 나쁜 짓을 저지르는 것만 같다. 수리는 낮은 목소리로 천천히 설명했다.

"버리고 싶은 피아노예요."

"아."

짧게 탄식한 남자는 검지로 안경을 살짝 밀어 올리고는 다시 작업에 집중했다. 방 안에 남자가 누른 음계 몇 개만 떠다닌다. 순식간에 공기가 무거워졌다. 방을 나온 수리는 금방 후회했다. 피아노를 다루는 사람에게 피아노를 버리고 싶다고 하다니, 아무래도 미안해진 순간 남자가 장비를 챙기는 기척이 들렸다.

수리는 머뭇거리는 걸음으로 문가로 다가갔다. 안경 렌즈 너머의 깊은 시선이 다소 불편해질 즈음 남자가 입을 열었다. 오늘은 조율만 해 드렸구요, 사장님이 다시 방문해서 피아노 상태를 볼 겁니다. 매입 여부는 아마 그날 최종 확정 하고요. 여기 사장님 명함······. 남자가

25

나직한 목소리로 이것저것 설명하며 「서호악기점」 사장의 명함을 주머니에서 꺼내 건네주었다. 작은 명함에는 윤석주라는 이름 석 자가 적혀 있었다.

"그거 아세요?"

멀리 밀어 놨던 피아노 의자를 바로 넣으며 그가 말했다.

"우리나라가 피아노 주요 수출국인 거."

남자는 뚜껑 닫은 피아노 위를 손끝으로 가볍게 쳤다.

"꽤 많은 중고 피아노를 봤는데, 그때마다 기분이 좀 그렇더라구요. 국내든 중국, 일본이든 돌고 돌면서 새 주인을 만나긴 하지만, 왠지 내가 버려지는 기분이 들어서."

안 그래도 미안한 마음이 들었던 터라 수리는 손톱 끝을 매만지며 남자의 눈을 살피듯 올려다보았다.

"피아노 치던 꼬맹이가 커 버려서 공부만 해야 하거나, 이사 갈 때 짐이 되거나, 꼭 버리듯이 처분하거든요, 대부분. 손때 묻은 피아노만큼 좋은 건 없는데."

그렇게 말한 남자는 나중에 팔았던 피아노랑 똑같은 모델을 구입하는 고객도 종종 있다고 덧붙였다. 후회되는 거죠, 하고 입을 다물어 버린 남자가 말없이 수리를 바라보았다.

이 녀석, 팔고 나서 후회 안 할 수 있겠어요?

곧은 시선이 다시 묻고 있었지만 수리는 대답하지 않았다. 섣불리 말할 수 없었다. 후회는 수리가 가장 자주 들여다보며 우물거리는 단어였다. 후회하게 된들 타격이나 입을는지. 그러나 남자의 말을 듣고 나니 공연히 망설여진다. 후회 안 할 수 있을까, 이렇게 버리듯 팔고 나서.

"안녕히 계세요."

남자가 환하게 인사했다.

잠시 나갔다가 돌아올 것처럼, 언젠가 여기 수리의 집에 다시 올 것처럼.

남자가 사실은 다녀올게요, 라고 말한 게 아닐까. 말도 안 되는 착각이 들 정도로 밝은 목소리였다.

오후 6시. 해가 이울고 있었다. 혼자 남아 현관문을 바라보는 수리의 뒤로 그림자가 물음표처럼 길게 늘어졌다.

짐작과 달리 그 남자가 다시 초인종을 누르는 일은 없었다.

남자가 다녀간 다음 날.

수리는 퇴근하자마자 「서호악기점」으로 전화를 걸어서 피아노를 팔지 않겠다고 말했다. 수화기 너머 보이지도 않는 사장에게 고개를 숙이며 사과했다. 어떤 충동 때문이었다. 이대로 영영 피아노를 보내

버리고 나서 찾아올 허무함이 두려웠는지도 모른다.

조율을 마친 피아노는 조정 작업이 필요했고 이번에는 악기점의 사장이 수리의 집 초인종을 눌렀다. 방치한 지 워낙 오래된 피아노라 조율 작업을 추가로 진행해야 했다. 그 남자 아닌 다른 조율사가 방문했을 때 조금 실망한 건 그동안 수리가 너무 심심하게 살아왔기 때문일 것이다.

머리가 희끗한 악기점의 사장은 피아노 수입을 위해 일본으로 출장을 다녀온 참이었고, 마침 자신의 빈자리를 남자가 급히 채운 거라고 간단히 설명했다.

해외에서 중고 피아노를 사들이기도 하는구나. 말없이 생각하는 수리를 눈치챈 석주는 이마에 맺힌 땀을 손등으로 닦으며 웃었다. 주기적으로 출장을 다녀요. 삼익이나 영창도 좋지만 야마하처럼 외국산 피아노를 찾는 고객님이 많거든요. 피아노 주요 수출국이자 수입국인 거죠. 남자를 떠올리게 하는 말을 하면서 미소 짓는다.

"SC-300NST."

이마의 땀을 연거푸 닦아 낸 석주가 피아노 건반 뚜껑을 닫으며 말했다.

"인기 모델이에요. 상태도 이만하면 괜찮고. 팔지 않기로 한 거 잘하신 겁니다."

남자를 닮은 미소를 보면서 수리는 고개만 끄덕였다.

"아껴 주세요."

이어진 사장의 다정한 말에는 고개를 끄덕일 수 없었다.

아낄 수 있을까.

잠깐 생각해 봤지만 그러지 못할 거란 걸 안다. 피아노는 다시 방 안에서 묵묵히 나이 들어 갈 것이다.

'왜 팔려는 거예요?'

그 이후로 남자의 목소리가 꾸준히 귓가를 맴돌았고 그때마다 수리는 피아노가 있는 방 안을 서성였다. 무료한 일상에 누군가 노래를 부르며 지나간 기분이다. 언뜻 들은 그 노래가 하필 중독성 있는 노래여서 자꾸 생각나는 것만 같다. 친절하면서 유쾌했던 그 사람이 건넨 말들 하나하나가 잠자기 전이나 설거지할 때 불쑥 떠오르기도 했으니 참 인상 깊은 남자라고 할 수 있겠다. 그러나 남자를 다시 만날 일은 없었고, 수리는 이전처럼 색종이를 접으며 시간을 보내거나 어린이집으로 출근하는 조용한 삶을 이어 갔다.

다시 만날 수 있을까, 조금쯤 생각하다가 잊어 갈 무렵 그 남자와 재회하게 될 줄은 몰랐다. 피아노를 팔기 전에는 절대 못 볼 것 같던 그와 마주쳤는데, 정확히 말하자면 수리가 남자를 발견한 거였다.

아파트 단지에 토요 장터가 들어선 날. 늦은 오후 떡볶이와 튀김 포장을 기다리다가 귀에 익은 목소리를 들었다. 무심코 고개를 돌린 수리는 눈을 휘둥그레 떴다.

"사장님, 이건 얼마예요?"

남자가 패딩 주머니에 한 손을 넣은 채 뻥튀기의 가격을 묻고 있었다.

이웃이었나?

수리는 그에게서 눈길을 거두지 않았다. 얼마 뒤 남자가 수리 쪽으로 걸어오기 시작했고, 수리는 저도 모르게 홱 돌아서 버렸다. 언젠가 한번 마주치더라도 오늘은 아니라는 느낌이 수리를 지레 겁먹게 만들었다.

"여기요."

포장을 마친 아주머니가 수리를 불렀다.

재빨리 봉지를 받아 든 수리는 긴장해 굳은 몸으로 한 걸음 뗐다. 그 순간 남자가 수리의 곁을 성큼성큼 지나쳤다. 그대로 발목이라도 잡힌 듯 멈춰 선 수리는 멀어지는 남자의 뒷모습을 바라보면서 봉지를 고쳐 잡았다.

그때 몰래 보는 시선을 드디어 느낀 건지, 집에 가기 전 마지막으로 장터를 구경하기 위함인 건지, 문득 돌아서던 남자가 발을 헛디디고 넘어졌다. 채 녹지 않은 눈을 밟아 미끄러진 듯했다. 남자의 곁에서 나뭇가지를 들고 놀던 아이들 몇 명이 자기들이 더 놀라서 비명을

30

질렸다.

언제 넘어졌냐는 듯 벌떡 일어선 남자는 뺨을 긁적이더니 웃음을 터뜨렸다.

"아하하하하하."

도미노 같은 웃음이었다. 계속 듣고 있다 보니 어깨를 툭 밀린 듯이 어느새 같이 웃고 싶어졌다. 뭘 저렇게 입체감 있게 웃지. 사람들의 시선이 쏠리자 남자는 헛기침을 하더니 흘러내린 안경을 밀어 올리며 씩 웃었다.

수리는 황급히 몸을 돌려 그녀가 살고 있는 동을 향해 뛰었다. 미끄러져 넘어질 수도 있었지만 도망치듯이 쉬지 않고 달렸다.

그러나 웬일인지 남자에게서 멀어지면 멀어질수록 멀어지는 게 아닌 기분. 인상 깊은 그 남자로부터 벗어나려고 했는데 유쾌한 웃음소리가 계속 수리를 뒤따라왔다. 귓바퀴를 따라 둥글게 둥글게 맴돌았다. 엘리베이터를 기다리는 동안 귀를 세게 후벼 봤지만 소용없는 짓이었다.

2

정오가 지난 어린이집에는 평화로움과 스릴이 공존했다.

피아노 앞에 선 최혜수 원장은 허리에 두 손을 얹은 채 동요에 맞춰 율동했다. 불혹이라 관절마다 말썽이었지만 즐거운 의무감에 추는 춤이었다.

"좀 아파도 괜찮아, 가끔 동요 말고 디스코를 틀고 싶지만." 언젠가 회식 자리에서 이런 소망을 밝힌 혜수는 '얼스 윈드 앤 파이어'의 흥겨움을 아이들이 하루빨리 즐기길 바랐다.

혜수의 하늘거리는 율동을 보면서 아이들이 춤을 추기 시작했다. 색종이를 접다 말고 노래를 부르는 건 주의력 짧은 아이들의 흥미를 지속하는 데 효과 만점이었으므로 「은하수 어린이집」에서 빠트리지 않고 진행하는 수업 중 하나였다. 말 리듬과 노래 등의 요소를 활용해 아이가 스스로의 몸을 체험해 보는 과정이었다. 예술성은 당연한 거고, 이 과정에서 협동심과 더불어 다양한 감정 표현까지도 최대한 경험하게 하기 위한 오르프 수업의 일환이었다.

손은 제2의 두뇌라고 믿으며 야심 차게 운영하는 이 수업에서 노래 부르기와 율동은 필수였는데, 얌전한 수리가 채용된 건 혜수의 입김이 세게 작용한 덕분이었다.

캄캄하기만 한 운명을 조금이라도 밝히려고 선택한 직업이었다. 아이들 앞에서 새로운 색종이를 꺼내 접을 때마다 수리는 되도록 밝은 말을, 가능하다면 누구도 해치지 않는 말을 하려고 애썼다. 그림자나 응달 따위는 연상되지 않을 건강한 말을 하며, 그늘진 곳에서 나오려 애썼다. 그런 노력을 이웃사촌으로서 오래 알고 지내 온 혜수는 모른 척하지 않았다.

가끔 수리의 내성적인 성격을 못마땅해하는 학부모에게서 항의 전화가 걸려 오는 모양이었지만 그때마다 혜수는 특유의 화사한 미소를 지으며 설득했다. 선생도 다양한 타입이 필요해요. 원장인 내가 너무 걸걸해서 차분하고 수줍은 선생이 필요하다니까요, 그렇게 말하면 불만이 어느 정도 누그러진다고 했다.

다행히 혜수를 비롯한 많은 원생들과 학부모들이 수리의 차분함을 마음에 들어 했다. 이미지는 생각보다 많이 중요하다고 혜수는 입버

릇처럼 말하곤 했는데, 내면만큼 외면을 중요하게 여기는 혜수는 계절마다 화려한 립스틱을 산다.

그러나 근본적인 불평을 해결한 게 아니어서, 수리는 몇 개월 전부터 리코더란 악기를 보태 수업을 진행하고 있었다. 오르프 수업에서 리코더를 배우는 아이들은 목관 악기의 밝은 음색을 좋아했다. 떠들거나 집중하지 못하는 분위기가 이어지면, 수리는 리코더를 불었다. 그러면 아이들은 재잘거리다가도 수리 쪽으로 돌아앉거나 눈을 맞춰 왔다.

율동 시간이 끝나자, 아이들이 탁자에 모여 앉아 색종이를 접거나 입에 물고 우물우물 씹었다.

"선생님. 별 접어 주세요."

수리는 개나리색 앞치마 자락을 잡아당기는 아이의 머리를 쓰다듬어 줬다.

"오늘은…… 비행기 접어 줄게."

접다 만 색종이를 들자, 평소에 수리를 잘 따르는 다섯 살 여자아이가 벌떡 일어나서 춤을 췄다.

머리칼을 귀 뒤로 넘기던 수리는 뒷정리를 하고 놀이방을 나서는 혜수와 눈이 마주치자 고개를 살짝 숙여 보였다. 혜수가 싱긋 눈인사를 건넸다. 수리의 사정을 자세히 모르는 혜수는 단순히 그녀가 숫기 없는 사람이라고만 여긴다. 굳이 알리고 싶지 않았기에 수리의 능력은 여전히 남들에게 비밀이었다. 타인에게는 보이지 않는 비밀을 꾹 눌러 담으며 수리는 비행기를 접었다.

"임 선생님."

체크무늬 스카프를 두르며 어린이집을 나서던 수리가 고개를 들었다. 잘못 들었나 싶어 두리번거리는데 누군가 다시 한번 수리를 불렀다.

"수리 씨."

관리실 입구에 서 있던 혜수가 얼른 다가와 작은 상자를 내밀었다. 푸른 리본이 정성스럽게 묶인 상자였다.

"오늘 생일이잖아요, 그치?"

수리가 놀란 얼굴로 쳐다보자 혜수가 어깨를 으쓱했다.

"무선 이어폰인데 맘에 들지 모르겠네. 임 선생 취향을 잘 몰라서 추천 모델로 샀어요. 요새 젊은 사람들 사이에서 필수라며."

스카프를 마저 두른 수리는 상자를 가만히 내려다보았다. 코트 주머니 속 낡은 이어폰은 마침 한쪽이 소리가 나오지 않는 상태였다.

"오늘부턴 최신 상품으로 음질 빵빵하게 들어요."

혜수가 소리 내어 웃자 향기로웠다.

유명 브랜드의 향수를 쓴다는 혜수에게서는 늘 좋은 향기가 났다. 웃을 때 습관처럼 손으로 입을 가리며 웃어서인지, 긴 목선을 드러낸 숏컷을 해서인지, 손목이며 귀 뒤에도 뿌렸을 게 분명한 향수의 잔향이 은은히 난다.

수리는 선물을 소중하게 받아 들었다.

"고맙습니다, 원장님."

"내일 봐요."

혜수가 손을 흔들며 어린이집으로 들어갔다. 숄더백 안에 상자를 조심스럽게 넣으며 걷던 수리는 빵집이 있는 길 건너 상가 쪽으로 걸음을 옮겼다. 모처럼 맞이한 특별한 날인데, 생크림케이크까지 더하면 꽤 괜찮은 날이 될 것 같았다.

횡단보도를 건너 빵집으로 들어서자 고소한 냄새가 코끝을 간질인다. 진열대 안에 나란히 늘어서 있는 각종 케이크 앞에서 수리는 조금씩 마음이 급해졌다. 구석에 진열돼 있는 케이크 하나를 쫓기듯이 가리키자 알바생이 능숙하게 사각 상자를 꺼내 포장하기 시작했다. 딸기가 얹혀 있는 생크림케이크였다.

가게를 나온 수리는 집이라는 목적지만 생각하며 빠르게 걸었다.

언제나 망설인다. 입에 붙은 언어일수록 고민하는 시간이 짧고 말하기 쉽겠지만 수리는 예외였다. 원석 같은 말을 속에서 능숙하게 깎고 다듬은 뒤 내보내는 편이지만 세공하는 시간이 유달리 길었다. 무심코 꺼낸 말이 저주가 될 확률이 적다고 하더라도 늘 조심했다. 누구나 말하기 전 잠깐 동안의 쉼표가 존재하며 그것은 상대방이 대체로 알아채기 어려운 것일 텐데, 수리의 경우에는 그래서 금방 탄로 나고 만다.

"겁쟁이."

손바닥에 축축이 고인 땀을 코트 위로 닦으며 수리는 허탈하게 웃었다.

"이제 와?"

엘리베이터를 기다리고 있을 때였다. 수리는 뒤에서 들려온 까슬한 목소리에 천천히 돌아보았다. 김 노인이 수리를 바라보고 있었다.

작년에 아내와 사별한 노인은 수리가 살고 있는 동에서 '김 할아버지'로 통했다.

회갈색에 가까운 눈동자. 다듬지 않아 지저분한 백발. 사계절 내내 쓰는 커다란 밀짚모자 덕분에 단지 내에서 눈에 잘 띄는 주민이자, 말이 없는 수리에게 늘 먼저 말을 거는 이웃이었다.

"바람이 차다. 추워."

함께 엘리베이터에 올라탄 김 노인은 한참 날씨 이야기를 하더니 항상 그랬듯이 다른 이야기로 넘어갔다.

"갑자기 혼자가 됐어."

혼자 남겨진 사람의 하루는 매일이 어제의 연속일 것이다. 내일도 모레도, 그리고 오늘도 어제와 크게 다르지 않을 터다. 지나간 시간에 갇힌 듯한 기분을 모르지 않았다. 잘 아는 종류의 감정이었다. 수리는 다음 말을 기다리며 잠자코 노인을 바라보았다.

"위가 약하더니, 위암으로 갔어."

홀로 말을 잇던 김 노인이 문득 불안한 얼굴로 사과했다.

"미안해. 나 건강하자고 반찬 투정한 거 미안해. 이제 설탕 먹을게. 고기 재울 때 설탕 넣어도 되고 계란말이에도 맘껏 넣어."

김 노인에게, 눈앞에 있는 수리는 수리가 아니었다. 어떤 사람이 너무 그리우면 다른 이에게서 그 얼굴을 발견하기도 하는 모양이다. 같은 동에 사는 이웃들의 얼굴에서 자주 사별한 아내를 보는 김 노인은 종종 지금처럼 아내에게 미처 하지 못한 말을 주섬주섬 늘어놓곤 했다. 어떤 날엔 사죄, 다른 어떤 날엔 방향 잃은 호통이 될 때도 있었으나 속죄하며 주절주절 중얼거리는 날이 더 많았다.

"……괜찮아요."

결코 괜찮아지지 않을 거란 걸 알지만 수리는 매번 같은 대답을 했다. 잠시 후 엘리베이터에서 내린 김 노인이 수리에게 할 말이 있는 얼굴로 돌아섰다. 닫히는 문 사이로 시선이 마주치자, 김 노인이 느릿느릿 손을 흔들었다. 고마워, 김 노인의 투박한 인사를 끝으로 엘리베이터 문이 닫혔다.

— 미안해. 오늘도 야근이야.

전화기 너머, 누리가 사과했다.

건설 회사 법무 팀에서 일하는 언니는 요새 일이 몰려 야근이 잦았다. 매일 자정이 넘어 퇴근을 하거나 회사에서 밤을 지새우기 일쑤였다.

— 어음 회수 때문에 골치 아파 죽겠다. 날라리 재벌 때문에 나까지 모가지 날아갈 것 같아.

누리가 작게 욕설을 중얼거렸다. 투자 건으로 어느 기업 회장의 아들과 엮였는데 일이 잘 안 풀리는 모양이었다. 식탁 위 케이크에 촛불을 밝히며 수리는 고개를 저었다. 잠깐 사이 성냥의 불씨가 손끝까지 아슬아슬하게 커져 갔다.

"괜찮아. 저녁은 먹었어?"

— 아직! 이제 먹어야지. 생일 축하한다, 내 동생.

"고마워."

— 갖고 싶은 선물 생각해 놓구. 내일 전화할게.

"응."

그대로 통화 종료 버튼을 누르려던 수리는 언니, 하고 다급하게 누리를 불렀다.

— 왜?

"밥. 꼭 먹으라고."

— 그래그래.

누리의 웃음소리가 귓바퀴를 타고 흘렀다. 전화를 끊은 수리는 초에 마저 불을 밝히는 대신 성냥갑을 멀리 밀어 뒀다. 작년 생일에 누리로부터 선물 받은 빈티지 성냥갑 세트였다.

그간 너무 차가웠으니 이젠 좀 화끈해져야지. 차고 건조한 너에게 꼭 필요한 거야. 누리는 포장된 성냥갑을 내밀며 그렇게 말했었다. 이왕이면 뜨겁고 건조한 게 낫다는 지론을 내세우며.

식탁 구석에 먼지 쌓인 채 놓여 있는 향초를 끌어다 살펴보았다. 성냥갑 세트와 함께 받은 것으로 거의 새것이나 마찬가지였다. 뺨을 긁던 수리는 다시 성냥갑을 들고 불을 붙였다. 치익, 뜨거운 소리와 함께 향초의 심지가 타들어 가며 장미 향이 퍼졌다.

두 손을 모으고 눈을 감았다. 생일 축하 노래 없이 소원만 빌려니 조금 멋쩍었지만 고민하다가 소원을 빌었다.

"만사형통."

언니의 일이든 내 일이든 모든 일이 두루두루 잘 풀리길. 소박함과는 거리가 멀고 늘 빌었지만 이뤄지지 않는 소원을, 또 빌었다.

케이크를 두 조각째 먹다가 물렸다. 늦은 시간이었지만 남색 트렌치코트를 꺼내 입고 집을 나섰다. 수리는 집 근처 공원까지 느긋하게 걸었다. 생일 분위기를 내기 위해 케이크 상자도 챙겨 나오니, 얼마 남지 않은 생일이 특별하게 느껴졌다.

날이 제법 풀려서 공원에는 운동하는 사람들이 꽤 있었다. 농구하는 청년들이 보이자 수리는 거의 반사적으로 돌아섰다. 직장을 제외한 곳에선 혼자 외딴섬처럼 떨어져 있는 게 편했다. 벤치에 앉은 수리는 케이크 상자를 옆자리에 놓고 밤하늘을 올려다보았다. 달이 밝았다. 밝아서 구름이 움직이는 게 잘 보이는 밤이었다.

선물로 받은 이어폰을 귀에 꽂고 자주 듣는 라디오 어플을 켰다. 광고 중인 주파수를 넘기다가 피아노 선율이 흘러나오는 어느 채널에서 멈췄다. 볼륨을 조금 높인 수리는 코트 주머니에서 색종이 한 장을 꺼내 반으로 접었다가 펼치고는 다시 경계에 맞춰 양쪽 모서리를 접었다. 어린이집에서 오늘만 해도 열 개 넘게 만든 비행기였다.

눈 감고도 접을 수 있는 종이비행기를 빠르게 완성하고는 날릴 듯이 높이 들었다. 손을 앞뒤로 움직이며 바람을 만들자 날개가 조금 펄럭였다. 때마침 바람이 불어왔고, 더 큰 폭으로 움직이는 순간 수리는 비행기를 놓쳐 버렸다.

"아."

막을 새도 없이 연두색 비행기가 바람을 가르며 날아갔다. 계획에 없던 비행에 놀란 수리는 벌떡 일어나 비행기가 날아가는 궤적을 바라보았다. 저만치 날아가던 비행기가 힘을 잃고 천천히 추락하기 시작했다. 아래로, 아래로 내려가면서도 전진하던 비행기가 떨어진 건 어느 낯선 구두 앞에서였다.

난데없이 나타난 비행기가 발치에 떨어지자 정장 차림의 남자가 우뚝 멈춰 섰다. 걸음을 막은 게 종이비행기인 경우는 난생처음일 터. 종이비행기를 날려서 누군가를 멈추게 한 건 수리 역시 처음이었다.

이어폰에서는 여전히 피아노 연주곡이 흘러나오고 있었다. 비행기를 집어 든 남자가 다가오는 동안 이름 모를 피아니스트가 마지막 악장을 연주했다. 가로등 아래, 벤치 앞에 선 수리는 가까이 다가온 키 큰 남자를 올려다보며 눈을 크게 떴다.

"안녕하세요."

남자가 처음처럼 인사했다. 수리를 알아본 그의 입가에는 장난스러운 웃음이 걸려 있었다. 수리는 이어폰을 빼며 멍하니 눈을 깜빡였다. 남자가 종이비행기를 건네며 웃었다.

"왜 나한테 비행기 날렸어요?"

유쾌한 웃음이 다시 생생해진다.

"저 기억 안 나세요?"

"알, 알아요. 피아노……."

당황한 수리는 말을 더듬고 말았다.

"그 피아노. 안 팔기로 했다면서요?"

남자가 참 잘했다는 얼굴로 쳐다봐서 어쩐지 얼굴이 뜨거워졌다. 누구에게나 칭찬을 해 주는 타입일까. 저렇게 스스럼없이 웃으면서. 담장 없는 친화력이 부러우면서도 살짝 당황스러웠다.

"생일이에요?"

남자가 벤치 위의 케이크 상자를 가리켰다. 망설이던 수리는 고개를 끄덕였다. 종이비행기만 만지작거리며 남자가 지나치길 기다리는데 웬일인지 그는 그대로 벤치에 털썩 앉고는 넥타이를 헐겁게 푼다.

가만히 지켜보던 수리는 한 걸음 물러났다. 남자가 졸음이 담긴 눈으로 조용히 웃었다.

"'연락 주시면 친절히 답해 드리겠습니다.'"

"……."

"악기점 운영하는 아버질 둬서 그런지, 항상 이 말을 새기고 살아요. 누구든 고객이 될 수 있어서. 온라인에서든 오프라인에서든."

조금 피곤한 기색이 서린 얼굴로 남자가 말을 이었다.

"인터넷에 '서호악기점' 치면 블로그 나오니까 편하게 놀러 와요. 매장에 놀러 와 주면 더 반갑고……."

벤치에 팔을 걸치고 있던 남자가 자세를 풀며 수리를 빤히 보았다.

"근데, 저 정말 기억 안 나요?"

두 번째 물음이다. 남자를 분명히 기억한다. 피아노를 급히 팔려고 했을 때 수리의 집에 온 이가 바로 이 사람이었으니까. 수리가 덤덤한 얼굴로 바라보자 남자가 틀렸다는 듯 고개를 저었다.

"그때 말고. 예전에 만난 적 있어요."

예전에도?

전혀 예상 못 한 말에 수리는 저도 모르게 남자에게 가까이 다가섰다. 자세히 보기 위함이었다. 가로등 불빛이 남자의 얼굴을 반쯤 환하게 밝혔다. 짙은 눈썹, 안경 렌즈 너머 반짝이는 장난스러운 눈동자, 오뚝한 콧날, 선이 분명한 입술. 어떻게 보면 평범한 얼굴이었고 그

때문인지 기억에 없는 얼굴이다.

"……언제요?"

"언젤까요."

남자가 짧게 웃었다. 의뭉스러운 태도에 자신을 놀리나 의심할 법
도 했으나 수리는 어쩐지 그건 아닐 거라는 느낌이 들었다. 이 남자를
어디에서 또 봤을까, 유심히 살펴봤지만 모르겠다. 여전히 그 밖의 접
점이라고는 떠오르지 않는 낯선 사람일 뿐이었다.

혹시 어린이집에 아이를 보내는 보호자인 걸까 싶었지만, 자녀를
둔 사람처럼 보이진 않는다. 남자는 굉장히 어려 보였다.

곤란해하는 수리를 보며 남자는 다시 농담하듯 말했다.

"오래전에, 임수리 씨가 저 울렸어요."

"네?"

놀란 수리가 반문하자, 남자가 두 손을 눈가에 가져다 대며 소리
없이 우는 시늉을 했다. 수리는 눈썹을 찡그렸다.

그럴 리가. 다른 이에게 피해를 주지 않으려고 얼마나 조심하며 살
아왔는데.

"동산고등학교 20회 졸업 앨범."

남자가 짓궂은 미소를 지었다.

"그 안에 우리가 있는데."

별거 아닌 대명사가, 그 짧은 한마디에 담긴 '우리'만이 조금 더

잘 들렸다.

"이제 좀 기억이 나요?"

처음 만났을 때 남자는 셔츠 위에 감색 스웨터를 걸친 편안한 차림이었다. 토요 장터에서 그를 발견했을 때는 검은 패딩을 입고 있었는데, 오늘 마주친 그는 구김이라고는 전혀 없어 보이는 정장을 반듯하게 갖춰 입고 있다.

그에 비하면 수리는 겉옷이 롱 카디건에서 남색 트렌치코트로 바뀌었을 뿐 여전히 눈에 띄지 않는 무료함을 걸치고 있었다. 남자 역시 입고 있는 정장이 어두운 검정이지만 어쩐지 환해 보이는 건 아마도 저 미소 때문일 것이다. 벤치에 앉은 채 수리를 올려다보는 눈매가 휘어 있다. 하도 친근해서 마주 웃어 주고 싶은, 그런 미소를 짓고 있다.

누굴까.

전혀 기억에 없는 이 사람이 자신을 기억하고 있다는 사실이 수리는 점점 신경 쓰이기 시작했다.

같은 반이었을 리 없다. 당시 동산고등학교는 남녀 공학이지만 여학생과 남학생이 각기 다른 층을 썼다. 합반이 아닌 분반이었고, 이름만 남녀 공학인 인문계 고등학교였다. 반이 다르니 특별히 친하게 지낸 남학생이 없었을뿐더러 시간과 정성을 들여야 하는 동아리 역시 들지 않아 그 당시에 허물없이 교류하는 이가 따로 없었다. 남자애와 딱히 친해질 만한 교집합이 없어서 가끔 여고를 나온 게 아닌가 하는 생각이 들 정도였다. 그러므로 한 달 전 피아노를 보러 집에 왔던 날을 제외하면 남자는 역시나 생면부지인 상대였다.

별다른 대꾸 없이 바라만 보자 남자의 입가며 눈매에 어려 있던 웃음이 서서히 사라진다. 조금 전까지의 가벼운 미소마저 지운 채 진지한 얼굴이다. 농담 아니에요, 라고 말하는 듯한 눈길. 자신을 어서 알아봐 주길 기다리는 눈빛.

수리는 케이크 상자를 쥔 손에 힘을 줬다.

침묵이 이어졌다. 아무 말 없이 서로를 응시했다. 남자는 수리의 눈을 피하지 않았다. 침묵이 익숙했지만 그건 어디까지나 수리 혼자 있거나 지켜보는 이가 없을 때의 일이다. 남자는 지금 수리를 주목하고 있었다. 흥미보다는 관심을 갖고서, 주의 깊게. 오랜만에 느끼는 이성의 관심이 설레기보다 긴장되었다.

정적이 불편해질 즈음 남자가 벤치에서 일어나 손목시계를 확인했다. 그러고는 아직 생일이죠, 하더니.

"축하해요. 태어난 걸."

말하며 웃는다.

"그럼."

가볍게 고개를 까닥여 보인 남자가 운동 기구를 가로질러 멀어졌다. 왜 기억 못 하냐는 채근 없이, 기억해 내라는 재촉 한마디 없이 다만 멀어져 간다. 웬만큼 멀어져서 이제는 구두 소리마저 들리지 않게 되자 수리는 작게 한숨을 내쉬었다.

남자는 어느덧 가로등 불빛이 닿지 않는 곳으로 사라졌지만 긴장감은 가라앉지 않고 있었다. 수리는 한참 만에 고마워요, 중얼거렸다.

누군가 예고 없이 폭죽을 터뜨린 것 같다. 깊은 고요 뒤에 찾아온 소란스러움이 수리의 안에 있었다. 머릿속마저 어수선했다.

방금 대체 무슨 일이 일어난 거야. 골똘한 얼굴로 서 있다가 집으로 향할 때에서야 남자가 건네준 종이비행기가 오른손에 조금 구겨진 채 쥐어져 있는 것을 깨달았다.

생각해 보면 딱 한 번 남자를 울린 적이 있었다. 물론 수리가 태어났을 때 분만실 밖에서 꺼이꺼이 울었다던 아빠는 차치하고서.

초등학교 3학년 때였다. 수리가 지금보다 활발하고 시끄럽던 그때. 체육 시간에 운동장에서 발야구 시합을 한 날이 있었다. 여자 남자 구분 없이 편을 나눠 경기를 진행하던 중 상대 팀에서 작은 말다툼이 일어났는데 그 과정에서 한 남자애가 여자애의 배를 발로 걷어차는 일이 벌어졌다.

스탠드에 앉아 있던 교사가 남자아이의 이름을 외치며 일어나는 찰나, 수리는 누가 말릴 새도 없이 꽁지머리를 휘날리며 달려가 녀석의 배를 똑같이 발로 차 버렸다. 발등으로 물렁한 살이 현실감 없이 느껴졌다. 강도가 약해 아프지는 않았겠으나 기습적으로 발차기를 당해 놀란 남자애가 목청껏 울기 시작했다.

야, 여자의 배를 왜 함부로 차?

죽어 볼래? 소중히 안 할 거야?

겁 없던 그 시절의 수리가 쩌렁쩌렁 나무라자 얼굴이 새빨개진 남자애가 눈물을 흘리며 사과한 그 일은 수리를 3학년들 중에 가장 용감하고 정의로운 아이로 만들었고, 본의 아니게 얻은 용사님 이미지 덕분에 처음이자 마지막으로 반장으로 뽑힌 미담이 있다.

그러나 그뿐이다. 그게 수리가 남자를 울린 처음이자 마지막 일이었다. 청춘이란 무대에서 수리의 역할은 존재감 없는 배경 또는 '행인5' 정도였으니까.

그간 자라 오면서 머무는 무리나 학급마다 또래 남성들을 울리는 뛰어난 미인은 따로 있었고 다른 이유로라도 수리 때문에 운 남자는 결코 없다. 그러니 아무리 생각해 봐도 수리의 기억에 인연이 될 만한 남자는 없었다. 오래전에 그녀 때문에 울었다는 그 남자는 도대체 누구인지 알 수 없었다.

고등학교 졸업 앨범까지 펼쳐 보았으나 남자의 얼굴은 보이지 않았다. 어쩌면 남자가 거짓말을 한 걸지도 모른다. 하지만 왜? 혹여 관심이 있었다 해도 굳이 거짓말을 하면서까지 오래전 인연을 내세울 필요가 있을까. 아니, 그런 인연이 우리에게 정말 있었나. 그 오래전에. 아무리 생각해 봐도 피아노 매입 때문에 집으로 찾아온 그날이 처음인데.

수리는 졸업 앨범을 탁 소리 나게 덮고는 책상 위로 엎드렸다. 손을 뻗어 애꿎은 스탠드 조명만 껐다 켰다 했다.

계속 볼 사이도 아니니 이쯤에서 그만 멈추어도 되련만, 한번 머릿속에 꽂히니 도저히 다른 데 집중할 수가 없었다. 무얼 하든 생각이 이어져 결국 남자에게로 귀결되었다.

마지막으로 한 번 더.

상체를 일으킨 수리는 어느 때보다 진지한 얼굴로 다시 졸업 앨범을 한 장 한 장 넘겼다. 남학생 학급을 훑는 눈매가 가늘어졌다. 비슷한 인상을 가진 안경 쓴 남학생들이 나란히 펼쳐져 있었다. 웃음을 참는 것처럼 우스꽝스러운 표정, 긴장한 표정, 졸린 듯 나른한 표정.

앳된 얼굴을 하나하나 신중히 살폈지만 이번에도 그 남자는 없다. 앨범을 덮으며 수리는 얕은 한숨을 내쉬었다. 연필꽂이 앞, 문제의 연둣빛 종이비행기 날개를 툭툭 건드려 보았다. 도무지 궁금증이 풀리지 않으니 찜찜한 기분이 한 꺼풀 더 두꺼워졌다. 모르겠다. 힌트만 남겨 놓고 간 그 사람이 누군지. 잘못 눌린 키보드 자판처럼 물음표가 자꾸만 쌓여 간다.

"누구야, 정말⋯⋯."

수리는 턱을 괴고 한숨을 삼켰다.

낯선 밤이 깊어 갔다.

3

"피아노 조율했더라."

이른 새벽, 누리가 식빵을 바삭 베어 물고 말했다.

여의도로 출퇴근하는 언니와는 따로 산 지 오래였다. 보통 일요일 저녁에 손님처럼 와서 자고 다음 날 바로 출근하곤 했는데, 요샌 이마 저도 뜸해져서 오랜만에 함께하는 아침 식사였다.

수리는 말없이 딸기잼을 나이프로 덜었다. 마주 앉아 있던 누리가 휴대 전화 화면을 약지로 넘기더니 슬쩍 말했다.

"다시, 피아노 배워 볼래?"

팩두유에 빨대를 꽂던 수리의 손이 멈칫했다. 가만히 눈을 깜빡이 던 수리는 괜히 말을 돌렸다.

"언니. 이쪽, 마스카라 번졌다."

"뭐? 어디?"

"여기."

일어나 허리를 숙인 수리는 왼쪽 눈 아래를 가리키며 손거울을 건네줬다. 거울로 얼굴을 확인한 누리는 한 입 크기로 남은 식빵을 마저 먹었다. 수리는 말없이 누리를 살폈다. 단정한 투피스를 차려입은 언니의 눈 밑이 다소 어둡다. 턱선도 날렵해진 게 좀 야윈 듯하다.

번진 마스카라를 수습하고 빵 부스러기가 떨어진 접시와 머그잔을 싱크대에 올려 둔 누리는 숄더백을 챙겨 들었다. 따라 일어선 수리는 식탁 가장자리, 각종 비타민 약통 옆에 놓인 자일리톨 껌통을 집어 들었다. 현관으로 바삐 향한 누리가 단화를 신고 막 돌아서자 기다렸다는 듯이 껌을 내밀었다.

"땡큐."

웃으며 껌을 받아 든 누리는 문고리를 잡았던 손을 떼고 다시 돌아섰다. 그러고는 숄더백 안 가장 구석에 넣고서, 늘 동생에게 줄까 말까 고민했던 광고지 한 장을 꺼내 건넸다. 의아한 얼굴로 광고지를 받아 드는 수리를 보며 누리가 태연히 말했다.

"집에서 가깝더라. 걸어서 한 5분? 횡단보도 건너는 시간까지 치면 넉넉히 10분."

초등부 및 중고등부 입시반, 성인 취미반 모집.

피아노 교습소에서 펴낸 광고지의 문구를 수리는 무심히 훑었다. 나이가 찼으니 입시반은 수리에게 해당 사항이 아니고, 피아노를 다시 배워 보겠냐는 누리의 말은 당연히 성인 취미반을 두고 한 말일 터다. 모퉁이마다 구겨져 있는 걸 보니 갖고 다닌 지 꽤 오래된 것 같다. 군데군데 묻어 있는 망설임이 보였다. 언니의 묵은 소망이 뒤늦게 수리의 손안에 들려 있었다.

"언니."

지나가는 말처럼 꺼내 놓고 오늘 당장 학원에 수강 등록하길 바라는 눈길이어서 수리는 차마 바로 싫다는 말을 할 수 없었다. 눈치 빠른 누리가 그녀의 머뭇거리는 마음을 모를 리 없다. 그저 모르는 척 시치미를 뗄 뿐.

누리가 웃으며 말했다.

"손가락 굳은 건 계속 연습하면 어느 정도 풀릴 테고, 남는 시간에 취미 생활 하면 좋잖아. 돈 걱정은 말고. 내가 지원해 줄게, 학원비. 생각해 봐."

"……응."

한발 물러서는 말을 들은 누리가 홀가분한 얼굴로 집을 나섰다. 누리가 출근하고 나니 다시 집 안에 정적이 흘렀다. 식탁에 앉아 이미 다 식은 식빵을 우물거리는데 뒤늦게 허기가 몰려왔다. 남은 두유를 단숨에 마신 수리는 누리가 남기고 간 전단지를 두 번 접어 장식장 위에 올려 두었다.

엄마가 죽은 후 누리는 수리가 뭐라도 해 보길 바랐다. 자책하는 마음 때문에 스스로를 갉아먹지 않도록 다른 데 빠져들길 바랐고 그러다 임시방편으로 찾은 게 피아노인 것이다.

어린 시절 지금보다 밝던 동생으로 돌아오길 바라는 걸 안다.

그러나 엄마의 흔적이 고스란히 스며 있는 여든여덟 개의 건반을 도대체 어떻게 누르라는 건지. 건반을 누를 때마다 엄마의 목소리며 눈빛이 떠오를 텐데, 후회와 증오가 뒤섞여 음정마다 얹힐 텐데 어떻게 누를 수 있을까.

미안, 언니.

닿지 않을 사과를 중얼거리며 수리는 식탁 위를 행주로 닦고 서둘러 출근 준비를 했다.

— 월요일인 오늘은 모처럼 미세 먼지 없는 맑은 봄 날씨가 이어지겠습니다.

소리를 작게 틀어 둔 텔레비전에서는 기상 캐스터가 날씨 소식을 전하고 있었다.

— 전국 대부분이 화창한 하늘을 볼 수 있겠는데요, 오늘 서울의

아침 기온…….

거실에서 들려오는 일기 예보를 들으며 침대 위에 꺼내 두었던 코
트를 도로 옷걸이에 걸었다. 방에서 슈트 재킷을 걸치며 나온 서호는
텔레비전 쪽으로 고개를 돌렸다. 오랜만에 먼지 없는 월요일이다. 한
낮 기온도 어제보다 크게 올라가는 걸 보니 올해 역시 봄은 짧고 여름
은 길어질 모양이다.

"점점 날이 풀리네."

소파에 앉아 녹차를 마시던 희영이 잠이 덜 깬 얼굴로 중얼거렸다.
아침에 일어나자마자 차를 우려 마시곤 하는 희영은 화장기 없는 얼
굴이 더 말갰다. 나이를 먹어 이젠 주름이 눈에 띄게 보였지만 피부의
잔줄이 오히려 희영을 우아하게 보이게끔 했다.

"4월이니까."

곧장 현관으로 향하며 서호는 웃었다. 희영이 그의 등에 대고 한마
디 했다.

"그래도 아직 일교차 크니까 코트 입고 가."

"괜찮아요."

서호는 금방이라도 옷장에서 코트를 꺼내 올 듯한 희영을 만류했
다. 마침 부엌에서 앞치마를 풀며 나온 석주가 아내의 말을 거들었
다.

"너 감기 걸리면 오래 앓잖아."

"괜찮습니다. 다녀올게."

손목시계를 내려다본 서호는 얼른 집을 나섰다.

요즘은 충전을 가득 해서 쌩쌩한 상태랄까, 여러모로 기운이 넘쳤다. 잘 돌보아진 피아노처럼 모든 것이 괜찮았다. 웃음이 더 많아진 터라 직장에선 최대한 자제하려고 따로 노력해야 할 정도였다.

서호는 평범한 회사원이었다. 아버지의 일손을 거들며 피아노 앞에서 실없이 웃는 건 큰 문제가 되지 않지만 고요한 사무실에서 풀어지는 건 남들의 주목을 받기 쉬웠으므로 조심하며 지냈다.

넘칠 듯 출렁이는 마음을 덜어 내야 하는 순간에도 수리를 생각했다. 기억에도 없는 동창생이 낸 수수께끼를 너는 뭐라고 생각할까. 지금쯤은 누군지 떠올렸을까, 아니면 시답지도 않은 농담으로 치부하고 그날 밤의 만남조차 잊어버렸을까.

시간을 건너뛴 듯 그때 그 시절의 기분이 그대로 이어지는 이 감정은 과연 진짜인가. 상대는 자신을 기억조차 못 하는데. 여기까지 생각하다 보면 조금 알쏭해졌다. 재회한 짝사랑을 여전히 좋아하는 건지 아니면 그저 추억 속의 각별한 상대가 반가운 건지.

그러나 달리 어떻게 설명한단 말인가, 다시 만나자 좋아 죽겠는 이 마음을. 몇 번이고 복원될 수 있을 것 같은 감정이었다. 할 수만 있다면 10여 년 전 숫기 없던 고등학생에게 달려가 등을 떠밀어 주고 싶다. 괜찮으니 '좋아해', 말해 보라고. 미래에서 보고 왔는데 인연은 역시 뒤에서 지켜보는 게 아니라 마주 서는 거라고 말해 주고 싶었다.

요 근래 자주 찾아온 이 우연이 혹시 끊기게 되면 이번에는 이쪽에서 만들 각오도 돼 있었다.

"날씨 좋네."

버스 정류장으로 걸어가는 서호의 입가에 미소가 걸렸다.

어린이집은 늘 야단스럽다. 아이들은 언제나 내가 주인공이란 마음으로 폴짝거리며 시선을 모은다. 세 살부터 다섯 살 나이대가 대부분이었는데 다들 어찌나 해맑은지 기분 좋을 땐 군무를 하거나 서로 다른 동요를 각자 열창하는 모습을 종종 볼 수 있다. 물론 한 아이라도 울기 시작하면 즉시 전쟁터지만, 수리는 잘 버티고 있었다.

정오에 점심을 먹고 나면 잠시 낮잠을 재우는 시간이 있었다. 천장에 색종이 모빌이 달린 방에서 수리가 맡은 일은 칭얼거리는 아이들 다독이기였다. 그러고 나면 10평 남짓한 놀이방에서 종이접기 수업을 시작한다.

종이 접는 일 외에 우는 아이, 웃는 아이 모두 상대하다가 퇴근하면 지치기 일쑤였고, 그 때문에 어디 들르는 곳 없이 곧장 집으로 가곤 하는 게 수리의 일상이었다. 더 나아가진 않더라도 우선 하루하루

버텨 보자고 마음먹은 후부턴 모든 일이 그럭저럭 괜찮게 굴러가는 것만 같다.

퇴근하고 집에 돌아온 수리는 냉장고에서 미리 우려낸 보리차를 꺼내 마시고는 거실 소파에 앉아 노트북 전원을 켰다. 생각난 김에 메일을 확인하고 사이트 메인에 걸려 있는 기사를 이것저것 클릭했다.

그러다가 내일 날씨를 검색해 보니 구름 많음, 강수 확률 70%. 봄비가 내릴 모양이다. 문득 아파트 현관 부근에 피어 있던 제비꽃과 민들레가 생각났다. 봄철이면 가장 먼저 마주치는 꽃이었는데 내일이 지나면 단비를 머금고 더 무리 지어 피어 있을 것이다.

'인터넷에 서호약기점 치면 블로그 나오니까.'

노트북을 끄려던 수리는 순간 스치는 목소리에 화면을 뚫어져라 봤다.

'편하게 놀러 와요.'

찾아볼까.

조금 고민하던 수리는 이윽고 키보드에 손을 올렸다. 남자가 말한 대로 검색하니 블로그 하나가 목록에 나왔다. 달칵달칵, 마우스를 움직이며 신중히 게시 글을 읽어 내렸다. 관리자의 닉네임은 윤석주. 악기점 사장이다. 좋은 피아노를 매입하고자 출장을 다닌 경험담과 새 주인을 만난 중고 피아노 사진들. 각종 바이올린과 기타, 피아노가 벽면마다 가득한 매장 사진도 여럿 보였다.

그리고······ 그 남자.

마우스 휠을 부지런히 움직이던 손가락이 멈췄다. 매장을 찍은 사진의 가장자리에 남자의 모습이 소품처럼 담겨 있다. 옆모습을 보인 채 멀리 서 있는 모습이었으나 한눈에 알아볼 수 있었다.

흰 칼라 티셔츠를 입은 남자는 손님으로 보이는 중년 여자에게 바이올린인지 비올라인지 아무튼 현악기가 담겨 있을 케이스를 건네고 있었는데, 그 단편적인 모습에서마저 친절함이 배어 나오는 듯했다. 반듯한 턱선과 살짝 접힌 눈꼬리에 오래 시선이 머물렀다.

그가 환하게 웃고 있을 때 누군가 촬영했을 것이다.

노트북에서조차 불쑥 튀어나온 남자의 모습을 빤히 보던 수리는 방으로 달려갔다. 무엇을 놓쳤는지 알 것 같았다. 책상 위에 그대로 올려 둔 졸업 앨범을 재빨리 뒤적였다. 급한 마음에 손이 자꾸 엇나간다. 한 장 한 장, 빠르게 넘기다가 어느 한쪽에서 멈췄다.

"아······."

앨범에 얼굴을 가까이 댄 수리의 입에서 나직이 탄식이 새어 나왔다.

찾았다.

남자가 사진 속에서 환하게 웃고 있었다. 지금보다 훨씬 앳되고 조금은 통통한 얼굴로.

안경을 쓰지 않은 얼굴이 제법 귀여웠다. 예나 지금이나 순한 인상이다. 수리는 어린 그의 얼굴에서 눈을 떼기 어려웠다. 정말 같은 학교를 나왔구나.

사진 바로 밑에는 바탕체로 이름 석 자가 적혀 있었다.

"……윤서호."

연결 고리는 밝혀졌으나 여전히 낯선 이름. 그러나 계속 보다 보니 어딘가 묘하게 익숙한 느낌이 드는 이름이었다.

화요일에는 일기 예보대로 아침부터 비가 내렸다. 빗줄기가 제법 굵었다. 날씨가 궂어서인지 5분 거리에 있는 어린이집이 오늘따라 멀게 느껴졌다. 바람이 스치는 목덜미가 서늘해서 잔뜩 움츠렸다. 이럴 줄 알았으면 스카프를 두르고 나오는 건데. 수리는 뒤늦은 후회를 했다.

아침에 내리기 시작한 비는 오후가 되어도 그칠 줄 몰랐다. 빗줄기가 조금 가늘어진 정도였고 바람은 오전보다 세게 불어 댔다. 꽃이 다질 만큼의 세기였다.

퇴근 무렵이 되자 거리에 색색의 우산을 들고 오가는 사람들이 많았다. 옆구리에 졸업 앨범을 낀 수리는 서둘러 집을 나섰다.

"어디 가?"

엘리베이터에서 뛰듯이 걸어 나오는 수리를 김 노인이 불렀다. 검은 봉지를 들고 있는 걸 보니 편의점에라도 다녀온 모양이다. 봉지 안에 얼핏 소주병이 보였다.

"악기점이요."

"악기점?"

남자의 정체를 드디어 알아냈다는 어떤 뿌듯함이 수리를 들뜨게 만들었다. 수리는 드물게 김 노인에게 속 이야기를 꺼냈다.

"어떤 남자를…… 알게 됐는데. 그 사람이 일하는 악기점에 가요."

"잘 만나고 와."

김 노인이 누런 이를 드러내며 웃었다. 덩달아 마음이 풀어진 수리가 작게 미소 지었다.

"술 너무 많이 드시지 마세요."

"그럴게."

주름진 손을 흔들어 주는 노인의 배웅을 받으며 수리는 서호악기점을 향해 달리듯이 걸어갔다. 둥글게 튀어 오른 빗물이 바짓단을 점점이 적셨다.

시내로 나오자 전조등을 켠 자동차들이 빠르게 지나갔다. 줄줄이 늘어선 상가 건물을 지나길 몇 분. 어느 허름한 2층짜리 상가 앞에서 멈춰 섰다. 해가 져서 그런지 유리창으로 새어 나오는 빛이 유독 밝게 느껴진다. 심호흡을 한 수리는 악기점으로 걸어갔다.

우산을 접어 매장 밖에 세워 놓았다. 당기시오. 문고리 옆에 붙은 스티커를 읽으며 문을 열자 차임벨이 울린다.

매장 안에는 아무도 없었다. 두리번거려 봐도 지금 막 들어선 수리 혼자뿐이고, 멀리 구석에 있는 턴테이블에서는 낮은 잡음이 튀는 피아노 연주곡이 흘러나오고 있었다. 꽤 너른 공간에 여자의 허스키한 목소리가 재즈 선율과 앞서거니 뒤서거니 했다.

매장 중앙으로 걸어가며 수리는 홀린 듯이 주위를 둘러보았다. 한쪽에는 블로그에서 봤듯이 바이올린과 비올라, 기타가 브랜드별로 벽면에 걸려 있었다. 그 옆에는 길쭉한 직사각형의 칸칸마다 다양한 색상의 케이스가 책처럼 꽂혀 있고, 꽤 많은 종류의 업라이트 피아노와 전자 피아노가 나란히 전시돼 있었다. 카운터 뒤편에는 송진이라든가 메트로놈 따위가 가득했다. 약간의 여백을 두고 효율적으로 채워진 공간은 답답하다기보다는 안정감을 풍겼다.

주인 없이 덩그러니 서 있는데 등 뒤에서 딸랑 하는 종소리가 울렸다.

"어서 오세요."

석주가 흰머리가 듬성듬성한 머리를 매만지며 들어왔다. 그는 "잠깐 지하에 내려간 사이에 오셨네요. 뭐 찾으시는 악기……." 하더니,

곧이어 놀란 듯 눈을 크게 떴다.

"건영아파트 주민이시죠? 한 달 전에 피아노 파시려던."

사소한 관계마저 기억하는 것을 보니 평소에 어떤 마음가짐으로 고객을 상대하는지 알 것 같았다. 만나는 사람 모두에게 최선을 다하는 게 분명하다. 졸업 앨범을 가슴 앞으로 안은 수리는 고개를 끄덕이며 쑥스럽게 웃었다. 구매하거나 수리할 악기 없이 상점에 들어왔다는 사실이 별안간 민망해져서, 괜히 피아노 주변을 살피다가 이제 막 전주가 시작된 곡명을 물었다.

"이 노래…… 제목이 뭐예요?"

"아, 이거? '이지 리빙(Easy Living)'입니다. 빌리 홀리데이가 부른."

석주가 웃으며 말을 이었다.

"맘에 드세요? 곡도 좋고 가사는 더 좋아요. '당신을 위해 사는 건 쉬워, 사랑에 빠지면 사는 게 쉬워.' 정말 그러니까요."

그러면서 호탕하게 웃는 석주는 확실히 남자를 닮았다. 윤석주, 윤서호. 부자지간이었구나.

카운터로 빙 돌아온 석주는 오늘 들어온 송진 재고품을 정리하면서 수리가 무엇 때문에 방문했는지 재촉하지 않았다. 다만 침묵이 길어지지 않게끔 이번 춘분에도 비가 왔는데 그 후로 두 번째 내리는 봄비네요, 그렇게 말할 뿐이었다.

아버지뻘인 데다 친절이 부담스럽지도 불편하지도 않아서 수리는 생각보다 악기 상점에 오래 머물게 됐다.

"유자차 한잔 드실래요?"

멀찍이서 석주가 말을 걸었다. 그러고는 대답하기도 전에 유리컵을 들고 다가왔다.

"감기 걸리지 말라고 아들 녀석이 사다 준 겁니다."

"감사합니다. 잘 마실게요."

잔 위로 후후 입김을 불며 눈을 드니, 석주가 빙그레 웃는다.

"여기 아래, 지하에서 아내가 작은 찻집을 하는데 작은 피아노 하나 마련해 줬어요. 무대 없이 피아노만 해 준 게 좀 그렇지만 가끔 손님들이 치고, 또 그런 손님들 중엔 왕년에 피아노깨나 쳤던 사람들도 있는 법이라서 CD 트는 것보다 나을 때가 많습니다."

가만히 경청하며 수리는 차를 한 모금 마셨다. 진한 유자 향이 입 안에 따스하게 퍼졌다.

"언제 한번 들러 보세요."

석주가 살짝 상기된 얼굴로 말하는데 그 모습이 무척 행복해 보였다. 악기점 아래에 있는 찻집이 어떤 곳일지 궁금해질 정도로.

"아이구, 말이 너무 많았네."

석주는 손님을 붙잡고 수다스러웠다는 사실에 멋쩍어하며 웃음을 터뜨렸다. 수리는 서둘러 두 손을 내저었다.

"괜찮아요."

그때 석주의 주머니에서 휴대 전화 벨소리가 새어 나왔다. 바로 전화받는 석주의 입에서 "어, 서호냐." 하는 말이 흘러나오자 수리는 움찔하면서도 귀를 기울였다. 통화 음량을 최대치로 키워 놨는지 간간이, 퇴근하고 가는 중이에요, ……잠깐 들를게, 엄마는요? 하는 남자의 목소리가 또렷하게 들렸다. 거의 다 왔어요 ……지금 가게 앞, 하는 목소리가 들렸을 땐 아차 싶었다.

통화 중인 석주에게 고개를 숙여 보이고 황급히 돌아서는데 마침 매장 안으로 들어오는 남자와 마주치고 말았다. 휴대 전화를 귓가에 댄 채 출입문 옆에 장우산을 세워 놓던 서호는 수리를 알아보고 멈칫했다.

그렇게 시간은 멈추고 턴테이블만 돌아가는 듯한 착각.

수리는 느리게 올라가는 서호의 입꼬리에서 눈을 떼지 못했다.

"안녕하세요."

친근하게 인사한다. 꼭 찾아올 줄 알았다는 듯이.

그리고 나는 사랑에 빠졌지, 내 삶에 다른 건 없어, 당신 말고는.
매장에는 여전히 빌리 홀리데이의 목소리가 울려 퍼지고 있었다.

노랫소리 위로 서호가 뚜벅뚜벅 걸어왔다. 윤이 나는 구두코가 한 걸음 앞에서 멈춰 섰다. 가까워지니 미소가 더 잘 보였고 눈가에 나른한 잠기운이 서려 있는 것마저 또렷이 보인다. 가만히 내려다보는 시선이 다정하다가 수리가 품에 안고 있는 졸업 앨범을 발견하고는 장난스러워진다.

수리는 이를 지그시 물었다. 후회가 몰려왔다. 이 앨범 속에서 드디어 당신을 찾았다고, 하지만 기억은 나지 않는다고 말하기에는 그와 수리가 너무 아무것도 아닌 사이였다. 고작 피아노 하나로 얽힌 것뿐이다. 그러니 졸업 앨범을 챙겨 달려온 건 이 남자가 당기는 대로 끌려온 꼴이다.

숙제 검사 맡는 아이처럼 무턱대고 찾아온 나를 이 사람은 뭐라고 생각할까.

서서히 뺨이 달아오를 때 등 뒤에 서 있던 석주가 침묵을 깼다.

"저녁은?"

서호가 고개를 돌렸다. 덕분에 꽉 막혔던 숨통이 트인 기분이 들었다. 수리는 조용히 안도하며 한 발 뒤로 물러섰다.

"아직이요. 아버지는?"

그렇게 물은 서호는 석주의 대답을 듣지도 않고 다시 수리를 바라보았다.

"저녁 먹었어요?"

그의 간단한 물음이 가져온 파장은 컸다.

아들 몫의 유자차를 내주기 위해 유리컵을 꺼내 들던 석주가 동작을 멈추고, 마주 선 둘을 쳐다보았다. 그의 급한 출장 때문에 하루 대타를 뛰었다손 쳐도 고객에게 저녁 드셨냐 말고, 먹었냐 묻는 친밀함이 의아한 것이다.

당혹스럽긴 수리도 마찬가지라서 말없이 눈만 깜박였다.

석주가 둘이 아는 사이냐고 물어보자,

"친구예요."

여전히 수리를 물끄러미 내려다보면서 서호가 말했다.

"그쵸?"

그러고 나서 태연히 동의를 구하는 표정이 천진하다.

수리는 얼굴이 확 뜨거워지는 걸 느끼며 고개를 돌렸다. 이제 슬슬 한계다.

간다는 말도 없이 그대로 악기점을 나오는데 따라오는 발소리가 있었다. 잠깐만요, 하는 목소리가 들렸지만 그대로 밤길을 도망치듯 걸었다. 당황해서 우산을 놓고 왔지만 걸음을 멈추지 않았다. 그러다가 더는 서호의 목소리가 들리지 않는다는 걸 깨닫고 터벅터벅 걸었다.

"……바보."

졸업 앨범을 안은 팔에 힘을 주며 성기게 내리는 비를 맞았다. 우산 없이 비를 맞는 건 오랜만이었다. 빗방울이 닿아 미끄러지는 눈가와 뺨을 손등으로 훔치며 걸을 때만 해도 마음이 한결 여유로워진 것 같았지만, 횡단보도 앞에 멈춰 서 있는 내내 긴장했다. 혹시나 쫓아오는 발소리가 있을까 봐 신경 쓰였다.

신호가 바뀌어 초록불이 들어왔지만 가만히 서서 건너편만 바라보았다. 곁에 있던 사람들은 모두 그녀를 지나쳐 반쯤 횡단보도를 건너고 있었는데 수리 혼자만 우두커니 제자리에 서 있었다. 깜박이는 신호등을 보고서야 꿈에서 깬 사람처럼 발을 뗐다. 보폭을 넓히면서 거의 뛰다시피 걸을 때였다. 이마를 때리던 가는 빗줄기가 더는 없고, 대신 곁에서 함께 걷는 누군가의 기척이 느껴졌다.

고개를 들어 보니 장우산을 수리 쪽으로 기울인 서호가 숨을 몰아쉬며 정면을 보고 있었다.

"뛰어요."

그러면서 수리의 어깨를 손바닥으로 살짝 밀 듯이 짚었다가 뗐다.

두 사람이 막 횡단보도를 다 건너자 신호가 바뀌었다. 멈춰 있던 차들이 물에 젖은 도로 위를 달리는 소리가 유난히 크게 들렸다. 차소리에 다른 소리가 모두 지워져 곧이어 이 넓은 동네에 단둘만 있는 듯한 착각이 들었다.

"우산 놓고 갔어요."

서호가 말했다. 수리는 그가 내민 우산을 말없이 건네받았다. 손가락이 스쳐서 눈썹을 조금 찡그렸다.

도망치듯 나간 게 우스웠을 것이다. 그러나 마주 본 서호의 얼굴에는 비웃는 기색 따윈 전혀 없고 그저 반가운 사람을 만난 것처럼 환하기만 하다. 정말 잘 웃는 남자다. 이제껏 만나 온 사람 중에 제일. 어릴 때도 잘 웃었을까. 그러니까 같은 고등학교에 다녔을 때도…….

"왜 그렇게 심각하게 봐요."

서호가 빙긋이 웃었다.

뜨끔한 수리는 얼른 시선을 피했다. 너무 뚫어지게 관찰하고 말았다. 도망치듯 와 놓고서 왜. 그가 든 우산 아래서 비켜나며 자신의 우산을 펼쳐 들던 수리는 문득 팔꿈치를 잡힌 느낌에 깜짝 놀라 돌아보았다. 수리만큼 놀란 서호가 급히 손을 뗐다.

"미안해요."

서호가 멋쩍게 웃으며 사과했다.

"아까처럼 가 버릴까 봐."

그러고는 들고 있던 투명한 비닐봉지를 내밀었다.

"받아요."

"……."

"피아노 건반 커버예요. 지난번에 보니까 덮개가 없던데. 잃어버렸어요?"

"……이걸 왜 주는데요?"

한참 만에 입을 열자 남자의 눈이 잠깐 커졌다가 도로 웃음 짓는다.

"서비스."

"괜찮아요. 필요 없어요."

수리는 돌아서서 집으로 향했다. 조금 매몰차다 싶었지만 바로 선을 그었다. 멈춰. 넘어오지 마. 거기 그대로 있어. 꾸밈없이 경고했다.

낯선 사람이 불쑥 끼어들어 일상을 흔드는 걸 원치 않았다. 악기점에 가는 게 아니었다. 남자를 궁금해하는 게 아니었다. 봄이라도 탄 건가. 남의 것만 같던 이까짓 계절이 새삼 마음을 들뜨게 한 걸까.

눈을 내리깔며 걷는데 뒤에서 커다란 목소리가 수리를 붙잡았다.

"블로그에 다녀갔던데요."

더 나아가지 않고 멈춰 선 수리의 뒷모습을 보며 서호가 말을 이었다.

"댓글 하나 남겨 주지 그랬어요? 왔다 간다고."

"……"

"방문자 기록 남는 걸 몰랐나 봐요, 임수리 씨는."

그러고 보니 이메일을 확인하고 로그아웃을 안 했었다. 그대로 서호악기점을 검색해서 블로그에 들어간 게 그제야 기억난다.

"블로그에 와 보고, 매장에도 온 거. 나에 대한 관심이라고 생각해도 돼요?"

관심?

생소한 단어에 입이 절로 벌어졌다. 기가 찬 수리는 홱 돌아보았다. 눈이 마주치자 서호가 기다렸다는 듯 웃었다.

"그래도 돼?"

장난기 어린 목소리. 그리고 갑작스러운 반말. 단숨에 거리를 좁혀 오는 남자다. 서로 동갑인 걸 알았으니 이만큼 가까워져도 되지 않겠냐는 여유였다. 한 발 한 발 다가간 수리는 서호를 날 선 눈초리로 바라보았다.

"그런 거 아니야."

"아니면?"

내리깐 그의 시선이 무겁게 와 닿았다. 수리는 입술을 달싹이다가 다물었다. 잠시 머뭇거리고는 솔직히 털어놓았다.

"……누군지 궁금했을 뿐이야. 모르는 사람인데 어떻게 날 아는 건지."

"자기 존재감을 너무 과소평가한다."

"그런 적 없어."

"고등학생 때 유명했는데."

"평범했어. 조용히 학교만 다녔으니까. 화장실 갈 때나 이동 수업 때문에 음악실, 운동장 갈 때 빼곤 교실에만 있었고, 가끔 아플 때 보건실에 간 게 전부였어."

그런 나를 대체 어디에서, 어떤 순간에 봤다는 건지.

어째서 점점 울고 싶은 기분이 드는 건지 모르겠다. 정말 오랜만에 하고 싶은 말을 그대로 시원하게 내뱉었기 때문인지, 아니면 무심한 얼굴로 간신히 버텨 왔던 괴로운 시기를 눈앞의 사람이 다 안다는 생각 때문인지. 어딘가를 툭 건드려진 기분이다. 가까스로 감춰 두고 있던 뭔가가 터져 나왔고 결국 목이 잠겼다.

멀리 자동차 경적 소리가 들려왔다. 습기를 머금은 차가운 밤공기가 바람에 흔들리고 있는데 속은 꼼짝없이 달궈지고 있었다.

서호는 한동안 말이 없었다. 수리를 물끄러미 보다가 슈트 재킷 안주머니에서 뭔가를 꺼냈다. 졸업 앨범을 껴안고 있는 수리의 손가락 두어 개를 살살 펴서는, 명함을 들게 했다. 수리는 그가 하는 모든 걸 아무 말 없이 그저 바라보았다.

다시 뒤로 물러난 서호가 조금 전보다 더 나직한 목소리로 말했다.

"'연락 주시면 친절히 답해 드리겠습니다.'"

어느새 비가 그쳐 있었다.

그는 달려왔던 길을 천천히 되돌아갔다. 늘 걷는 길인데도 낯선 기분이 드는 건 역시 단 한 사람 때문이다. 서호는 느긋이 걸어가며 기지개를 쭉 켰다. 튀어나올 듯 세차게 뛰던 가슴은 서서히 제 속도를 찾아 가고 있었다.

처음에는 잘못 본 줄 알았다. 악기점 안에 서 있는 여자는 그만큼 비현실적이었다. 그저 닮은 누군가가 손님으로 온 줄 알았는데 자세히 보니 임수리, 그 여자였다. 서호는 저도 모르게 멈칫했던 순간을 떠올리며 웃었다.

와 줬구나. 블로그에도, 매장에도.

수리의 방문이 반가워서 다가가던 게 아직도 사진에 찍힌 것처럼 선명하다. 얼마 동안 잊을 수 없을 것이다.

선선한 바람이 불어왔다. 서호는 눈을 오래 감았다 떴다. 한 걸음씩 내디딜 때마다 시간은 뒷걸음으로 걸어간다.

한 걸음. 스물둘에 마주쳤던 여름이 어른거렸다.

또 내딛는 한 걸음, 한 걸음에 열아홉, 열일곱…….

거꾸로 스치는 기억을 곱씹자 가슴이 아프게 뛰었다. 아쉬웠던 추억이 더는 미화될 리 없고, 새로 덧입혀 나갈 시간만 남아 있다는 사실이 새삼 신기했다. 이제는 다를 것이다. 다가갈 것이다. 머뭇거리거나 도망치는 일 없이. 저 얌전한 여자가 겁먹지 않도록 천천히. 연락 주시면 친절히 답해 드리겠습니다, 말했으니 수리는 연락을 줄 것이다, 곧.

멀리 악기점 간판이 보이자 서호는 걷는 속도를 늦췄다. 구두 뒤축으로 설렘과 기쁨 같은 것이 흘렀지만, 돌아보지 않고 걷느라 숨기지 못한 감정이 뚝뚝 떨어진 걸 그는 알지 못했다. 걸어가는 길마다 분홍인 것을.

외전 1. 스물둘

여름이 지나간다. 다음 계절이 오고 있었다. 어디까지 무성해질 것
인지 내심 의아하게 만들던 잎사귀는 이제 얼마 안 가 주홍빛을 띨 것
이다. 입추 후에 말년 휴가를 나온 건 막바지 여름을 제대로 즐기려는
마음이었다. 한여름에 나왔다면 더 좋았겠지만 곧 일반인 신분으로
돌아가므로 아쉽지 않았다.

스물둘의 8월은 바깥만이 아니라 안까지도 눈부셨다. 가장자리에
만 머물던 빛이 스미면서 통과한 것이다.

어떠한 왜곡이나 변형 없이, 서호는 지금도 그날을 선명히 기억했
다.

정오가 지나 집에 도착했었다. 서호는 군복을 갈아입고 악기점으로 향했다. 아버지께 얼굴만 잠깐 비치고는 구움과자 전문점에 들러 간식거리를 살 계획이었다. 각종 달콤한 과자는 물론이고 오랜 단골 가게의 젤라또까지, 먹고 싶은 걸 나열하자면 끝이 없을 것 같았다. 설탕기 없이 소금기만 가득한 군 생활을 잊기 위함이었고 진한 단맛이 당장 필요했으므로 발걸음이 빨라졌다.

시외버스를 타고 오는 내내 곱씹었던 간식류 목록을 머릿속으로 떠올리며 횡단보도 앞에 섰을 때였다. 곁에 누가 다가와 섰다.

야구 모자를 깊숙이 눌러쓰고 있어서 곁에 선 사람의 성별이 뭔지 알 수 없었다. 다만 다가오자마자 풍기는 향긋한 샴푸 향이 여자임을 짐작케 했다.

휴대 전화를 들여다보며 쌓여 있는 메시지에 답을 하던 서호는 문득 고개를 들었다.

신호등은 아직 바뀌지 않았다. 한낮의 바람은 더웠고, 가로수에 붙어 있는 여름벌레는 여전히 있는 힘을 다해 울었으며, 바람결에 여자의 긴 갈색 머리카락이 그가 서 있는 방향으로 살랑거렸다. 서호는 천천히 이어폰을 뺐다.

여름을 담은 공기의 움직임에 놀란 건 아니었다.

귓가에서 쟁쟁 울리던 가요가 멀어지고, 대신 어떤 여자의 목소리가 다가왔다.

"응. 갑자기 공강 됐어. ……집에만 있긴 뭐해서. 언닌 어디야?"

하얀 피부와 갈색 머리. 푸른 반소매 티셔츠가 무척이나 잘 어울리는, 통화 중인 여자의 옆얼굴. 아는 여자다.

당연히 그가 모를 수 없는 여자였다. 잊을 수 없고, 인지하지 못한 채 시간이 흐르더라도 어느 순간 불쑥 떠오르던 사람이었다.

서호는 휴대 전화를 바지 주머니에 찔러 넣으며 바닥을 주시했다. 기다렸다는 듯 가슴이 빠르게 뛴다. 신호가 바뀌었는지 양옆을 살핀 여자, 수리는 넓은 보폭으로 걸음을 뗐다. 예고 없이 마주친 수리가 멀어져 가고 있었다. 서호는 어, 하며 손을 뻗었다. 잡을 수도 없으면서 뻗은 손이 민망하다. 멀어지는 수리를 따라잡기 위해 서호는 뛰다시피 걸었다.

한 발 뒤에 붙어 선 그는 믿기지 않는 얼굴로 수리의 뒷모습을 바라보았다. 뭐 하고 있는 건가, 스스로 생각해 봐도 난감한데 걸음을 멈출 수가 없다. 끌어당기는 힘이라도 있는 듯 일정한 거리를 두고 수리를 따라가고 있었다.

너무 아무것도 아닌 사이였다. 학창 시절 지나치는 짧은 순간마다 서호만이 수리를 발견했다. 수리는 서호를 발견하지 못했다. 서호는 그저 스쳐 가는 학생들 중에서 한 사람일 뿐이었다. 눈이 마주치는 순간도 적었으므로 그를 알 거란 확률은 당연히 낮다. 오래전의 통통하던 젖살은 이제 없고 군 복무 기간 동안 피부는 거칠고 까무잡잡해졌으니 그를 알아볼 확률은 아예 '0' 일지도 모른다.

그때 수리가 별안간 돌아보았다. 서호는 마른침을 삼켰다. 알아볼까, 혹시 나를. 기대감을 담고 바라보았으나 바로 고개를 돌려 버린다. 그 아닌 다른 델 보는 무심한 시선이었다. 예상한 일이었지만 생각보다 더 허무하다. 지나간 시간이 몇 년인데, 얼마든지 맨 뒤에 세워 두고 잊을 수 있는 추억인데, 단지 처음 매료된 사람이란 이유로 우연한 마주침에 다시금 떨리는 게 이상했다.

쓰게 웃던 서호는 그대로 수리를 보낼 듯이 멈춰 섰다.

잘 가라고, 너는 모를 테지만 좋아했다고, 보내는 게 맞았다.

이제 와 고백이라도 할 게 아니라면 그러는 게 맞았지만…… 수리가 걷는 궤적을 따라 느릿느릿 걷기 시작했다. 수리는 길 건너 핸드드립 전문 커피숍으로 향했다. 겨우 한 발 뒤에 서 있었는데, 문을 열기 위해 물러서는 수리에게 발을 밟히고 말았다. 정확히는 뾰족한 구두 굽에.

인상이 쓰일 만큼 아팠다. 잠깐 사이에 눈물까지 맺혔다. 놀란 수리가 돌아보며 "죄송합니다." 허둥지둥 사과했다.

전혀 안 아프다고, 이 정도는 고양이에게 발을 밟힌 아픔이라고 말을 늘어놓아 볼까 생각만 하다가 타이밍을 놓쳤다.

"⋯⋯괜찮습니다."

서호는 통증도 잊고 반짝이는 눈으로 웃어 보였다.

먼저 가게 안으로 들어선 수리는 설탕기와는 거리가 먼 아이스아
메리카노를 시켰다. 이제 눈빛만이 남았다. 정말로 미안해하는 눈동
자. 낮지만 상냥한 목소리. 죄송합니다, 단 한 마디였으나 놀랄 만큼
가슴이 죄는 말이었다. 어이없을 정도로 의미를 찾아볼 수 없으며 주
위에서 흔히 들을 수 있는 평범한 인사말에 불과했지만 앞으로 내내
떠올릴 것을 안다.

유리잔에 담겨 나온 아메리카노는 썼다. 서호는 눈썹을 찌푸리며
입맛을 다셨다. 커피를 즐겨 마시지 않는 탓에 카페에 올 때면 늘 과
일주스나 탄산수를 시켰는데 괜한 객기를 부리고 말았다. 그와는 달리
창가 쪽 원형 테이블에 앉은 수리는 빨대를 문 채 잘만 마시고 있었다.

그는 곧 계산대 쪽에 진열돼 있는 초콜릿을 하나 사 왔다. 오늘은
줄 수 있을까. 사탕을 손에 쥐어 주고 싶었지만 결국 건네지 못했던
학창 시절이 떠올라 초조하게 얼음만 씹었다.

일부러 수리와 마주 보는 테이블에 앉았건만 눈이 마주치는 일은
없었다. 단 한 번도 마주치지 않는다. 지금 저 여자의 관심사는 오로
지 책뿐이었다. 서호는 피식 웃으며 빨대로 얼음 사이를 저었다.

수리는 콧잔등을 긁거나 머리칼을 쓸어 올리고는 책장을 넘겼다.

가끔 귓불을 만지며 창밖의 은행나무를 보기도 했다. 소란스러운데도 집중이 잘되는 모양이다. 그 외의 순간엔 모두 묵독을 했는데, 수리만 가위로 오려서 도서관 열람실이나 독서실 좌석에 붙여 놔도 어울릴 만한 자세였다.

속으로 콜라주를 해 본 서호는 소리 없이 웃었다. 어처구니가 없어 새어 나오는 웃음이었다. 사실 장소가 어디든 저 여자라면 잘 어울리겠다 싶었으니. 시간이 흘러도 여전히 정적으로 예쁘다는 생각에 입술 끝이 자꾸 올라간다.

한 장 한 장 넘어가는 책장이 부럽기는 처음이다. 서호는 모자챙을 살짝 들어 올리며 조그맣게 한숨을 내쉬었다. 그러다가 목이 뻐근했는지 고개를 든 수리 때문에 도로 모자를 깊숙이 눌러썼다. 탁— 소리가 나기에 보니 책을 엎은 채다. 화장실에라도 다녀오려는지 일어선다.

「당신은 모르는 여름」. 짧지 않은 제목이 눈에 박히듯 들어온다. 열일곱부터 줄곧 곁에 사는 걸 너는 모르겠지. 그동안 벌써 몇 번의 여름을 거쳤다. 서호는 하늘색 표지를 외듯이 봤다.

수리가 짐을 챙겨 일어난 건 오후 3시쯤이었다. 그동안 턱을 괬던 팔을 풀고 스트레칭을 하거나 사약 먹듯 아메리카노를 마시며 시간을 보낸 서호는 느긋하게 커피숍을 나섰다. 조금만 움직였는데도 벌써 더웠다.

돌아봐라. 돌아봐라.

속말을 되뇌며 단정한 뒷모습을 바라본다. 소리 없는 주문에 응답할 리 없다는 걸 알면서도 서호는 바지 주머니에 두 손을 넣은 채 걸어갔다. 하다못해 발소리라도 알아차려 주지. 조르는 마음이 들었지만 역시나 모르는 눈치다. 걷는 동안 몇 개의 횡단보도를 건너고, 분식집과 동물 병원, 편의점 들을 지나쳤다. 대여섯 걸음 정도 떨어져 걸으며 드는 생각은 이제 후회다. 후회로 점철된 마음이 조금 전부터 가라앉고 있었다.

친구의 친구까지 동원해 얻은 정보는 "걔 갈색 머리 수리? 말 없는 애."로 모아졌다. 말수 적고 때론 차가워 보이기까지 한 그 시절의 임수리는 그에게 피아노보다 어려운 존재였다. 좋아하는 마음을 전하려고 막대 사탕을 사게 한 여자이면서 동시에 마주하기 가장 어려운 여자였다. 그러니 고백은커녕 인사를 걸며 교우 관계로 발전하는 것조차 어려웠다, 그땐.

서호는 서점 안으로 사라지는 수리를 보고 걸음을 멈췄다. 서점으로 통하는 회전문은 꾸준히 안팎으로 사람을 내보내고 들이길 반복했다.

저 여자는 모를 동행은, 여기까지가 맞았다.

이젠 10대가 아니었으므로 어린 티를 벗어나지 못한 마음은 도로 감추는 게 나았다. 서호는 가만히 수리가 사라진 쪽을 응시했다. 아니, 감추는 게 맞는 건가. 먼 훗날 또 지금 이 순간을 떠올리며 후회할 지도 모른다.

긴가민가한 채 목뒤를 긁적이며 돌아서려 할 때였다. 회전문이 돌아가며 수리가 걸어 나왔다. 이번에는 눈이 마주쳤다. 제대로.

당황한 서호는 이쪽으로 다가오는 수리를 보고 등 뒤로 주먹을 쥐었다. 곧장 다가온 수리가 그의 발치로 시선을 내렸다. 눈길이 향한 곳을 따라서 고개를 숙인 서호는 운동화 앞에 떨어져 있는 카드 지갑을 바라봤다.

떨어뜨린 건가?

수리보다 먼저 지갑을 주워 드는 손이 떨리지 않길 바랐다.

"감사합니다."

명함 크기의 검정 지갑을 받아 든 수리는 다시 그와 눈을 마주치는 일 없이 조용히 인사했다.

서호는 모자챙을 잡고 고개를 꾸벅 숙여 보였다. 그대로 돌아서서 묵묵히 걸어갔다. 점차 보폭을 넓혀 걷던 서호는 뭔가에 붙잡히기라도 한 듯이 우뚝 멈춰 섰다. 손에 쥔 초콜릿이 무겁게 느껴졌다. 어떤 기대감을 품고 돌아섰지만 역시 수리는 보이지 않았다. 회전문은 여전히 돌아가고 통 모르는 사람들만 오갈 뿐이다.

서호는 다시 걷기 시작했다. 초콜릿을 허공에 던졌다가 받길 반복하다가 문득 피식 웃었다.

다음이 없어도 좋겠다. 횡단보도를 건널 때 횡단보도만 건넌 게 아닌 것처럼 다음이 없어도 지금 이 순간이 오래 기억나리란 걸 아니까. 지금만으로도 충분히, 지난 짝사랑이 조금쯤 응답을 받은 것 같았다.

잇새로 초콜릿 포장지를 벗기고는 겉으로 드러난 부분을 아작 깨물었다. 캐러멜 초콜릿의 당도 높은 단맛이 혀끝을 감쌌고, 전하지 못한 마음이 그의 입 안에서 사정없이 녹았다.

서호는 모자를 벗었다. 올려다본 하늘이 파랗다. 키 큰 소나무 한 그루가 가지를 늘어뜨린 채 그를 굽어보고 있었다. 자동차 경적 소리와 어디선가 끼어든 웃음소리, 할인 매장 앞에서 크게 울려 퍼지는 호객 소리까지, 모든 소리가 잘 조율된 건강한 피아노처럼 영롱하게 들린다.

가을의 초입이 반짝거리고 있다. 한 음 한 음씩 끊어 연주하듯 또렷이 빛난다. 그를 둘러싼 모든 것이 눈이 부시게.

4

한 사람과 연관된 사물을 몇 개까지 기억할 수 있을까.

그 남자를 생각하면 피아노가 바로 떠올랐다. 반대로 피아노를 봤을 때 남자가 생각나기도 했다. 피아노만 봐도 떠오르다니, 어쩐지 분했다. 피아노를 급히 산다는 광고지가 걸려 있던 아파트 현관을 지날 때마저 그를 떠올렸다. 심지어 안경점 간판을 보자마자 무심코 그를 생각하기도 했다.

생각할 수밖에. 수리가 가는 길목마다 서호를 연상시키는 사물들이 기다렸다는 듯 놓여 있었다.

곤란하게 됐다. 지상 주차장의 트럭을 바라보며 수리는 얕은 한숨을 내쉬었다. 트럭 주위로 성인 남자 다섯 명이 목장갑을 낀 채 피아노를 운반하고 있었다. 두꺼운 담요에 둘러싸인 검정 피아노는 한눈에 보기에도 몹시 커 보였다. 피아노 상판을 트럭에 고정하는 일꾼들의 표정이 진지했고, 피아노를 전문적으로 운반하는 사람들인 모양인지 여러 사람이 피아노 한 대에 붙어 있다.

분리수거를 하러 나온 수리는 또다시 발이 묶인 듯 피아노가 운반되는 과정을 지켜보았다. 거의 반사적으로 서호를 찾았지만 그는 보이지 않았다. 피아노를 취급하는 악기점이 그곳 하나뿐이 아님을 알면서도 혹시 그가 있을까 봐 긴장이 됐다.

안전하게 고정되는 피아노를 바라보며 수리는 인상을 찌푸렸다. 참 이상하다. 이제껏 존재조차 몰랐던 남자가 이토록 강력하게 영향력을 미치다니. 줄곧 수리의 삶 바깥에 있었으면서 어느 순간 예고도 없이 안으로 들어와 살아 숨 쉬고 있다. 수리는 손에 든 노란 플라스틱 바구니를 힘주어 잡으며 걸음을 옮겼다.

나타나지 마. 마음대로 떠오르지 마. 중얼거리며 고개를 저었다.

아무리 노력해도 예전으로 돌아갈 수 없었다. 길을 걷거나 버스를 타고 지나가다가 악기점 간판을 발견하면 또 윤서호, 그 남자가 떠올랐으니까.

이 감정을 뭐라고 해야 할까. 누군가를 갑자기 알아 가며 느끼는 감정 중에 이렇게 붕 뜬 기분을 설명할 수 있는 건……. 수리는 복잡한 얼굴로 하늘을 올려다보았다.

"어디요?"

— 502호. 소음 방지 키퍼만 설치해 드리고 오면 돼.

반차를 내고 퇴근을 서두른 날 서호는 바쁜 석주를 대신해 동네 가
정집으로 피아노 조율을 다녀온 길이었고, 전화상으로 이제 막 새로
운 일을 맡게 된 참이었다. 서호는 괜히 아버지에게 엄살을 부렸다.

"내가 연애를 못 하는 건 피아노 때문."

— 자식이, 핑계는.

전화기 너머에서 석주가 핀잔 섞인 웃음을 터뜨렸다.

건영아파트 단지 내를 걸어가며 서호는 고개를 한껏 젖혔다. 구름
사이로 푸른 하늘이 드문드문 보였다. 바람이 불면 조금 서늘하다가
도 햇살만은 따뜻한 오후였다. 걸음을 늦추며 걷는 서호의 발길을 잡
은 건 다름 아닌 리코더 소리였다.

삑삑삑삑— 삑삑삑.

놀이터 옆을 지나가던 서호는 저도 모르게 멈춰 섰다. 걸음을 멈춘
건 서호만이 아니었다. 마트에서 장을 보고 온 건지 양손 가득 남색
장바구니를 든 아주머니 한 분도 놀이터를 바라보며 서 있었다.

사—라솔라 시시시.

라라라— 시시시.

청중이 늘고 있는 것도 모르고, 시소에 앉아 있는 수리는 리코더를 부는 데 제법 열중한 얼굴이다.

수리의 입바람이 만들어 낸 음정 위로 아이들이 노래를 부르는 목소리가 실렸다.

휴대 전화를 쥔 그대로 서호는 시소에서 멀지 않은 화단 앞에 섰다. 발치에 음식물 쓰레기통이 놓여 있는 걸 보니 분리수거하러 나왔다가 같은 단지에 사는 아이라도 만난 모양이다.

서호는 발끝으로 바닥을 툭 차며 쓰게 웃었다. 큰일이다. 너무 익숙해서 시시한 동요가 갑자기 두근거림을 느낄 만큼 좋아지다니. 더군다나 '비행기'다. 접어서 날리든 불어서 날리든 다시 비행기다.

"……연애하게 된다면, 피아노 덕분이야."

아직 통화 중인 석주에게, 서호는 심드렁히 말했다.

— 뭔 소리냐?

석주가 물었지만 서호는 피식 웃기만 했다.

"끊을게요."

휴대 전화를 주머니에 넣고는 한 발 더 가까이 수리 쪽으로 다가갔다.

제창을 끝낸 아이들이 서로 다른 말을 종알거리기 시작했고 수리는 그런 아이들에게 뭐라 말하며 미소 짓고 있었다.

또 다른 동요를 연주해 달라는 꼬마들의 목소리가 커졌을 때 서호가 시소 가까이 다가섰다.

그를 발견하고 커지는 수리의 눈을 빤히 응시했다. 벌떡 일어난 수리에게 서호는 환하게 웃어 보였다. 짝짝짝, 리코더 연주에 대한 박수를 치고 나서 미련 없는 척 돌아서는데, 이 여자와 해가 지고 마침내 달이 뜰 때까지 함께 있고 싶어서 발이 잘 떨어지지 않았다. 수리의 시선이 와 닿는 게 느껴졌지만 서호는 한 번도 돌아보지 않았다.

연락 주시면 친절히 답해 드리겠습니다, 연락 주시면…… 그 말을 주문처럼 되뇌면서 수리로부터 멀어졌다. 다시 돌아가서 수리와 마주서고 싶은 걸 간신히 누르며.

요즘 제일 피하고 싶은, 그러나 줄곧 소식이 궁금하던 남자와 마주쳤다.

언제부터 지켜본 걸까. 서호는 리코더 연주가 끝나자 장난스럽게 박수까지 치곤 말없이 돌아섰다. 먼저 연락 주기 전엔 귀찮게 안 하겠다는 듯이. 어떤 거리감이 느껴져 수리는 이상하게 심란해졌다. 예기치 못한 이 만남이 반가우면서도 난처했고 무엇보다 아까부터 서호가 사라진 쪽을 자꾸 보게 되는 게 꼭 그를 의식하고 있는 모양새였다.

"얼굴이 빨갛다. 사과 같아요!"

수리 앞에 쪼그려 앉아 있는 여자아이가 배시시 웃으며 말했다.

화들짝 놀란 수리는 아이에게 연보라색 리코더를 돌려주며 어색하게 미소 지었다.

"선생님 이제 가 볼게."

수리는 다치지 않게 조심히 놀다 가라는 당부를 남기곤 서둘러 집으로 향했다.

분리수거장에 들렀다가 아이들에게 에워싸인 지 막 10분쯤 흘렀을까. 리코더를 곧잘 불러 주던 선생님이란 걸 잊지 않은 아이들이 리코더 연주를 청했고, 어려운 일이 아니었으므로 동요 한 곡을 연주한 참이었다.

그런데 그 모습을 요즘 가장 신경 쓰이는 남자가 발견할 줄이야. 수리는 울상을 지었다.

그 박수는 대체 뭐야. 놀리는 것도 아니고. 그보다 말 한마디 없이 눈인사만 건네는 타입이었던가, 그 남자가.

괜히 분한 마음이 든 수리는 입술을 깨물었다.

▐▌▐▐▌▐▌▐▌▐

실은 피아노를 버리고 싶은 게 아닐지도 모른다. 버리고 싶은 건 따로 있었다. 대체로 엄마와 얽힌 기억이다. 그것들을 버리면 숨통이 좀 트이리라고 생각했다. 다음에, 다음에 버리면 돼. 애써 뒤로 미룬 계획 위로 웬 낯선 사람이 다가왔다.

나는 기억 못 하는 동창생. 하지만 나를 기억하는 남자.

서호가 억지로 쥐여 주다시피 한 명함을 수리는 자주, 오래도록 바라보았다. 침대 위에서, 소파에 앉아서, 엘리베이터 안에서. 명함 속 직책은 어느 제분회사의 사원이다. 그의 직업은 피아노 조율사만이 아니었다.

그러고 보니 그를 만난 건 죄다 평일 늦은 저녁이나 주말이다. 악기점을 운영하는 석주를 도와 가끔 일을 거드는 듯했다. 그러나 피아노 조정 작업을 그토록 수월하게 한 걸 보면 단지 일손을 거드는 수준이 아닐지도 모른다.

수리는 침대에 누워 명함을 빤히 살폈다. 연락 주시면 친절히 답해 드리겠습니다. 농담 같은 그의 말이 자꾸만 맴돈다. 잊을 만하면 그 목소리가 다시금 떠올라 맴돌았다. 귓불을 문지르며 수리는 난처한 얼굴로 한숨을 내쉬었다.

그날 서호는 명함을 건네주고는 제 할 말만 하고 멀어졌다. 속마음을 건드리면서 먼저 입을 열게 만드는 그의 명함을 어째선지 버리지 못하겠다. 졸업 앨범을 책장에 꽂아 넣지 않고 책상 위에 올려 둔 이유 역시 알 수 없다. 윤곽이 흐릿한 감정이 내내 수리를 곤란하게 만들었다.

볼일이 생겨 시내에 갈 때면 일부러 서호악기점이 보이지 않는 길로 빙 돌아갔다. 어느 순간엔 굳이 피해야 할 이유가 없단 생각이 들어 일부러 서호악기점 앞을 지나치기도 했다. 불편한 오기와 함께 시간이 지날수록 궁금증이 커져만 갔다. 날 어떻게 아는지 물어야겠단 마음 역시 날마다 부풀었다.

어떻게든 매듭을 지어야만 끝날 의문이었다. 침대에서 벌떡 일어난 수리는 충동적으로 휴대 전화의 문자 메시지 창을 켰다. 손가락에 잔뜩 힘을 줘 서호의 번호를 입력했다.

뭐라고 보내지?

수리는 아랫입술을 윗니로 잘근잘근 눌렀다. 안녕하세요, 인사를 건네기엔 이미 격식을 허물어 버렸다. 그 사람도, 나도.

안녕, 하기엔 여전히 먼 사이였다. 그 모든 인사를 생략하기로 하고 수리는 본론부터 적었다.

[묻고 싶은 게 있어요.]

잠시 망설이다가 지움 버튼을 눌렀다. 얼떨결에 말을 놨더니 존댓말이 도리어 불편해지고 말았으므로.

[묻고 싶은 게 있어.]

근래 가장 어려운 연락이라고 생각하며 '보내기' 버튼을 눌렀다. 이게 뭐라고 긴장이 되는 건가. 수리는 떨떠름한 얼굴로 액정 화면을 바라보았다. 그러다가 기다렸다는 듯 진동하는 휴대 전화를 하마터면 떨어뜨릴 뻔했다. 문자를 전송하고 나서 겨우 1분 남짓 지났을 때 답장이 온 것이다.

[임수리 씨?]

뭐라고 답해야 좋을지 고민하는데 뒤이어 문자가 도착했다.

[내일 저녁 8시.]

이번 주 금요일, 집 근처 공원에서 만나자는 내용이었다. 공교롭게도 수리가 종이비행기를 날려 그의 걸음을 멈춰 세운 그곳에서.

내일 저녁 8시.

그렇게 답장을 보내고 나서 서호는 피아노 의자에 누워 버렸다. 면적이 좁은 탓에 위아래로 머리와 긴 다리가 한참 삐죽 나왔다. 가슴 위로 휴대 전화를 꼭 쥐고 한숨을 내쉬었다.

퇴근하고 집에 오자마자 재킷과 넥타이만 벗어 둔 채 피아노 의자에 앉아 있었다. 그의 손길을 탄 업라이트 피아노는 스물아홉에도 여전히 조율 파트너였다. 방에 있는 사물 중에 어쩌면 가장 아낀다고 할 수도 있는 검정 피아노 앞에서 서호는 수리를 생각했다.

"……드디어."

연락을 줬다. 말 없고 조용한 그 여자가 먼저. 만일 앞뒤 재지 않고 먼저 다가갔다면 분명 강하게 경계했을 그 여자가.

바람대로 오래지 않아 도착한 수리의 문자를 본 순간 가슴이 세차게 두근거렸다. 평소와 다른 박동을 악보 위에 옮기면 크레셴도일 게 분명하다. 점점 커지는 심장 박동을 느끼며 서호는 천장을 바라보았다.

다시, 좋아하기라도 하는 건가.

나를 모르는 그 여자를.

"나와서 망고 먹어."

그때 거실에서 희영이 불렀다.

서호는 휴대 전화를 책상에 내려놓으며 방문 쪽으로 돌아앉았다.

"연락 왔어요. 임수리한테."

"뭐라고?"

잘 듣지 못한 어머니가 되물었으나 서호는 기분 좋게 외쳤다.

"망고 먹을 때가 아니야, 지금!"

연락이 오지 않을까 봐 조마조마했던 시간들은 순식간에 그와 상관없는 과거가 되어 멀어진다. 홀가분하게 웃으며 피아노 건반 뚜껑을 덮는데, 수리의 갈색 머리가 눈앞에 어른거렸다. 정말이지 홀로그램 같은 여자다. 지금 여기 없으면서도 언제나 같이 있다. 늘 곁에 머무는 듯하다. 그런 기분이 들게 한다.

5

침대 옆 협탁 쪽이 아까부터 요란하다. 살짝 실눈을 뜬 수리는 몇 번 뒤척이다가 이불을 걷고 일어나 알람을 껐다. 아침 6시. 그리고 이제 막 1분을 지나고 있다.

아침잠이 없는 편이어서 늘 여유 있게 기상했다. 눈가를 문지르던 수리는 부스스한 머리를 하나로 올려 묶었다. 밤새 어떤 꿈을 꾼 것 같은데 좀처럼 기억나질 않는다. 엄마였을까 생각했지만 아닐 것이다. 엄마는 수리의 꿈에 안 나타난 지 꽤 됐다. 꿈에서조차 먼 데 있는 사람이었다. 개운치 않은 얼굴로 창문을 열자 멀리 새소리가 들린다.

4월에는 4월의 바람이 분다고 했다. 지난달보다 밀도가 촘촘하고 따뜻한 바람이 방 안으로 불어왔다. 3월과는 확실히 다른 바람이었고, 이맘때 크고 작은 꽃씨를 실어 나르는 건 꿀벌만이 아니었다. 달리는 버스 차창 너머를 구경하거나 길을 걷다 보면 허공을 유유히 떠다니는 꽃씨가 눈에 띄곤 했다. 아침저녁으로는 바람이 쌀쌀해서 겉옷을 꼭 챙겨야 했는데, 카디건이며 얇은 재킷이 필요 없을 때쯤이면 아마 봄보다는 여름에 훨씬 가까워져 있을 것이다.

라디오를 켜자 디제이와 패널들의 웃음소리가 쏟아졌다. 밤사이 집 안에 내려앉은 침묵이 조금씩 흩어진다. 전파를 타고 흘러나오는 소리가 그 자리를 틈틈이 메우기 시작했다.

수리는 볼륨을 좀 더 키우고 화장실로 향했다. 부지런히 씻고 나서는 어제저녁에 미리 끓여 놓은 된장찌개로 아침을 때우고, 설거지를 했다. 출근까지 시간이 조금 남았지만 빨래를 하기에는 시간이 애매해서 이틀째 밀려 있는 신문을 집어 들었다. 문화면에 실린 신간 도서 중 관심 가는 책에 형광펜으로 밑줄까지 그으며 읽다 보니 어느덧 8시가 다 되어 갔다.

베이지색 트렌치코트를 챙겨 입은 수리는 현관으로 향했다. 헐렁해진 캔버스화 끈을 꽉 조여 매고 서둘러 집을 나섰다. 아파트 단지 내에 있는 은하수 어린이집까지는 출퇴근하는 데 부담이 별로 없었다. 게다가 다른 교사들과 달리 종이접기 강사 겸 보조 교사로 채용된 터라 근무 조건이 상대적으로 덜 빠듯한 편이었다.

늦지 않게 어린이집에 도착한 수리는 개인 사물함에 외투와 가방을 차례차례 넣어 두었다. 얼추 다 마른 머리를 고무줄로 묶으며 나오는데 먼저 출근해 있던 혜수가 싱크대 쪽에서 사과를 씻다가 고개를 들었다.

"왔어요?"

"안녕하세요."

"이리 와서 사과 좀 먹어요."

수리는 작게 웃으며 혜수의 곁으로 다가갔다.

"어제 늦게 잤더니 일어날 때 완전 힘들었네."

"피곤하시겠어요."

"커피 마시고 와서 괜찮아요. 별일 없으면 좋겠다, 오늘도."

크게 하품한 혜수가 나른한 얼굴로 웃었다. 최 원장의 허물없음이 좋았다. 수리는 그녀의 스스럼없는 마음만은 이상하게 불편하지 않았다.

오전 9시가 다 되자 노란색 가방을 멘 아이들이 학급별 놀이방으로 들어가며 소란스러워지기 시작했다. 엄마가 직접 데려다주는 아이도 있고, 어린이집 바로 앞 동에 살아서 저 혼자 등원하는 아이도 있었다.

평소에도 불안감이 얼굴에 언뜻 비치는 아이들 중에는 울면서 엄마를 찾는 경우가 제법 있었다. 하루는 출근하다가 가벼운 접촉 사고가 난 교사를 대신해 등원을 도운 적이 있었는데, 그때 수리는 서럽게 우는 여자아이를 만났다. 이사 때문에 등원한 지 얼마 안 된 그 아이는 엄마 대신 할머니의 손을 잡은 채였고, 이미 집에서부터 한바탕 울고 온 모양인지 눈이 충혈돼 있었다.

어린애의 눈물은 힘들기도 하지만 안쓰러울 때가 아주 많았다. 숨죽여 우는 모습이 안돼 보여 요구르트를 쥐여 주고 한참을 착하지, 착하지, 말을 걸었다. 집에 가고 싶어 하는 아이는 놀이방에 들어와서도 울음을 쉽게 그치지 못했다.

그날 저녁 교사들끼리 회식하는 자리에서 혜수가 소주를 마시며 말했다. 애들한테 애착 이불이 돼 주고 싶어. 애착 인형 같은 어린이집 선생이 되고 싶어. 집 생각 안 나도록 편하게 해 주고 싶단 말이지. 혜수의 말에 다른 교사들은 웃거나 조용히 고개를 끄덕였다. 다들 말은 안 했지만 공감했을 터다. 분리 불안 때문에 우는 애들을 보면 안절부절못하겠다가 환장하겠다가 결국은 슬퍼진다고 말하며 혜수는 빈 잔에 소주를 따랐다.

거창한 사명감까지는 아니더라도 수리 역시 아이들을 환하게 지켜 주고 싶었다. 불안처럼 무거운 감정 따위는 내려앉을 틈 없이.

"으어엉. 엄마아."

간식 바구니를 들고 지나가던 수리는 걸음을 멈췄다. 오늘도 또 다른 아이가 울고 있었다. '달님반'의 준영이란 여자아이였다. 준영이를 안은 달님반 교사가 아이의 엄마로 보이는 젊은 여자와 마주 보고

서 있었다.

"엄마랑 떨어지기 싫은가 봐요."

"어쩌지."

난처한 듯 입술을 깨무는 여자는 원피스 위로 가죽 재킷을 입고 있었는데 상당히 젊어 보였다. 어깨까지 내려오는 파마머리를 한 여자는 쫓기는 듯한 얼굴로 아이와 손목시계를 번갈아 봤다. 그러면서 연신 "친구들이 준영이 기다리고 있잖아. 얼른 들어가야지." 하며 우는 아이를 달랬다.

달님반 교사가 사정을 다 안다는 얼굴로, 어머니 이러다가 출근 늦으시겠어요, 말을 꺼냈을 때 여자의 눈빛에 스친 감정은 고마움이었다. 구두 소리를 내며 여자가 멀어지자 아이는 침까지 흘리며 눈물을 그치지 못했다.

준영이 엄마를 찾는 동안 앞치마 주머니에서 노란 색종이를 꺼낸 수리는 바닥에 쭈그려 앉았다. 언제나 색종이를 챙겨 다녔다. 아이가 울 땐 색종이. 저절로 몸에 밴 습관이다.

세모꼴로 반을 접은 색종이의 경계를 따라 양쪽에서 다시 반을 접었다. 접힌 아랫부분에 살짝 바람을 넣어 삼각 주머니를 만들고는 꼭짓점을 아래로 향하게 접는다. 뒤집은 양 귀퉁이를 접었다 펼치고, 그 종이의 정중앙에 검지를 꾹 댄 채 비뚤게 당겨 접자 아이들에게 친근한 곤충 모양이 됐다.

됐다. 중얼거리며 일어선 수리는 황급히 준영의 앞으로 달려갔다.

"……준영아. 이거 봐."

눈가를 비비면서 울던 준영이 달님반 교사의 어깨에 뺨을 댄 채 수리의 손을 쳐다보았다. 수리는 손에 쥔 종이를 흔들어 보였다.

"나비가 준영이 만나려고 날아왔어."

팔랑팔랑, 수리의 손에서 나비가 날갯짓을 했다. 잠깐 사이에 우는 아이 달래느라 진땀을 흘린 달님반 교사가 호들갑스럽게 맞장구를 쳤다. 어머, 나비다. 아침부터 나비가 놀러 왔네. 준영이가 좋은가 보다. 거짓말처럼 아이의 울음이 잦아드는 걸 보며 수리는 힘주어 말했다.

"준영이가…… 나비야 나비야 노래 불러 주면 좋아할 거야."

우느라 찌푸려졌던 얼굴이 조금씩 펴져 간다. 천천히 긴장이 풀리는 아이를 보면서 수리는 나비 쥔 손을 위아래로 흔드는 것을 멈추지 않았다.

훌쩍거리던 준영이 작은 손을 뻗어 왔다. 수리는 나비를 건네주며 웃었다. 나비가 준영이 손을 날개로 감싸 줬네, 달님반 교사가 말하며 수리에게 살짝 고개를 숙였다. 고마워요, 고갯짓에 담겨 있는 인사를 놓치지 않고 봤다. 수리는 달님반으로 향하는 교사와 준영의 뒷모습을 오래 지켜보았다.

울음을 그쳐서 다행이라고 생각하며 간식 바구니를 드는 순간이었다. 문득 스친 생각에 우두커니 멈춰 섰다. 돌아서서 어린이집 입구를 멍하니 바라보던 수리는 준영 엄마의 목소리를 되새기며 짤막한 신음을 흘렸다. 옛 기억을 들쑤시는 목소리였다.

'왜 말을 안 해? 바보야?'

열여섯, 어리다면 어리고 성숙하다면 성숙한 나이에 만난 예쁘장한 여자애의 외모가 불쑥 눈앞에 어른거린다.

그 애였다.

엄마를 닮아 인형 같은 준영이를 떠올리며 수리는 잔머리를 귀 뒤로 쓸어 넘겼다. 아직 이사를 가지 않았다면 이 동네에 그대로 살고 있을 테고, 조금 일찍 결혼을 했다면 준영이만 한 딸이 있을 터다. 수리는 덤덤한 얼굴로 돌아섰다. 준영의 엄마는, 예감이 틀리지 않다면 올리비아였다. 어릴 적 배우가 되고 싶어 했던 그 애는 어른이 된 지금도 여전히 예뻤다.

햇살이 길게 늘어진 창가에는 먼지가 반짝이며 떠다닌다. 반일반 아이들이 모두 집으로 돌아가고 나자 오전보다 한가로웠다. 이럴 때 부유하는 먼지는 티끌 아닌 꽃가루 같다. 고요한 놀이방을 둘러보며 수리는 한숨을 돌렸다.

이틀 간격으로 종일반 보육이 끝나는 저녁 7시까지 남아 있어야 하는데 금요일인 오늘 수리는 6시 무렵에 퇴근할 수 있다. 이제 숙제처럼 안고 있는 약속이 하나 남았다. 윤서호, 그 남자와 만나기로 한 8시까지 시간이 좀 남아서 여유롭게 집으로 돌아왔다.

거울 앞에 선 수리는 하나로 묶고 있던 머리를 풀었다. 고무줄 자국대로 구불거리는 머리카락을 손으로 빗어 내렸다. 엉켜 있던 샴푸 향이 은은히 났다. 수리는 문득 눈썹을 찌푸리며 거울을 쳐다보았다. 오늘따라 생기 없이 창백해 보이는 얼굴이 기분 탓이길 바랐다. 화장대 앞을 서성이다가 립밤을 엷게 펴 바르고 졸업 앨범을 챙겨 집을 나섰다. 엘리베이터를 타고 내려오면서는 입술이 너무 번들거리는가 싶어 손등으로 힘주어 닦아 냈다.

자전거 타는 아이들이 수리 곁을 빠르게 지나쳤다. 운동 기구 주위로는 가벼운 운동복 차림을 한 여자들이 서넛 모여 운동에 열중하고 있었다. 공원 가장자리마다 가로등이 나무처럼 세워져 있어 해가 져도 어둡지 않았다. 수리는 벤치에 앉아 이어폰을 귀에 꽂았다. 휴대전화에 담아 둔 팝과 가요를 골라 듣다가 악기점에서 들은 곡이 불쑥 떠올랐다.

'빌리 홀리데이'였지, 아마. Easy living. 당도로 따진다면 진하디 진한 노래가 이어폰으로 흘러나왔다.

3분여간의 음악이 끝나 갈 즈음, 옆자리에 누군가 털썩 앉는 기척이 느껴졌다.

"안녕."

서호였다. 퇴근하고 바로 온 건지 서류 가방을 다리 옆에 세워 둔 그가 넥타이를 헐겁게 풀었다.

"3학년 4반 임수리."

몇 반이었는지까지 기억하는 걸 보니 조금 더 혼란스러워진다. 수리가 이어폰을 빼내며 말없이 쳐다보자 마주친 미소가 커졌다.

"나도 오랜만에 앨범 찾아봤지."

수리는 들고 있던 졸업 앨범 책장을 빠르게 넘겼다. 그리고 모서리를 살짝 접어 놓은 쪽을 펼쳐 서호에게 내밀었다. 서호는 수리의 손가락이 짚고 있는 사진을 보며 고개를 끄덕거렸다.

"3학년 8반 윤서호. 그땐 좀 통통했어. 아이스크림을 너무 좋아해서."

묘하게 장난스러운 말투. 짓궂은 미소. 이 사람은 확실히 내가 편하구나. 출처 모를 반가움을 드러내는 그를 바라보던 수리는 자신 없는 목소리로 말했다.

"미안하지만 네가…… 윤서호 씨가 누군지 모르겠어."

"괜찮아."

"그쪽은 날 아는데. 난 왜 모르겠지?"

수리의 질문에 서호는 제 무릎 위를 팔꿈치로 짚었다. 가만히 턱을 괸 채 정면을 응시하는 그의 앞머리가 바람에 살랑거렸다. 안경을 검지로 밀어 올리고는 생각에 잠겨 내내 앞만 바라본다.

멀리서 이따금 아이들이 환호성을 지르며 축구공을 차는 소리가 들려왔다. 수리는 그의 옆모습을 물끄러미 바라보았다. 미안하게도, 실물을 보는 지금 이 순간 역시 그는 낯선 사람일 뿐이다. 멀뚱히 앉아 대답을 기다리는데 서호가 고개를 비스듬히 틀며 웃었다. 그러고선 꺼낸 말이 저녁 먹었냐는 엉뚱한 질문이었다. 악기점에서 보았던 그날처럼.

"간단히 뭐 좀 먹으러 갈까."

당황한 수리는 눈썹을 찡그리며 웃었다.

"뭐?"

"이쪽으로."

먼저 걸음을 떼는 서호를 지켜보던 수리는 하는 수 없이 그를 따라나섰다. 서호와의 인연이 궁금했고 어차피 그와 만나려고 비워 둔 저녁이었으므로 좀 더 함께 있기로 마음먹었다. 그와 만나 보기로 한 이상 감내해야 하는 어색함이었다.

공원을 가로질러 라일락 나무가 우거진 어둑한 샛길을 지나 시내로 향했다. 누군가와 어깨를 나란히 한 채 걷는다는 건 시간 외에 다른 것들도 공유하는 일이었다. 앞만 바라보며 말없이 걷는 동안 수리는 서호의 보폭이 넓다는 걸 알았다. 주위를 두리번거리는 일은 거의 없고 멀리 시선을 던지며 걷는 편이다. 반듯한 자세 덕분인지 훤칠한 체격이 더욱 돋보였다. 악기 다루는 걸 알아서 그런가, 모든 동작이 단정하게 보인다고 생각하던 수리는 그가 얼핏 고개를 돌리자 저도 모르게 시선을 내렸다.

"발."

옆얼굴로 그의 눈길이 잠깐 와 닿는 듯하더니 대뜸 그런 말을 던졌다. 무슨 말인가 싶어 발치를 내려다보자 바로 앞에 누군가 마시고 버린 탄산수 병이 놓여 있었다.

발에 걸려 넘어지기 전에 피하라고 알려 준 건가.

사뿐히 병을 건너뛰고서 고맙다고 말하려 고개를 들었으나 그의 두 눈은 다시 정면을 향한 채다.

가로등 불빛이 닿는 곳과 닿지 않는 곳을 지났다. 편의점이며 분식집 간판 불빛 아래를 묵묵히 걸었다. 긴장감으로 표정이 굳은 수리와는 달리 서호는 느긋한 얼굴이었다.

뭘 먹고 싶냐는 그의 물음에 수리는 아무거나, 라고 대답했다. 서호는 먹자골목이라고 불리는 쪽으로 앞장섰다. 그러고는 '아무거나'를 파는 곳으론 도저히 보이지 않는 아담한 레스토랑으로 들어섰다. 입구에서 수리는 조금 망설였다.

"괜찮지? 시끄럽지 않고."

금요일 저녁, 분위기 있는 레스토랑에서, 젊은 남녀 둘이. 누가 본다면 연인이거나 연인이 되기 직전의 사이로 비칠 터다. 아는 사람이라도 있을까 싶어 주변을 둘러보는 수리와 달리 서호는 태연히 창가 쪽에 자리를 잡았다.

새하얀 테이블 위로는 작은 양초가 빛나고 있었다. 직원이 메뉴판을 가져다주자 서호는 능숙한 동작으로 메뉴를 훑었고 수리는 그런 그를 가만히 응시했다.

이 사람의 마음을 도무지 종잡을 수가 없다. 투명한 듯한데 실은 반투명 유리였던 걸까. 속을 다 보여 주지 않는다. 밝고 유쾌한 남자. 살아오면서 적당량의 미움과 충분한 사랑을 받았을 게 분명하며, 수리와는 어쩌면 정반대라고 할 수 있는 남자. 그에게 휘말린 기분이었고 이렇게까지 질질 끌 필요가 없겠다 싶어 일어나려는데 서호가 메뉴판에서 눈을 떼지 않고 말했다.

"난 알리오 올리오. 시간이 좀 늦었지만 저녁을 아직 못 먹어서. 임수리 씬 뭐 먹을래?"

분위기를 능숙하게 이끌어 가는 그를 보며 수리는 눈썹을 치켜올렸다. 처음부터 이곳에서 만나자고 했다면 그를 만나러 나오지 않았을지도 모른다.

"……혹시 장난치는 거면."

"아니."

고개를 잠깐 든 서호가 다시 메뉴판에 시선을 고정하며 말했다.

"장난치는 거 아니야."

수리는 테이블 위를 짚고 마저 일어섰다. 옆 의자에 세워 둔 졸업 앨범을 들고 서호에게 내밀었다.

"설명부터 해 줘. 어떻게 아는지."

"맹세라도 할까? 혹시 장난치는 거라면 무슨 벌이든 받겠다고."

졸업 앨범을 받아 든 서호가 한 손을 들어 보였다. 그래야 안심이 되겠냐는 눈으로 수리를 물끄러미 바라본다. 그러더니 테이블 한쪽으로 졸업 앨범을 밀어 놓았다.

채도 낮은 조명 아래에서 보는 그는 평소보다 진중해 보였다. 하지만 이 남자가 하자는 대로 따라가다 보면 또 어느 지점에서 어떻게 휘둘릴지 모른다. 수리는 속으로 고민을 거듭했다. 정말 벌이라도 생각해 둘까, 생각나는 벌 중에 가장 큰 벌을.

생각에 빠진 수리가 도무지 앉을 기미가 안 보이자 서호는 수리가 혹할 만한 숫자를 꺼냈다.

"열일곱부터 열아홉. 그 후에도."

뜻 모를 숫자 앞에서 수리는 눈을 동그랗게 떴다. 메뉴판을 내려놓은 서호가 장난스러운 얼굴로 말을 이었다.

"봤지. 너를."

수리는 서호를 마주 보았다. 더 말해 주길 바랐지만 그는 메뉴판을 들며 눈짓할 뿐이다. 마지못해 자리에 앉아 메뉴판을 집어 든 수리는 토마토소스의 해산물 파스타를 고르고는 물을 마셨다.

유리컵을 내려놓는 손을 따라 손목으로, 좀 더 위로 오르다가 얼굴에서 멈추는 눈길을 고스란히 받으며 수리는 딴청을 피웠다.

그는, 깍지 낀 두 손을 테이블 위에 올려 두고는 계속 수리를 바라보고 있는 중이었다. 이마부터 입술까지 더듬어 내려오는 시선에 수리는 비스듬히 눈을 내리깔았다. 또다. 이 남자와 함께 있으면 침묵이 불편해진다. 침묵을 좋아하는 내가, 침묵이 싫어지다니. 수리는 속으로 자조했다.

다행히도 그의 시선이 점점 신경 쓰일 때쯤 음식이 나왔다. 식욕을 돋우는 냄새가 두 사람 주위를 감쌌다. 포크를 든 수리는 서호와 눈이 마주치자 참고 있던 질문을 다시 던졌다.

"날 어떻게 알아?"

"피아노, 몇 가지 소릴 가진 것 같아?"

포크를 내려놓은 수리는 의자 등받이에 기대며 가슴 앞으로 팔짱을 꼈다. 퉁명스러운 마음을 숨기지 않고 드러냈다. 말없이 쏘아보는 수리의 시선에도 아랑곳하지 않고 그는 말을 이었다.

"건반이 전부 여든여덟 개니까 여든여덟 가지? 천만에."

레스토랑에 느리게 흐르는 피아노 연주곡 위로 서호의 나직한 목소리가 이어졌다.

댐퍼 페달을 밟아서 한 음만 계속 눌러 본 적 있어? 도를 눌렀다고 쳐. 손을 떼고 한참이 지나도 도는 끝나지 않아. 소리가 점점 멎으면서도 계속 이어지는데, 주변으로 팽창하는 것 같으면서도 한 곳으로 집중하는 소리가 되고, 이걸 또 다르게 나누자면 맑은 도와 탁한 도. 거기서 좀 더 나누면 밝고 맑은 소리, 그보다 조금 어둡고 맑은 소리…… 그러니 여든여덟 개로는 턱없이 부족하지.

수리는 어느덧 포크를 내려놓고 있었다.

일렁이는 촛불을 바라보는가 싶더니 다시 똑바로 수리와 눈을 맞추며 서호가 말했다.

"임수리 씨 너는 단 한 명인데, 열일곱부터 열아홉, 스물둘에 만난 넌 참 여러 모습이었다고."

그러니 어떻게 아냐고 묻는다면, 그 모든 경우의 발견을 하나하나 열거해야 한다는 건가. 여전히 수수께끼 같다. 수리는 한 번에 시원하게 털어놓지 않는 그가 얄미웠다. 게다가 꽤 많은 순간에 마주친 게 분명한 서호는 지금 이 순간 아무렇지도 않아 보인다. 함께 있는 시간이 길어질수록 당황하는 건 수리 쪽이었다.

그래서일까.

어쩐지 이 남자가 당황하는 모습이 보고 싶어진 건.

"……우리 집에 왔을 때. 날 알아봤어?"

뜻밖의 말이었는지 포크질이 멈춘다. 잠시 후 서호가 고개를 끄덕이며 대답했다.

"바로."

"바로?"

"첫눈에 알아봤지."

당황하지 않는다. 오히려 환하게 웃는 그를 수리는 한참 바라보았다.

침묵은 가없고 궁금증 또한 마찬가지였다. 멀리서 포크와 나이프가 접시를 긁는 소리가 간간이 들려왔다. 수리는 긴 숨을 내쉬며 다시 포크를 들었다. 그러고는 그에게 서너 입 뒤처진 채 남아 있는 파스타를 빠르게 비워 갔다. 부지런히 입을 오물거리며 생각했다. 한눈에 알아본다는 거, 쉬운 걸까. 방향과 깊이를 알 수 없는 속마음이 자꾸 궁금해졌다.

"종이접기, 좋아해?"

한참 만에 서호가 입을 열었다.

"공원에서 종이접기 하는 사람. 처음 봤거든 그때."

수리는 입가에 묻은 토마토소스를 냅킨으로 닦아 냈다.

"직업이야. 종이접기 강사."

"어디에서 가르치는지 물어도 돼?"

조금 신기해하는 얼굴이다. 내 관심 분야가 아니면 다른 사람의 일상이어도 외계처럼 낯선 법이니까. 수리는 대수롭지 않게 대꾸했다.

"어린이집에서."

"종이접기 강사면 색종이만 접어 주는 건가?"

"치즈나 요구르트 같은 간식도 나눠 주고…… 낮잠도 재워 주고."

서호의 눈이 조금 커졌다.

턱을 매만지던 그가 혼잣말처럼 말했다.

"힘들겠네."

"애들은 항상 지켜봐 줘야 해서."

"다른 수업은? 어른 대상으로 한다든가."

대답 대신 고개를 저었다.

문화센터 강의는 쉬고 있었다. 가끔 요양원으로 봉사 활동을 나갈 때 어르신들을 가르치긴 했으나 말 그대로 봉사 활동이었으므로 서호가 묻는 수업이라고 할 수는 없었다.

홍합 껍질 서너 개만 빈 접시에 쌓였다. 수리보다 먼저 식사를 마친 서호의 접시에는 파스타가 좀 남아 있었다. 식전 빵에는 손도 안 댄 채다. 눈이 마주치자 그가 소리 없이 웃었다.

"……다 먹은 거야?"

"응."

너무 배고픈 상태에서 먹었더니 조금만 먹었는데도 배가 찼다며 가볍게 웃는다. 소년처럼 개구진 분위기가 남아 있는 얼굴이었다. 그러니 그가 웃기라도 하면 기억나지 않는 그의 고등학생 시절을 눈앞에서 보는 것 같았다.

지갑을 꺼내며 일어나는데 서호가 손짓으로 막았다.

"오늘은 내가 살게."

계산서를 챙겨 들고는 재빨리 걸어간다. 그의 뒷모습을 보며 수리는 고개를 갸웃했다. 꺼내는 말이 모두 수상하다. 전부 드러나지 않는 속마음의 끄트머리만 겨우 본 기분이다.

오늘은, 이란 말은 그다음 만남도 있다는 뜻일 텐데, 이 사람은 나와의 다음을 벌써 계획하고 있는 걸까. 어쩔 수 없이 넘겨짚게 된다. 꿍꿍이가 있는 것치고 표정은 또 마냥 유쾌해서 이런 생각을 겹겹이 하고 있는 수리 자신이 조금 멋쩍게 느껴지기까지 했다.

엉거주춤 따라 나오는 수리를 보며 서호는 그녀 몰래 웃음을 삼켰다.

밤바람이 차지 않으니 잠깐 걷자고 했다. 특별한 소득 없는 이 만남이 불편하면서도 조금씩 긴장이 풀린 수리는 알겠다고 대답했다. 조금 더 같이 있다 보면 궁금해하는 모든 것을 알려 주지 않을까 하는 마음도 있었다.

말없이 걷던 서호가 수리의 어깨 부근을 바라보며 물었다.

"춥지 않아?"

수리는 옷깃을 여미며 끄덕거렸다.

"괜찮아."

다시 그와 나란히 앞만 보며 말없이 걸었다. 지나쳐 왔던 거리를 되돌아가며 한 시간 전과 다른 풍경을 눈에 담았다. 모임을 한 듯 보이는 떠들썩한 무리가 있는가 하면, 꽃을 품에 안고 지나가는 청년들도 있었다. 현란한 네온 광고와 도로 쪽을 향해 틀어 놓은 가요가 눈과 귀를 정신없게 했다. 모두 금요일 밤을 즐기러 시내에 나온 듯한데, 그 가운데 있는 둘만이 산책하듯 느릿느릿 걷고 있었다.

"금요일은 금요일이네."

서호가 중얼거렸다.

파출소 앞을 지나갈 땐 두 사람 앞으로 작은 길고양이 한 마리가 스칠 듯 말 듯 뛰어갔다. 그 모습이 토끼 같아서 수리는 한참 쳐다보았다. 다시 라일락 향기가 진동하는 샛길을 지나서 공원 입구에 가까워졌을 때 서호가 말했다.

"차 한잔 할래?"

그런 말을 왜 딴 데 보며 할까.

수리는 약간 뚱한 얼굴로 걸음을 멈췄다. 덩달아 멈춰 선 서호가 차분한 눈길로 수리를 내려다보았다.

이 사람과 함께 있으면 말을 많이 하게 된다. 그게 더는 불편하지 않지만, 그렇다고 해서 마냥 편한 것은 아니다. 이만 헤어져야 하나, 아니면 속는 셈 치고 차를 마실까. 망설이던 수리는 그를 올려다보며 제안했다.

"조건 달아도 돼?"

"조건?"

"질문에…… 친절히 답해 주기."

'서호악기점' 신조처럼, 연락 주시면 친절히 답해 드리겠습니다. 서호가 당했다는 얼굴로 눈썹을 찌푸리며 하하 웃었다.

"친절히 대답하겠습니다."

그렇게 해서 왔던 길을 다시 되돌아갔다. 이번에 그가 이끈 곳은 서호악기점이 있는 상가였다.

차 마시자더니 악기점엔 왜?

수리가 의아한 얼굴로 보자 서호는 보란 듯이 계단을 내려갔다. 간접 조명이 비추는 계단을 내려가니 아까부터 들려오던 음악 소리가 점점 가까워졌다. 느린 템포의 피아노 연주곡이었다.

출입문 위에 네온사인으로 걸린 「악기점 아래에서」가 찻집의 이름인 듯했다. 철제문을 열고 들어선 지하는 꽤 넓은 공간이었다. 각종 LP가 빽빽이 꽂혀 있는 책장이 가장 먼저 보였고 저 멀리 체리 색상의 업라이트 피아노 한 대도 눈에 띄었다. 아내에게 피아노를 사 줬다는 악기점 사장, 석주의 얼굴이 떠오른다.

교복 입은 남학생이 피아노 앞에 앉아 건반을 누르고 있었다. 연주자가 의외로 어려서 수리는 귀를 의심했다. 수준급의 매끄러운 연주였다. 찻집 안에는 둥근 탁자 대여섯 개와 의자 네 개가 놓인 바가 전부였는데, 이 부근에서 사랑방 역할을 하는 모양인지 다양한 연령층의 손님들로 가득 차 있었다. 입구 쪽에 자리를 잡고 앉자 서호가 카키색 종이 하나를 내밀었다.

"메뉴가 많진 않지만."

메뉴판에는 검정 잉크로 아포가토와 아인슈페너, 초코라테가 적혀 있었다. 낯선 음료의 이름에 호기심이 생겼다.

"……이건 비엔나커피. 크림 맛으로 먹는 거."

서호가 무심히 메뉴를 설명했다.

아인슈페너. 이름이 예뻤다. 평소 휘핑크림을 좋아하는 수리는 망설이지 않고 마음을 정했다. 직접 카운터로 가서 주문하려고 일어서는데 흰 셔츠를 입은 중년 여자가 다가왔다. 눈가에 둥글게 주름이 진 채 여자가 단아하게 웃으며 물었다.

"오늘도 아포가토?"

"그리고 아인슈페너."

고개를 끄덕이며 대답한 서호가 수리를 쳐다보았다.

"따뜻한 것?"

수리는 고개를 살짝 저었다.

"차가운 것."

수리에게 잠시 웃어 보인 여자가 커피 머신이 있는 쪽으로 돌아갔다.

온화한 인상을 가진 여자는, 아마도 이 남자의 어머니일 것이다.

아들이 데려온 여자가 궁금하기도 할 법한데 별말 없이 커피를 내리러 간 걸 보면 평소에 오가는 말이 별로 없는 모자지간일지도 모른다.

수리가 찻집 내부를 둘러보는 동안 서호는 그녀가 들고 온 졸업 앨범을 천천히 넘겨 보았다.

"임수리 씨."

서호가 다시 입을 연 건 슈베르트의 즉흥곡을 띄엄띄엄 연주하던 남학생이 이름 모를 곡을 시작했을 때였다.

"저기 남자애, 보여?"

서호가 가리킨 가장자리 부근에는 아까 찻집에 들어서며 본 남학생이 입술을 오므린 채 정성스럽게 건반을 누르고 있었다. 왼손이 누르는 반주 위로 오른손이 주제를 꼭꼭 담아 노래하는 느린 연주곡이었다.

파, 미, 레, 파, 도, 시 플랫. 어딘지 구슬픈 데가 있는 잔잔한 선율이 찻집 안을 맴돌았다.

"금요일 저녁마다 피아노 치고 가는 녀석이야."

여전히 남학생에게 시선을 둔 채 서호가 말했다.

"듣기로는 부모님이 음악하는 걸 반대한다던데."

그럼에도 금요일마다 피아노를 치러 오는 남학생의 마음이 어떨지 알 수는 없지만, 학생의 주위로 어떤 즐거움이 보이지 않는 음표가 되어 흐르는 것 같았다. 수리는 서호의 시선이 닿아 있는 피아노 쪽으로 돌아앉았다.

"소리에도 무늬가 있는 거 알아?"

자장가처럼 편안한 선율이 계속되었다. 다시 눈이 마주쳤다. 장난기 없이 차분해진 눈이 수리를 응시하고 있었다.

"나이테 같은 거. 저 녀석 피아노 소리는 도트 무늬야."

모든 소리마다 각각 고유한 특징이 있고, 그 덕분에 구별이 가능하다는 말이었다. 남학생의 경우 물방울이 둥글게 이어진 소리였다.

2분 남짓한 짧은 연주를 끝낸 남학생이 무릎 위에 두 손을 얹은 채 건반만 바라보았다. 그러다가 악보 없이 또 다른 연주를 시작한다. 느렸다가 빨랐다가, 박자를 무시한 자유로운 연주였다. 음표가 쉴 새 없이 이어지는 부분에서는 힘에 부친 모양인지 손가락이 절뚝절뚝했다.

남학생을 물끄러미 보던 수리는 달그락거리는 소리에 고개를 돌렸다.

"맛있게 드세요."

싱긋 웃은 여자가 무용수처럼 부드럽게 돌아섰다. 어쩐지 맞은편에 앉아 있는 서호에게 눈을 찡긋해 보인 것도 같다. 둘 사이에 오간 은밀한 신호를 눈치챈 기분이어서 수리는 괜히 헛기침을 하며 목을 가다듬었다.

"근데 혹시 지금 만나는 사람 있어?"

그때 테이블 위로 불쑥 던져진 질문에 수리는 제대로 들은 게 맞는

지 눈을 크게 떠 보였다. 서호가 어깨를 으쓱했다.

"알아 둬야 할 것 같아서."

"……너랑 아무 상관 없잖아."

당황한 탓에 퉁명스러운 투로 말하고 말았지만 서호는 가만히 미소 지었다.

"그래서 질문은?"

작은 숟가락을 든 서호가 바닐라아이스크림을 떠먹으며 물었다. 질문, 그랬지, 질문을 하러 온 거였지. 궁금한 게 한두 개가 아닌지라 무엇부터 물어봐야 할지 머뭇거리던 수리는 신중히 말을 골랐다.

"처음부터 말해 줘. 열일곱, 언제 날 알게 됐는지."

"어디서부터 말할까."

에스프레소 원액을 아이스크림 위로 쏟으면서 서호는 짐짓 심각한 얼굴을 했다.

"야자 전이었던가. 담임이 불러서 교무실에 갔는데 어떤 여자애가 울고 있었어."

수리는 말없이 서호를 바라보았다.

머릿속에 어떤 순간이 그려진다. 서호가 공유한 기억의 일부가 낯익었다. 야간 자율 학습이 시작되기 전 교무실에서 운 적이 있다. 그날은, 엄마가 죽은 날이었다.

"선생님 앞에서 울고 있길래, 혼나서 우는 줄 알았지 처음엔."

"……."

"그때 처음 봤어."

왠지 오고 간 대화는 없었을 거란 예감이 들었다. 말을 나눴던 사이라면 그 시절의 남자가 희미하게나마 기억났을 테니까.

"마셔 봐. 바로 마셔야 맛있으니까."

그 말에 가라앉던 기분이 어딘가에 붙들렸다. 불안하게 뛰던 가슴이 본래의 속도를 되찾아 가기 시작했다.

수리는 그를 보다가 아인슈페너를 가까이 끌어당겼다. 투명한 잔 위로 새하얀 크림이 금방이라도 흘러내릴 것처럼 가득 올려져 있었다. 한눈에 봐도 먹음직스러워 보였다. 한 모금 조심스럽게 마신 수리는 저도 모르게 어, 하고 놀랐다.

"어때?"

"……맛있다!"

"여기 대표 메뉴야."

자신 있게 웃는 서호를 보며 수리는 고개를 크게 끄덕였다. 입술에 묻은 크림을 날름 핥고는 한 모금 더 마셨다. 커피도 커피지만 크림이 뛰어나게 부드럽고 맛있었다. 달고 쓴 맛이 혀끝을 감쌌는데, 과연 대표 메뉴라고 할 만했다. 손등으로 입가를 꾹 눌렀다 뗀 수리는 눈앞의 아포가토도 쳐다보았다.

서호의 입가에 즉시 장난스러운 미소가 걸렸다.

"먹어 볼래?"

"아냐."

너무 허물없는 권유에 고개를 저은 수리는 할 말을 고르다가 입을 열었다.

"열아홉 살엔? 어디서 만났는데?"

"수능 끝나고 영화관에서. 임수리 씨, 그때 너한테 번호 물어보던 남자애가 있었지."

"번호? 아……."

잊고 있던 기억이 불쑥 떠오른다.

수능을 마친 3학년끼리만 단체로 학교 근처의 영화관에 간 날이 있었다. 그때 수리는 친구와 SF 영화를 골라 봤었다. 영화 상영 전에 팝콘을 사기 위해 줄을 섰고 누군가 저기요, 하면서 휴대 전화를 내밀었던 기억. 번호를 묻던 남학생은 수리와 같은 교복을 입고 있었으며 안경을 쓰고 있었던 게 어렴풋이 생각난다.

그 학생이 이 남자였을까?

"난 아니었어."

수리의 마음을 읽기라도 한 것처럼 서호가 손바닥이 보이게 두 손을 펼쳐 보였다. 때마침 찻집에 들어선 손님들이 떠들썩하게 웃음을 터뜨리는 소리가 쏟아졌고, 남학생이 조금 전에 쳤던 곡을 다시 연주하기 시작했다.

"히사이시 조 참 좋아해, 저 녀석."

서호가 중얼거렸다. 파, 미, 레, 파, 도, 시 플랫. 한 번 들어 익숙한 음계가 다시 이어진다.

"무슨 곡인데?"

물어보자, 서호가 나직이 대답했다.

"'마운틴 햄릿'."

제목은 비장한데 분위기는 아련하다. 곡명에 '산'이 포함된 연주곡은 산을 오른다는 느낌보다 멀리서 바라보는 느낌이었다. 그것도 한낮이 아닌 이른 아침에.

이제 서호는 턱을 괸 채 남학생을 보고 있었다. 그가 말한 대로 도트 무늬 소리가 또박또박 이어진다. 남학생은 여전히 입술을 내밀고 연주에 한껏 심취해 있었다. 이 곡을 가장 좋아하는 듯 보였고, 아마도 오랜 시간 연습하며 쌓아 왔을 시간의 무게감이랄 것이 남학생의 손가락을 누르고 있는 것 같았다. 서서히 연주에 몰입하고 있을 때 서호가 지나가듯이 말했다.

"좋아했어."

수리는 천천히 고개를 돌렸다.

파, 미, 레, 파, 도, 시 플랫.

임의로 만든 도돌이표 안에서 같은 음이 힘 있게 눌린다. 마주친 시선이 무거워 보이는 까닭을 알 수 없다. 생각은 한자리에서 뱅뱅 제

자리걸음만 했고 입술은 섣불리 열리지 않았다. 서호 역시 마찬가지 였는지 말이 없었다. 걸어온 발자국을 확인하듯이 그의 말을 되짚어 볼 때쯤에서야 낮은 목소리로 첫사랑이었거든, 중얼거린다.

안경알 너머 눈빛에는 흔들림 하나 없었다. 어떤 감정이 뿌리내린 듯 단단한 시선이다. 농담과 진담을 구별할 줄 알고, 허황된 말과 진 실이 어떻게 다른지 안다. 그런 나이가 됐지만 누군가 마음을 꺼내 보 이는 이 순간이 익숙하지 않았다. 낯설기만 하다.

수리는 이를 지그시 물었다. 조금 전 서호가 한 말이 진심 같으면 서도 미덥지 않았다. 동시에 이렇게 뒤늦게 하는 고백도 있구나, 하는 생각을 멍하니 했다. 그런 마음을 오래 갖고 있다가 이제라도 보여 주 는 게 고맙기도 한 복잡한 심정을 어떻게 표현해야 하나 싶었다. 이왕 이면 다정한 대답을 해 줘야 할 것 같은 이상한 의무감과 그 밖의 여 러 가지 감정이 머릿속을 헤집었다. 얼마 전까지만 해도 존재조차 몰 랐던 동창생의 마음이 신기하다는 위험한 생각마저 들기 시작할 때.

수리는 머뭇머뭇하다가 말했다.

"고마워."

이런 대답이 맞는 건지 잘 모르겠지만.

서호는 고개를 끄덕이며 웃었다. 수리는 손을 들어 볼 언저리에 달 라붙어 있는 머리카락 두어 가닥을 떼어 넘겼다. 이상할 정도로 평온 한 테이블 위로 피아노 소리가 다시 찾아왔다.

집에 와서야 긴장감이 말랐다. 젖어 있을 리 없지만 정장 바지에 손을 몇 번이나 문질렀다. 현관문을 열자 석주가 요란하게 탬버린을 흔들며 뛰어왔다. 그런 아버지를 보고 서호는 한쪽 눈썹을 세우며 멈칫했다. 미리 준비하고 있었던 건지 다른 손에 캐스터네츠까지 들고서 딱딱거리는 중이었다.

"뭐지, 이 부담스러운 마중은."

"네 엄마한테 다 들었다."

모르는 척 구두를 벗고 들어서는데, 석주가 빙그레 웃으며 어깨를 쳤다.

"자식!"

무슨 말을 들었는지 굳이 묻지 않아도 알 것 같다. 아버지는 놀릴 거리가 생길 때면 늘 저렇게 웃었다.

서호는 최대한 표정 관리를 했다. 여기서 말꼬리를 잡혔다가는 제대로 말도 꺼내기 전에 연애 또는 결혼까지 대화가 뻥튀기될 수 있었으므로.

예상한 바대로 잔뜩 흥분한 석주가 평소보다 고음으로 외쳤다.

"여자 데려왔다고, 예뻤다고!"

"아아."

서호는 별 감흥 없는 표정으로 방에 들어가서 넥타이를 흔들어 풀었다. 벗은 재킷을 옷걸이에 걸어 두는데 문턱까지 따라온 석주가 은밀히 물었다.

"누구냐?"

"누굴까요."

되물은 서호는 셔츠의 단추를 위에서부터 하나하나 풀어 내려갔다.

"복근 만들어야 하는 거 아니냐?"

만나는 사람도 생겼는데 멋 좀 부리라며 석주가 짓궂게 웃었다.

"……흠."

서호는 고개를 살짝 숙였다. 주말에 틈나는 대로 동네를 달리긴 했으나 복근이 생기려면 턱없이 부족하긴 했다. 이도 저도 아닌 평범한 복부를 보며 서호는 갑자기 심란해졌다. 뱃살이 없는 게 그나마 다행이라고 해야 하나. 아니, 조금 살이 찐 모양이다. 어느새 진지한 얼굴이 된 서호는 셔츠를 벗고 거울 속 상체를 훑었다.

"아냐. 그래도 사람은 역시 외면의 미보다 내면의 미지."

심란한 말을 던져 놓고 석주는 다른 말로 수습했다. 뭐가 그리 재밌는지 껄껄 웃으며 거실로 향하는 아버지 때문에 미간의 주름이 깊게 패었다.

방에 혼자 남은 서호는 허리춤에 두 손을 얹은 채 긴 숨을 내쉬었다. 십여 년이 지나서야 건넨 고백이 어떻게 가 닿을지는 그가 도무지

손쓸 수 없는 영역이다. 그러나 이왕이면, 첫사랑이었던 여자에게 매력 있게 보였으면 하는 욕심이 생긴다.

'좋아했어.'

내내 기회를 놓쳤던 속마음을 드러냈을 때 잠시 아무 말도 하지 않던 수리가 떠올랐다. 첫사랑이었음을 드디어 고백했지만 후련하지 않다. 지금도 그래, 진행 중이야, 굳이 덧붙이지 않은 말이 뒤늦게 입 속을 떠돈다.

좋아했다고 말한 순간이 끊임없이 되풀이되고 높은 음역대의 건반을 연달아 누르는 것처럼 들뜬 기분이 들었다. 줄곧 높은음자리에 머물고 있는 감정이 가라앉으려면 시간이 얼마나 지나야 할까.

눈가를 손으로 덮은 서호는 길게 심호흡했다. 아주 긴 밤이 시작되었다. 그 여자와 나눈 대화를 뒤적여 보느라 잠들지 못하는 밤이.

외전 2. 처음의 처음

　손가락 끝이 건반을 누르고 멀어진다. 악보를 표현하는 운지가 아닌 사물을 다루는 기술의 소리가 둥글게 울렸다. 검정 색상의 업라이트 피아노 앞에 선 석주는 다시 같은 음역대의 '도'를 왼손으로 힘주어 눌렀다.

　도, 도, 도—

　일곱 음계의 맨 처음이 반복되는 동안 석주의 콧잔등에 땀방울이 맺혔다. 나무로 된 악기 앞에서 벌써 30분 넘게 서 있는 중이다. 몸에 오르는 열을 식히려고 한겨울임에도 반소매 셔츠 차림이었는데, 어느새 등이 땀으로 흥건하게 젖어 있었다.

　방에서 이끌리듯 나온 아이는 의자에 앉아 석주의 분주한 뒷모습을 구경했다. 바닥까지 닿지 않는 조그마한 두 발이 허공에서 동동 움직인다. 손바닥에 턱을 괸 아이는 귀청을 울리는 소리에 집중하느라 눈썹 사이를 좁혔다. 작은 구경꾼이 생겼는데도 석주는 오로지 피아노에 귀 기울이며 오른손에 든 튜닝 해머로 어딘가를 살살 조이고 풀기 바빴다.

도레미파솔라시도―

특별할 것 없는 소리가 한 겹 한 겹 포개질 때 서호가 외쳤다.

"밝아졌다!"

"얼마나?"

"이이이만큼."

살짝 돌아본 석주는 서호의 검지와 엄지가 벌어진 정도를 보며 웃었다.

어둡고 탁하던 음이 미세하게 밝아지는 걸 알아챈 아들이 기특했다. 이 녀석 귀는 날 닮아 예리하다니까, 석주는 늘 동료들에게 자랑처럼 말하고 다녔다. 악기를 다루다 보니 청각을 가장 중요하게 여겼다. 소리를 느끼는 감각만큼 소중한 게 없었다. 피아노의 소리를 가꿀 때는 열 손가락보다 단 두 개뿐인 귀의 역할이 좀 더 크다고 언제나 생각했다.

석주의 얼굴이 흐뭇함으로 물들어 갈 때, 그의 곁으로 다가온 서호가 건반을 들여다보며 물었다.

"피아노 어디 아파?"

"목소리가 잘 안 나온대."

"감기 걸렸어?"

"응, 목감기."

여섯 살 아들의 호기심은 날이 갈수록 커져 간다.

그 나이 또래 아이들이 느끼듯 현실은 끝없는 감각의 세계이며 지금 이 순간에도 서호는 새로운 자극을 받아들일 준비가 돼 있었다. 석주는 아들을 보며 키를 가늠했다. 피아노 앞에 서 있는 모습이 아직 한참 작아 보이는데, 아담한 제 키보다 커다란 관심을 온몸으로 드러내고 있다.

언제 크려나, 웃으며 생각하던 석주는 조율 작업을 멈추고 이마에 흐르는 땀을 닦았다. 그러고는 서호의 손을 잡아 건반 위에 올려 주었다. 작은 손가락 끝이 흑건에 겨우 닿는다.

도— 머뭇거리던 서호는 건반을 살짝 눌러 보고는 방긋 웃었다.

"봐라. 다 나았지?"

"응."

"조금 아프던 피아노가 살아난 거야."

설명하면서 석주는 만족스러운 미소를 지었다.

정오 햇살이 닿은 석주의 얼굴을 올려다보며 서호는 고개를 끄덕였다. 살아나고 있다는 걸, 회복되고 있다는 걸 느낄 수 있었다. 아프도록 망가진 피아노들이 아버지의 손에서 늘 개운하게 완치되는 것을 어린 나이에도 모르지 않았다. 집에 있는 피아노뿐만 아니라 의뢰를 받고 방문한 곳의 피아노 모두 그랬다. 피아노를 둘러싼 환경에 가장 어울리는 최상의 상태로 끌어올려 줬다. 그가 조율한 피아노는 아픈 데 없이 건강할뿐더러 장소에 맞게 드레스 코드를 갖춘 신사이자 숙녀이기도 했다.

피아노에게도 주치의가 필요한 거다. 석주는 입버릇처럼 말하곤 했다. 주기적으로 돌봄이 필요한 건 사람이나 악기나 마찬가지라는 것을 서호는 어린 나이에 깨달았다.

"저희 아빠는 피아노 의사입니다."

밖에서 아버지를 소개할 때면 서호는 늘 그렇게 말했다. 조율사라는 말이 약간 어려웠으므로.

악기이며 우아한 기계인 피아노는 서호야, 소중히 다뤄야 한다. 아껴 줘야 해. 석주와 희영은 시간이 흘러 바이엘을 배우게 된 여덟 살 서호에게 웃으며 당부했다.

단 하나의 이름을 갖고 있으면서 여러 역할을 수행하는 피아노를 좋아했다. 각인되듯 새겨진 호감이었고, 대낮뿐만 아니라 한밤중에도 띄엄띄엄 피아노 생각이 나는 걸 보면 발광 도료가 묻은 게 아닌가 싶은 감정이었다. 그토록 반짝이며 굽어보는데, 천장에 붙인 야광별처럼 빛이 나는데 다른 감정들과 같은 성질일 리 없었다.

어려서부터 무엇이든 손에 들어오면 망가졌다. 다행인 건 악의를 갖고 가루처럼 부서뜨리는 게 아니라 호기심으로 부러뜨리거나 구부리는 손을 가졌다는 것이다.

일단 서호가 건드리면 거의 모든 것이 고장 났다. 텔레비전 리모컨과 컴퓨터, CD플레이어까지 망가지곤 했는데, 망가뜨리기까지의 진지한 탐구 과정을 알기 때문에 희영과 석주는 크게 걱정하지 않았다.

설마 이것마저 파손시키는 건 아니겠지, 하며 피아노 교습소에 다니기 시작한 건 서호가 막 초등학교에 입학할 무렵이었다. 익숙한 색깔을 가진 악기이므로 낯설지 않고 가깝게 느껴졌다.

석주는 집에 있는 '야마하 U3'을 6개월에 한 번씩 조율하고 나면 서호에게 꼭 피아노 연주를 청했다. 그럴 때면 서호는 젓가락 행진곡을 쳤다. 반주는 석주가 맡았고 단순한 선율이 간혹 지겨워지면 텅 빈 공간에 음표를 더 넣어 즉흥적으로 연주했다. 일조권이 좋은 작은 평수의 집에 수시로 피아노 소리가 울려 퍼졌다. 창문으로 햇빛이 비쳐드는 낮이면 서호는 어김없이 피아노 앞으로 달려갔다.

피아노만큼 자주 가족을 챙기려는 석주 덕분에 세 식구는 평안하게 지냈다. 그와 더불어 다정한 희영이 없었다면 불가능했을 시절이었다. 그렇게 서호는 반년마다 젓가락 행진곡을 치며 키가 자라고 손마디가 굵어졌는데, 그의 젓가락처럼 긴 다리와 손가락은 아마도 젓가락 행진곡을 자주 친 덕분 아니냐는 친척들의 농담을 듣기도 했다.

동요를 배우기도 전에 클래식을 배운 서호는 피아노를 곧잘 쳤다. 학원 가기 싫다고 투정 부릴 법도 하건만 놀이터보다 피아노 앞에 앉기를 좋아했다. 그러나 피아노를 향한 마음은 금세 축구로 돌아섰고, 건반을 누르는 일보다 공 차는 일에 열중하기 시작했다.

"그만 칠래, 피아노."

무릎이며 가슴팍이 흙먼지로 지저분해진 서호가 축구공을 들고 진지하게 선언했을 때 희영과 석주는 속으로는 무척 아쉬웠지만 내색하지 않았다.

중학교에 입학하면서는 서서히 피아노와 멀어졌다. 여든여덟 개의 건반이 더 이상 운동장만큼 넓어 보이지 않은 것이다. 시들시들해진 마음을 다시 끓어오르게 한 건 희영이었다. 피아노 매매를 위해 방문하는 업체에 아들을 데려가 보길 넌지시 권했고 석주는 그러마, 하며 고개를 끄덕였다. 놀이공원에 데려가듯이 서호를 데려갔다. 소풍 가는 기분이 든 건 희영이 도시락을 싸 줬기 때문일지도 모른다.

토요일 아침 석주를 따라 창고형 피아노 매장에 간 서호는 수많은 종류의 피아노 숲길을 유유히 걸었다. 처음 맡아 보는 냄새가 코끝을 파고들었다. 피아노마다 쌓인 보이지 않는 세월의 더께가 각기 다른 향을 풍기고 있었다. 새 주인을 기다리며 뿜어 대는 냄새의 성분은 퀴

퀴하지 않고 신선한 우디 향과 비슷했다.

아버지의 악기점에 있는 것보다 더 많은 피아노들이 나란히 늘어서 있는 모습은 중학생에게 충분히 낯선 풍경이었다. 반듯하고 빼곡하게 심겨 있는 나무를 보는 것 같았다.

이렇게 많은 피아노라니. 눈이 동그래진 서호를 보며 석주는 가까이에 있는 그랜드 피아노의 오픈된 상판을 똑똑 두드렸다.

"사람만 피아노를 고르는 것 같지?"

석주는 고개를 살짝 저었다.

"피아노도 사람 고른다. 제 파트너를 선택하는 거지. 서로 맞지 않으면 아무리 좋은 피아노여도 좋은 소리가 안 나."

그러면서 덧붙이는 말이,

"이 중에 맘에 드는 녀석 있냐?"

였다.

피아노가 부르는 목소리를 들어 보라며 석주는 아들이 잠자코 귀를 기울이도록 했다. 여기에 네 피아노가 꼭 있을 거라고. 혹 없더라도 실망하지 말라며 손짓했다. 석주가 하는 일 중에는 중고 피아노의 새 주인을 찾아 주는 역할도 있었다.

악기점 사장이자 피아노 조율사인 석주는 갈색 업라이트 피아노 앞에 다가가 앉는 서호를 유심히 봤다.

너무 가까이 앉았나 싶어 의자를 좀 더 뒤로 당겨 앉은 서호는 건반 위로 두 손을 올렸다. 기억날 듯 말 듯 한 연주곡 대신에 어릴 때 자주 연주했던 젓가락 행진곡을 빠르게 쳤다. 맑고 가벼운 소리가 손 끝에서 톡톡 뛰어다닌다. 장난처럼 시작한 연주는 모차르트의 변주곡으로 넘어갔다. 살아 있는 것처럼 생생하고 울림이 풍부한 소리. 창고의 서늘한 기운이 묻어 차게 식어 있던 건반은 서호가 아는 중에 가장 시원한 소리를 냈다.

연주를 끝내자 석주가 눈을 반짝이며 웃었다.

"금방 찾았네."

짝꿍이 된 거라고, 어쩌면 단짝이 될지도 모르겠다고 석주가 들뜬 목소리로 말했지만 실은 미리 알고 있던 좋은 피아노를 골라 앉은 것이었다. 서호는 말없이 어깨를 으쓱했다. 첫인상이 좋았다. 상대가 말 못 하는 피아노여도 왠지 잘 통할 거란 예감이 들었다. 아버지가 말한 대로 단짝이 될지는 두고 봐야겠지만.

그날 서호가 고른 업라이트 피아노는 얼마 뒤 조율 연습용으로 집으로 운반되었다. 조율 당사자는 물론 서호였다.

"항상 깨끗한 소리가 나야 된다."

렌치를 든 석주는 어린 아들에게 틈틈이 조율 기술을 알려 줬다.

"모래가 전부 가라앉은 물 같아야 돼. 위에서 내려다봤을 때 밑바닥까지 투명하게 보이는."

"너무 인공적이네."

"당연하지. 사람이 만든 소리인데."

서호는 장난처럼 선물 받은 업라이트 피아노 앞에 틈나는 대로 앉았다. 건반이 깊을수록 소리가 어두워진다는 걸 배우고 여름철 습기 때문에 음색이 무거워진다는 특성을 익혔다. 이 복잡하고 아름다운 목재 구조가 내는 소리의 종류는 끝이 없음을 알게 되고, 화음을 보다 정교하게 모아 주는 페달의 역할을 전보다 더 의식했다.

피아노란 깊이를 헤아릴 수 없는 바다였고 서호는 이제 막 항해술을 익히는 선원에 지나지 않았다. 다행히 희영과 석주는 적당한 때마다 나침반과 지도를 쥐여 주었다. 헤매지 않을 수 있었던 건 두 사람의 길잡이 역할 덕분이었다. 사랑 때문에 길을 잃은 기분에 사로잡힌 건 그로부터 한참 후의 일이다.

"피아노는 네가 망가뜨리지 않은 유일한 물건인데."

어느 날 석주가 저녁을 먹다가 말했다.

"너만 좋다면, 나중에 악기점 물려주고 싶다. 어떠냐? 조율 정식으로 배워 볼래?"

"서호야, 싫으면 안 해도 돼."

희영도 진지하게 덧붙였다. 원하지 않으면 피아노 조율하는 일과 무관하게 살아도 된다는 말이었다.

그러나 이제 와서 피아노와 아무런 관계 없이 살 수 있을까. 그 무렵 서호는 본능적으로 느끼고 있었다. 앞으로 그의 삶에서 피아노를 뗄 수 없다는 것을. 이제까지의 모든 선택들 가운데 가장 진중한 고민과 대면한 것을.

그토록 밀착되어 살아왔는데 어떻게 모른 척할 수 있겠나. 그렇게 해서 한동안 멀리했던 피아노와 자연스럽게 가까워질 수 있었다. 말하자면 잠시 이탈했던 항로에 재진입한 거였다.

공부와의 거리는 좁힐 수가 없어서 평범한 성적을 꾸준히 유지했다. 시뮬레이션 게임인 스타크래프트에 빠졌을 때는 공부도 조율도 눈에 들어오지 않아 성적이 크게 떨어진 적도 있었지만 금방 끌어올릴 수 있었다. 다시 피아노에 귀 기울이는 건 어렵지 않았다. 학업 성취감이나 게임이 주는 즐거움보다 조율 후 땀을 내는 쾌감이 더 컸다. 그러나 공부와 피아노 조율을 분담하며 시간을 보내야 했다. 전문 기술자로만 먹고살기엔 세상이 너무 팍팍했으므로 학업에도 충실해야만 했다.

마침내 열일곱이 되었을 때, 나름대로 모범생인 서호에게 조율하는 아버지의 모습만큼 가슴에 박히듯 다가온 사람이 있었다.

"서호, 이것 좀 가져가서 애들 나눠 줘."

담임인 지리가 프린트물을 건넸지만 서호는 다른 데 한눈팔려 있었다.

여학생과 남학생이 각기 다른 층을 쓰는 남녀 공학에서 교무실은 만남의 장이라고도 불렸는데, 실제로 교무실에 자주 드나드는 학급 임원과 지각꾼들 사이의 연애가 빈번하게 성사되곤 했다.

그날 서호는 발견했다. 새 학기가 시작된 지 얼마 되지 않은 봄날 그 여자애를 만난 것이다. 5층짜리 건물에서, 일일이 만나기도 힘든 수백 명의 학생들 중에서, 유일하게 연애 상대가 되었으면 하는 그 애를.

"윤서호."

"······네?"

"어디 보냐?"

같은 방향을 바라보려는 담임의 시선을 황급히 몸으로 가리며 섰다. 짧은 순간 시선을 뺏긴 이유를 남에게 들키고 싶지 않았다. 그 때문에 자세가 어정쩡해진 서호가 어색하게 웃자 담임이 미간을 좁히며 물었다.

"왜 넋을 놓고 있어?"

"아하하······."

잠시 얼빠진 얼굴로 웃던 서호는 프린트물을 챙겨 들고는 다시 고개를 돌렸다.

울고 있다. 우는 여자애가 있었다. 아마도 담임으로 보이는 나이 지긋한 선생 앞에서. 일부러 빙 돌아 나가며 그들의 대화를 들어 보려 했으나 목소리가 워낙 작아서 조각난 단어 몇 개만 들렸다.

어머니…… 병원…… 조퇴.

고개를 숙이자 갈색 머리가 흘러내리며 여자애의 얼굴을 감춘다. 뺨을 타고 흘러내릴 틈도 없이 뚝뚝 떨어지는 눈물방울만 보였다. 교무실을 나온 서호는 교실로 향하다가 멈춰 섰다. 여자애들은 울어도 예쁘구나, 그런 얼빠진 생각이 머릿속을 어질러 놓는다. 낯선 감정이 무늬 같은 걸 만들어 내며 번져 나가기 시작했다.

멍하니 서 있던 그때, 곁으로 빠르게 지나치는 여자애를 잡지 않은 건 붙잡을 만한 이유가 없기 때문에. 그렇게 멀어지는 뒷모습을 바라보던 오후를 서호는 잊지 못했다.

그날 이후 이름 모를 여자애는 종종 눈에 띄었다. 주위를 맴돌다가 기다렸다는 듯이 튀어나오면서 서호의 열일곱을 흔들기 시작했다. 잊을 만하면 어디선가 나타나는 여자애 때문에 자주 곤란했다.

한동안 얼떨떨한 기분으로 학교를 다녔다. 계단에서, 복도 끝에서, 급식실에서, 그 여자애가 보이면 당장 뒤돌아섰다. 그러나 모든 도망이 그렇듯 오래가지 못했다.

궁금했다. 목소리의 높낮이가.

알고 싶었다. 머리카락처럼 눈동자 역시 엷은 갈색인지.

도돌이표처럼 반복되며 커지는 감정을 도저히 무시할 수 없었다.

결정적으로 반한 건 시내버스에서였다. 그날따라 사람이 많이 타 정신이 없는 버스 안이었다. 뒷문 쪽에 손잡이를 잡은 채 흔들리며 서 있는 여자애를 발견했을 때, 버스는 마침 서호가 내려야 할 정류장에 정차했다.

그 애와 같은 버스에 있다는 생각에 행동이 굼떠지고 말았고, 가방 의 외부 포켓에서 교통 카드를 꺼내는데 눈앞에서 문이 닫혔다. 아, 내려야 하는데. 꺼내지 못한 말이 입속에서 맴돌았다. 그대로 버스가 출발할 기세여서 서호는 당황한 얼굴로 운전기사 쪽을 바라보았다.

"아저씨. 잠깐만요!"

그렇게 주춤하는 그를 눈치챈 여자애가 서호 대신 크게 외쳤다.

몇 미터 움직이던 버스가 멈춰 섰다. 고맙습니다, 빠르게 중얼거리 는 그에게서 여자애가 무심히 시선을 거두곤 휴대 전화를 들여다보았 다. 버스에서 내린 서호는 멀어지는 버스 뒤꽁무니를 가만히 쳐다보 았다.

그리고 천천히 알아차렸다. 조금 전부터, 저 아이가 구체적으로 좋 아졌다는 사실을. 지배당하듯이 이 순간을 여러 번 떠올리고 말 거라 는 것을.

그 버스 안에서, 나를 기억하도록 명찰이라도 흘렸어야 했나. 교무 실 앞에서 스쳤을 때, 왜 울었냐고 물어봤다면 지금과는 각도를 조금쯤 달리한 사이가 됐을까. 존재조차 모르는 남학생이 아니라 울고 있을 때 마주쳤던 어떤 남자애로. 어쩌면 서로 이름을 부르고 연락을 주고받는 친구 이상이 됐을지도 모른다. 표현하지 못하는 아쉬움과 뒤늦은 가정은 손에 쥐고 너무 만져서 아주 닳아 버린 지 오래다.

그 후로 막대 사탕을 챙겨 다녔다. 사탕과 초콜릿 중에 고르라면 당연히 초콜릿이었지만 오래 녹지 않을 마음의 징표 같은 것이 필요했다. 사탕을 주면서 고백하고 싶었다. 그러면 그의 어리숙함을 조금이라도 근사하게 포장할 수 있을 것 같았다.

마주치면 주려고 했는데 언제나 주지 못했다.

용기가 없어 망설이느라 매번 기회를 놓쳐 왔다. 늘 같은 사람이 그의 시야에 걸린다. 변두리에 서 있다가도 어느새 한가운데 서서 마음을 부추겼다. 자꾸 눈에 들어와 벗어나질 않는다. 안 보이면 궁금하고, 나도 모르게 찾게 된다……

지난한 관찰을 거쳐 도달한 결론은 틀림없이 짝사랑이다. 대강 윤곽 정도만 지니던 호감은 어느새 선명히 채색까지 돼 있었다.

관심에서 출발한 마음이 주인도 모르게 커졌고, 처음 겪는 증상 탓에 공부도 조율도 손에 안 잡히는 시간을 보내다가 졸업했다. 그렇게 교복을 벗은 게 후회되지만 다시 돌아가도 말 한 번 제대로 붙이지 못할 거라고 서호는 생각했다.

6

지역 합창단의 녹음을 앞두고 있다고 했다. 매년 각종 연주회와 페스티벌이 무대에 오르는 소극장은 전체 객석 수가 300석 미만이어도 웅장한 분위기를 자아냈다. 오랜만에 무대 위로 쏟아지는 핀조명을 보자 서호는 가슴이 빠르게 뛰는 걸 느꼈다. 조명 빛을 받으며 서 있는 스타인웨이 그랜드 피아노의 위엄에 무대가 꽉 찬 기분이 들었다. 공연이 시작되기 전까지 무대 위의 유일한 주인공은 눕힌 꼴의 잘 뻗은 피아노였다.

피아노 한 대만을 비추는 조명 아래에서 석주는 부지런히 조율 중이었다. 평소 일할 때 입던 가벼운 평상복 대신 정장 차림으로 피아노를 살피는 모습은 서호가 좋아하는 모습 중 하나였다. 1층 객석 맨 앞에 앉은 서호는 음악을 감상하듯 반듯한 자세로 무대를 바라보았다. 아버지에게 직접 들어온 의뢰였고 마침 시간이 되어 소극장까지 태워다 드린 거였지만, 목적은 따로 있었다.

조율하는 아버지를 보는 일이란 그에게 시간 여행과 다름없었다. 마법이나 기술 없이도 어느 순간 과거로 돌아가 있었다.

처음으로 아버지가 조율하는 모습을 구경하던 아이.

조율을 배우느라 서툴게 피아노 상판을 해체해 보던 소년.

공부하는 틈틈이 소리굽쇠라든가 드라이버를 들고 피아노 앞에 서 있던 고등학생 시절.

어느 때건 어린 시절로 되돌아갈 수 있었다.

피아노 앞에 선 석주의 모습이 각기 다른 과거를 불러오듯, 같은 종류의 피아노여도 어디에서 보느냐에 따라 다르게 보인다. 연주회용 대형 피아노는 콧대가 하늘을 찌르는 것 같지만 실은 점잖다. 그러면서 우아했다. 정해진 격식 안에서 무척 예민해 보여도 몇 번 건반을 누르면서 친해지고 나면 금방 곁을 내 준다.

높낮이 조절이 가능한 가죽 의자 위를 거쳐 갔을 수많은 연주자들이 보이는 듯했다. 가벼이 허공으로 솟아오르는 열 손가락. 마지막 곡을 연주하고 나서 입가에 느리게 퍼지는 흡족한 미소. 각기 다른 손짓과 표정, 호흡이 머물다 간 피아노 주변으로 보드라운 조명이 닿아 있다.

소극장의 전담 조율자인 석주는 언제나 그렇듯 입술을 꾹 다문 채 집중했다. 부업으로 간간이 조율하는 서호로서는 도저히 따라잡을 수 없는 시간이 석주에게 있었다.

"가자."

그로부터 두 시간이 흐른 뒤. 무대 감독과 대화를 나눈 석주가 장비를 챙겨 들고 내려왔다. 지하 주차장으로 향하며 서호는 장난스럽게 박수 쳤다.

"역시 윤 사장님이시네."

"그럼, 내가 누군데."

손수건으로 얼굴의 땀을 닦아 내던 석주가 흡족한 미소를 지었다.

아마 평생 따라갈 수 없겠지. 가끔 농담이 필요할 때면 그의 조율 실력 또한 아버지를 능가하지 않았냐고 너스레를 떨기도 했으나 실은 알고 있다. 오래도록 피아노만 바라본 아버지를 따라가는 건 불가능하다는 것을. 피아노와 연애하듯 긴 시간 오래도록 조율하고 조정해 온 석주를 바라보면서 서호는 피아노 대신 연애하고 싶은 여자를 생각했다.

뭐 하고 있을까. 피아노를 버리고 싶어 했던 임수리는.

그날 이후 갈색 피아노 앞에 잠깐이라도 앉아 봤을까.

문득 수리가 연주하는 피아노는 어떨지 궁금해졌다. 차에 시동을 걸며 서호는 피식 웃었다.

"······나 참."

"왜?"

"아니에요. 아무것도."

모든 생각의 길목마다 그 여자가 서 있다. 이래서는 밤뿐만 아니라 낮에도 난감해서 어찌할 바를 모르겠다. 수리는 숨어 있듯 잠잠하다가도 불쑥 튀어나와 놀라게 한다. 그때도, 지금도.

"수리 씨?"

어묵우동을 주메뉴로 파는 유명 식당에서 오랜만에 회식을 하던 참이었다. 수목 드라마에 나오는 배우 이야기와 최근 확산된 조류 인플루엔자 소식까지, 광범위하게 오가는 대화 중에 수리는 잠깐 다른 생각을 하고 있었다.

"무슨 일 있어요?"

혜수가 의아한 얼굴로 물었다. 수리는 황급히 고개를 저었다. 어느새인가 최혜수 원장을 포함한 동료 교사들이 모두 수리를 보고 있었다.

"죄송해요. 잠깐 딴생각을······."

"난 또. 벌써 취했나 했지. 우리 체험 학습 장소 바꿔야 할 것 같아요. 알아보니까 서울대공원도 임시 휴원 한다더라구."

다시 테이블이 떠들썩해졌다. 조류 인플루엔자 때문에 미리 잡아 놓은 체험 학습 계획에 차질이 생긴 것이다. 이미 소식지까지 돌린 터라 난처한 상황이었다. 급한 대로 동네에 있는 낮은 산을 오르는 쪽으로 의견을 모았지만 일단 계속해서 차선책을 알아볼 예정이다.

그러는 중에 벽걸이형 텔레비전에서는 살처분되는 오리와 닭이 비치고 있었다. 치명적인 전염병은 전국의 수많은 가금류를 땅속에 묻었고 그런 죽음들이 해마다 되풀이되는 뉴스가 분위기를 금방 가라앉혔다. 귀농한 부모가 닭을 키우며 자연 유정란을 팔던 달님반 교사는 유독 낯빛이 어두웠다.

"근처 오리 농장에서 AI 확진 판정 받았어요."

자연 양계하는 부모님의 농장에서 그리 멀지 않은 곳이었는데 그 여파로 달걀 출하 금지 조치가 내려졌고 방역 당국에서는 항체 검사를 내세우며 이런저런 샘플링을 가져갔다고 한다. 부모님 농장과 주변 농장이 뒤집어지고 그 과정에서 예민한 닭 몇 마리는 스트레스로 죽었지만 따로 보상을 받을 길이 없다고 했다.

달님반 교사가 가끔 유정란을 선물로 챙겨 준 적이 있기에 다들 묵묵히 소주만 마셨다. 햇님반 교사가 달님반 교사의 어깨를 살짝 감싸 안았다. 새로 들어올 병아리들은 아프지 않을 거야, 진심을 담아 혜수가 말했다.

"괜찮을 거예요."

수리도 나직이 힘을 실어 말했다.

때때로 자신이 하는 말이 그대로 실현되길 바랄 때가 있었다. 아주 작은 확률이어도 꼭 이뤄지길. 앞으로 부화할 병아리들은 아프지 않기를. 조용해진 회식 자리에서 수리는 남몰래 빌었다. 이번에는 그녀의 말이 정말 이뤄지길 바라면서.

회식은 밤 10시가 되어 끝났다. 소주 네 잔을 마신 수리는 적당히 풀어진 기분으로 밤길을 걸었다. 소주 한 병 하고도 반병이 주량인 수리였지만 오랜만에 마셔서 그런지 취기가 빨리 오르는 것 같았다. 긴 숨을 내쉬고 밤바람을 들이마셔도 술기운이 가시질 않는다. 이대로 집에 들어가기 싫은 마음에 수리는 발길을 돌렸다.

아파트 단지를 둘러싼 느티나무 옆을 느릿느릿 걷고 있자니 며칠 전의 기억이 머릿속을 채웠다. 회식 자리에서마저 속수무책으로 떠오른 윤서호의 얼굴이었다.

'좋아했어.'

그날 이후, 모든 생각이 남자를 축으로 빙글빙글 돌아갔다.

팽이 또는 회전목마처럼 수리의 주변을 돌고 돌았다. 벗어날 수가 없다. 그 남자가 계속 의식됐고 몇 번의 우연이 만들어 낸 호기심일 뿐인데도 마음이 기울었다. 새삼 나를 왜 좋아했냐고 묻지 못한 게 아쉬워진다는 게 우스웠다.

몇 년 전의 감정을 이제라도 털어놓은 그 사람은 지금 홀가분할까, 후회될까.

그간 몇 번이고 연락을 해 볼까 하다가 휴대 전화를 그냥 내려놓았다.

재킷 주머니에서 휴대 전화를 꺼낸 수리는 액정 화면을 더듬더듬 누르며 서호의 연락처를 찾아냈다. 그러나 오늘도 문자창에서 더 나아가지 못하겠다. 씁쓸히 웃으며 놀이터 쪽을 지나가는데 누군가 그네를 타고 있는 게 보였다. 수리는 천천히 걸음을 멈췄다. 벚나무 옆 가로등 불빛이 한 여자를 비추고 있었다.

올리비아.

멈춰 선 수리는 여자를 오래도록 바라보았다. 다른 사람의 시선을 눈치챈 건지, 느리게 발돋움하며 그네를 타던 올리비아가 천천히 고개를 돌렸다.

"임수리……?"

홀린 듯 그네에서 일어선 올리비아가 느린 걸음으로 다가왔다. 입술을 몇 번 달싹이던 올리비아가 한참 만에 입을 열었다.

"잘 지냈니?"

"……응."

161

잘 지내지 않아도 잘 지낸다고 말하고 싶었다. 너는 잘 지냈냐고 따로 묻고 싶은 마음은 당연히 없었다.

조금 날이 서 있던 감정이 누그러지기 시작한 건 올리비아의 무거운 목소리를 알아챘을 때였다.

"다른 애도 아니고, 너랑 마주칠 줄이야."

어린 시절의 올리비아는 예쁘고 새침하며 늘 당당했었다. 어쩐지 풀이 죽어 있는 지금과는 다르게.

"오랜만이다. 뭐 하고 지내?"

"종이접기…… 가르치고 있어."

"종이접기?"

잠시 머뭇거리던 수리가 말을 이었다.

"은하수 어린이집에서. ……준영이. 네 딸 봤어."

널 닮아 예쁘더라는 말을 꺼내자 올리비아가 눈썹을 찡그리며 후후 웃는다. 그러다가 왈칵 눈물을 흘리는 올리비아 때문에 수리는 저도 모르게 한 걸음 다가갔다. 왜 우느냐고 묻지 않고 다만 곁을 지켜 주는 수리의 앞에서 올리비아는 참았던 눈물을 쏟았다. 금방 그칠 수 없는 울음처럼 보였다. 소리 없던 눈물이 흐느낌으로 번지는 바람에 습도 낮던 밤이 축축해져 가는 것을 수리는 가만히 바라보았다.

"이혼했어."

그네에 나란히 앉은 두 사람은 각자 다른 데 눈길을 두고 있었다. 밤은 깊어 가는데 잠은 깨고 있었다. 술기운 역시 서서히 사라져 가는 걸 느끼며 수리는 그네를 탔다.

삐걱, 삐걱.

녹슨 그네가 앞뒤로 움직이며 적막을 깨트렸다.

"솔직히, 내가 이 나이에 이렇게 살 줄 몰랐어."

한바탕 울고 나면 오히려 침착해지기 마련이다. 조금 전보다 차분해진 얼굴로 올리비아가 말했다.

"내가 배우 되고 싶어 했던 거 기억나?"

수리는 조용히 고개를 끄덕였다. 올리비아가 멀리 하늘을 가리켰다.

"스타가 되고 싶었던 게 아니야. 배우가 되고 싶었던 건데 길이 없더라. 방법도 없더라. 소속사 뚫을 인맥이나 성형할 돈 없으면, 다 소용이 없더라구 그 바닥은."

한숨을 내쉰 올리비아가 발끝을 움직이며 그네의 속도를 슬슬 높였다.

"텔레비전에 나오고 싶었어. 스크린보다, 무대보다, 드라마가 좋았거든. 드라마처럼 살라는 말을 좋아해서. 그래서 무작정…… 근처에라도 있잔 마음으로 연기를 시작했는데, 안 되더라. 절대 안 되더라. 카메라 앞에 세워 주겠다는 남자의 애만 생기고."

"……"

"결혼했지만 금방 헤어졌어. 연기는 좀처럼 안 되지, 남편은 말도 안 되는 이유로 집착하려 들지, 숨이 막혔어. 지금은 엄마랑 준영이랑 셋이 살고."

수리는 말없이 그네를 멈춰 세웠다.

그랬구나, 하는 흔한 맞장구도 치지 못했다. 고개를 돌려 바라보자 올리비아의 눈가가 다시 젖어 들고 있었다. 짧은 순간 압축해서 풀어 낸 올비이아의 과거가 사는 동안 얼마나 길고 깜깜했을지 짐작할 수 없었다. 정말 힘들었을 거라는 막연한 생각이 들 때, 손등으로 대충 눈물을 닦아 낸 올리비아가 실없이 웃어 보였다.

"넌 좋겠다. 어릴 때 원수가 이 꼴이어서."

농담처럼 하는 말에도 수리는 웃지 않았다. 무슨 말을 꺼내야 할까. 네 불행이 반가울 만큼 각별하게 생각하지 않는다고 말하면 너무한 거겠지. 오래전 느꼈던 원망 같은 건 이미 농도가 묽어진 지 한참 됐다. 엄마를 탓하는 마음을 지니고 있는 것만으로도 충분히 무거웠으니까.

망설이던 수리는 한참 만에 입을 열었다.

"지금은, 연기 안 해?"

"못 하지, 이제는."

덤덤한 시선으로 보던 올리비아가 낮은 목소리로 대답했다.

"내 길이 아니더라. 그걸 서른 다 돼서 알았어. 속도보다 방향이 중요하다는 말, 다 구라뻥이야."

아무리 해도 안 되는 사람이 있다고. 설령 이 악물고 계속 걸어간다고 해도 결국 길 끝에 서는 건 온갖 재능과 일말의 행운 그리고 편법으로 먼저 도달해 있는 사람이라고, 임자는 정해져 있는 거라고 말하면서 올리비아는 눈가를 신경질적으로 훔쳤다. 희망 고문만큼 사람을 힘들게 하는 건 없다고 중얼거리는 어깨가 축 처져 있다.

올리비아는 멀리서 봐도 늘 반짝이던 아이였다. 눈빛이 까맣게 죽은 올리비아를 만나게 될 줄은 몰랐다. 살면서 가장 마주치기 싫은 사람이었을지도 모른다. 우연히 마주쳐도 못 본 척 지나치는 게 전혀 이상하지 않을 사이였는데, 누구에게도 쉽게 털어놓지 못할 형편을 듣고 나니 올리비아의 불운이 자꾸만 손에 잡히는 듯해서 뭐라도 해 주고 싶은 마음이 들었다. 이상하게도.

바람이 불자 벚꽃 잎이 하늘하늘 떨어졌다. 수리는 숄더백을 뒤적이다가 색종이를 꺼내 들었다. 잠자코 지켜보던 올리비아가 눈을 가늘게 떴다.

"왜? 색종이 접어 주게?"

무릎 위에 노란 색종이를 두고 조심스럽게 접기 시작하자 올리비아가 소리 내어 웃었다. 날이 예리하고 뾰족한 웃음이었다. 준영이한테 나비 접어 준 게 너구나, 하며 재밌다는 듯이 웃는다. 눈꼬리에 걸

린 눈물방울을 검지로 닦아 낸 올리비아는 잠시 후 수리가 내민 종이
를 보고는 키득거리던 붉은 입술을 꾹 다물었다.

"······왜?"

"······."

"왜 별이야?"

수리는 가방을 어깨에 메며 그네에서 일어섰다.

"그냥."

혼잣말처럼 중얼거렸다. 어둠 속에서 마주친 핼쑥한 얼굴이 눈을
아프게 찔러 왔다.

가 볼게, 하는 인사 없이 먼저 놀이터를 벗어났다.

흘깃 돌아보니 올리비아는 두 손으로 별을 움켜쥔 채 발끝만 응시
하고 있었다. 올리비아가 앉아 있는 그네 쪽으로 가로등 불빛이 내려
앉았다. 수리는 입술을 꾹 다물며 걸었다. 불빛마저 비스듬하게 그어
진 밤이다.

왜 내가 운 기분일까. 아득한 얼굴로 걷는데 휴대 전화가 진동했
다.

[오늘은 뭘 접었어? 종이접기 선생님.]

서호였다.

가만히 액정 화면을 바라보는데 두 번째 문자가 연이어 도착했다.

[비행기 접어 날린 건 아니겠지. 다른 사람한테.]

문장 끝에 달린 초조해하는 이모티콘을 보며 수리는 희미하게 웃었다.

[별.]

수리는 빠르게 자판을 눌렀다.

[친구한테 접어 줬어.]

아파트 입구로 들어가는 길에 다시 휴대 전화가 진동했다.

[나도 접어 줘. 다음 주에 만나서.]

다음 주라니?

전에 없던 약속을 기약하는 서호의 의중이 수상해서 수리는 물음표를 머리에 인 이모티콘만을 답장으로 보냈다. 그러나 잘 자라는 인사만 전송한 그는 오늘도 수리의 궁금증을 바로 해결해 주지 않았다.

||||||||||||||||

"조율이요?"

퇴근 무렵 수리는 너무 놀라 외치듯 묻고 말았다. 평소와 달리 크게 당황한 수리를 보며 혜수는 고개를 갸우뚱했다.

"'레'가 소리 안 나서 조율받아야 한다고…… 예전에 임 선생님이 그랬잖아요."

둘만 있는 자리에선 곧잘 수리 씨, 하던 혜수도 놀란 수리의 반응이 의외였는지 덩달아 말을 조금 더듬었다. 아, 그랬었지. 수리는 잔머리로 흘러나온 머리카락을 귀 뒤로 넘기며 작게 탄식했다. 피아노 조율이 필요하다고 최 원장에게 말한 적이 있었다. 그런데 그 조율하는 날이 오늘이 되다니. 피아노 조율사가 그 남자만 있는 게 아니란 걸 알면서도 수리는 저 문을 열고 들어오는 사람이 윤서호일까 봐 조마조마했다.

"7시까지 오신다고 했는데."

혜수가 벽시계를 올려다보며 중얼거릴 때였다.

어린이집 문이 열리고 안녕하세요, 하며 들어오는 남자가 있었다. 퇴근하고 바로 온 건지 낯익은 정장 차림이었다. 수리는 서호와 눈이 마주치고 나서야 숨어야겠단 생각에 가까운 놀이방으로 들어갔다.

"오셨어요? 이쪽 방에 있는 피아노예요."

"아, 네."

피아노가 있는 놀이방으로 앞서 걷는 혜수를 따라 걸으며, 서호는 엉거주춤 몸을 숨긴 채 그를 쳐다보고 있는 수리에게 살짝 웃어 보였다.

안녕.

입 모양으로 건네는 인사에 수리는 저도 모르게 손을 흔들다 내렸다. 서둘러 가방을 챙겨 들고 퇴근을 서두르려는데, 피아노 앞에 서 있을 줄 알았던 서호가 불쑥 수리의 앞에 섰다.

"회, 회사는……?"

얼떨결에 묻자 서호가 이를 드러내며 웃었다.

"창립 기념일."

그러고는 문턱을 사이에 두고 물끄러미 바라보더니 주머니에서 막대 사탕 하나를 꺼내 내밀었다. 갑자기 웬 사탕? 수리는 놀란 마음을 가까스로 감췄다. 무엇보다 남의 직장에서 마음대로 사적인 관계를 드러낼 셈인가 싶어 바라만 보는데 서호가 혜수에게도 사탕을 하나 건넸다.

"어머, 웬 사탕이에요?"

"화이트 데이 사탕입니다."

잘 먹겠다며 포장지를 벗기던 혜수가 문득 의아한 얼굴로 고개를 들었다.

"화이트 데이? 지난 지 한참이잖아."

혜수가 동의를 구하듯 수리를 쳐다보았다. 수리는 자기도 영문을 모르겠다는 얼굴로 고개를 끄덕거렸다.

"그래요? 저한텐 오늘이 화이트 데인데."

그렇게 말한 서호는 주머니에서 막대 사탕을 하나 더 꺼내 수리에게 흔들어 보였다.

"더 드릴까요?"

"……괜찮아요."

거절을 예상한 듯 미소 지은 서호는 피아노가 있는 놀이방으로 다시 들어가 버렸다.

"재밌는 분이네."

혜수가 사탕을 굴리며 웃었다. 수리는 내내 꼭 쥐고 있던 손을 들어 가슴께를 눌렀다. 사탕을 쥔 손 아래 가슴이 빠르게 뛰고 있었다. 이전에는 없었던 그와의 우연에 대해 생각했다. 그러다가 별안간 스치는 생각에 어, 하고 외마디를 내뱉었다.

[나도 접어 줘. 다음 주에 만나서.]

지난주에 그런 문자를 보낸 건 은하수 어린이집으로 조율하러 오게 될 것임을 알고 있었기 때문이었나. 미리 언급 한 번 없이 마주한 남자가, 지나간 기념일을 기념하며 막대 사탕을 쥐여 준 서호가 신경 쓰여서 수리는 퇴근을 하면서도 몇 번이나 뒤를 돌아보았다. 그러면서 화이트 데이에 사탕을 주는 의미에 대해 무의식적으로 곱씹다가 아랫입술을 깨물었다.

그깟 상술. 그런데 왜 멋대로 두근거리는 건가. 그것도 기념일이 한참 지나 사탕을 준 남자 때문에.

수리는 생각을 멈추려고 집까지 쉬지 않고 달렸다.

뾰족하지도 둥글지도 않은 날이 지나갔다. 며칠 바빴다. 어린이집을 오가고 밀린 집안일을 하면서 홀로 있는 시간을 최대한 분주하게 보내려고 했다. 작정하고 바빠지려고 하니 정말 바빠졌고 수리는 정신없는 일상에 기꺼이 녹아들었다.

덩그러니 소파에 앉아 있을 때면 어김없이 떠오르는 서호의 얼굴을 외면하려고 고개를 홱홱 젓거나, 부지런히 청소기를 돌리고 걸레로 바닥을 닦았다. 졸업 앨범은 책장 가장자리에 깊숙이 꽂아 넣었고 피아노 쪽은 더더욱 쳐다보지 않았다. 그러다가도 진동하는 휴대 전화를 볼 때면 혹시 그 남자가 아닐까 하는 생각이 들었으니, 여전히 윤서호를 중심으로 생각이 돌고 있긴 했다.

이토록 제어가 되질 않는데 병의 증세가 아니고서야.

끙, 하고 앓는 숨을 내쉬는 횟수가 늘었다. 평소와 다름없이 살면서도 매일 한 사람에게 관심이 흐르는 걸 도무지 막을 수 없었다.

"운동할래?"

토요일 저녁 모처럼 집에 놀러 온 누리가 배달시킨 피자를 다 먹고 나서 말했다. 배도 부르고 운동한 지도 꽤 됐던 터라 수리는 흔쾌히 고개를 끄덕였다. 땀을 흘리거나 하면 특정한 사람에게로 흐르는 생각을 어느 정도는 멈출 수 있겠지 싶은 마음도 들어 러닝화를 신고 공

171

원을 몇 바퀴 돌았다.

진달래꽃이 한창이었다. 이맘때면 흐드러지게 피어 있는 모습이 눈을 사로잡았다. 꽃가루 알레르기가 있는 누리는 흰 마스크를 쓴 채 열심히 팔다리를 움직였다.

"어제의 적이 오늘은 아군이 될 수도 있더라."

누리가 자전거 모형의 운동 기구를 마주 보고 타면서 말했다. 무슨 말인지 바로 못 알아듣자, 누리가 마스크를 턱 밑으로 내리고 한 번 더 말했다.

"사장이 이직 제안했어."

"이직?"

"너도 알 거야. 그 날라리."

투자 건으로 엮였다는 어느 기업 회장의 아들을 말하는 것이었다.

어음 회수 문제로 속을 꾸준히 썩이던 사람과 얼추 일이 마무리된 모양이었다. 일적으로 곤란하게 만들고, 곤란해진 상황을 헤쳐 나가는 누리를 지켜보며 자신의 회사로 스카우트 제안을 했다고 한다. 자세한 얘기를 듣고 보니 꽤 나쁘지 않은 제안이었다. 언니의 능력을 눈여겨본 사람이므로 잘 대해 주지 않을까, 생각했다.

"어떻게 할 거야?"

"고민 중이야."

누리가 바퀴를 돌리며 밭은 숨을 내쉬었다.

"넌 요즘 어떻게 지내?"

허를 찔린 기분에 바퀴를 굴리던 발을 멈췄다.

여느 때와 같이 고요히 지내고 있었다. 윤서호란 남자를 만나기 전과는 미묘하게 달라졌지만 나름대로 잘 지내는 편이었다. 어떻게 보면 조금 더 열심히 사는 기분이 들기도 했다.

그러니까 모든 고백은, 어떤 식으로든 영향을 주는 걸지도 모른다. 절대 얕잡아 볼 수 없는 어떤 힘이 있는 거다. 그날 밤 종이비행기를 날린 이후 거의 모든 게 변한 느낌이었으니.

"만나는 사람은 없고?"

수리는 속으로 뜨끔했지만 태연한 척했다. 그동안 우연처럼 마주치고 어쩌다 보니 같이 식사까지 한 사이가 된 서호가 떠올랐지만 서둘러 고개를 저었다.

"회사에 괜찮은 후배 있는데 소개해 줄까?"

"됐어. 소개는 무슨."

놀란 수리가 얼른 손을 내저었지만 누리는 꿈쩍도 안 했다.

"연애도 오래 쉬면 멀어진다, 너?"

운동 기구에서 내려 집 쪽으로 걸음을 내디딜 때도 누리는 넌지시 연애의 장점을 나열했다. 외롭지 않다는 게 첫 번째 장점이야. 상대에 따라 다르지만 대체로 외롭지 않은 것 같아. 밤에 같이 영화 볼 수 있는 사람이 있다는 게 얼마나 좋은데. 손잡고 싶을 때 실컷 손잡을 수

173

있는 건 특권이야 특권…… 끝도 없다.

"대학 신입생 때 선배 만났던 이후로 쭉 쉬는 중이지?"

"……언니가 뭘 알아."

"뭘 아냐니, 다 알지 바보야."

누리가 키득거렸다.

"맛있는 거 먹으러 나간다고 생각해. 그러면서 시작하는 거야, 연애는."

팔짱을 낀 누리가 은근슬쩍 소개팅을 밀어붙일 때였다.

"아……."

수리는 조금 경직된 얼굴로 멈춰 서고 말았다. 멀리서 걸어오는 남자가 낯이 익었고 그 남자가 서호란 걸 깨닫자마자 가슴이 요란하게 뛰기 시작했다. 하필이면 연애에 대해 이야기를 나눌 때 저 남자랑 마주치다니. 아무렇지 않게 헤어졌던 그날과 다르게 긴장감이 몰려온다. 왜 이러지, 싶다가도 고백을 받았으니까, 하는 생각에 금방 수긍되는 반응이다. 하지만 왜 내가? 정신없는 와중에 의아해진다.

청바지에 고동색 후드 티를 입은 서호는, 처음 수리의 집에 왔을 때처럼 무거워 보이는 연장 가방을 들고 있었다. 석주를 대신해서 어딘가 방문 조율을 하고 온 듯했다. 휴대 전화를 들여다보며 걸어오는 서호를 피해서 수리는 뒷걸음질을 치다가 돌아섰다.

"갑자기 어디 가?"

영문을 모르는 누리가 큰 목소리로 물으며 따라왔다. 그러다가 발그레해진 뺨을 눈치채고는 왜 그러냐고 연신 묻기 시작했다.

"뭐야, 얼굴까지 빨개져서는. 왜 그러는데?"

"조용히 해."

"어디 가, 임수리!"

머릿속이 하얘졌다. 들었을까. 뒤에 남아 임수리, 야 임수리, 하고 외치는 누리를 두고 곧장 뛰는데,

"안녕."

난처한 인사가 따라붙었다.

서호가 수리를 따라 달리고 있었다. 커다란 연장 가방을 한 손에 들고 있으면서도 여유롭다.

낭패감 어린 수리를 보며 서호가 씩 웃었다.

잠시 후 걸음을 멈춘 세 사람은 우두커니 서서 서로의 관계를 추측하기 바빴다.

"안녕하세요."

붙임성 좋은 서호가 먼저 인사했고, 그제야 누리 역시 환하게 웃으며 마주 인사했다. 근데 누구시냐는 누리의 호감 섞인 눈빛 때문에 괜히 수리는 부담스러움을 느꼈다. 목뒤를 긁적인 서호가 정중히 대답했다.

"임수리 씨 고등학교 동창입니다."

"아, 그래요?"

누리가 반갑다는 듯 활짝 웃었다.

"저는 얘 언니예요. 반가워요!"

언니 딴에는 동생의 이성 친구를 처음 봐서 신기한 모양인데 수리는 딱 숨고 싶은 기분이었다. 인적 사항 묻는 장인어른 같은 언니의 질문에, 윤서호입니다, 회사 다니면서 틈틈이 피아노 조율도 나갑니다, 네, 아버지가 시내에서 악기점을 하셔서요, 라고 대답만 잘하는 그가 신기하다. 갑작스러운 질문들에 당황하기는커녕 태연하기만 했다. 오히려 이 순간을 기다려 온 사람처럼 서글서글하게 웃었다.

"처음 보는 거 같은데, 맞죠? 이 동네 사세요?"

"네. 이웃사촌이죠."

두 사람 사이에서 존재감이 잊히는 기분으로 서 있는 수리를 멍한 상태에서 깨운 건 다름 아닌 서호였다.

"사실 제가 임수리 씨 좋아하……."

굳이 안 해도 될 말을 덧붙이는 그의 팔소매를 덥석 잡아 버렸다. 머리를 거치지 않은 행동이었고 덕분에 수리는 그에게 바짝 다가서 있었다. 무슨 말 하는 거냐고 쏘아보는 시선에 서호가 소리 없이 웃었다.

그런 걸 왜 말해.

눈으로 항의하자,

사실인데, 뭘.

눈으로 대답한다. 장난처럼.

급한 불은 껐지만 다른 곳에서 또 불씨가 붙었다. 생각보다 잘 보인다. 그의 귓불이 빨개지는 게. 귓불에서 번지는 빨강이 서호의 귓바퀴를 온통 물들이는 걸 보고 나서야 수리는 손을 내리며 뒤로 물러섰다.

이 사람도 쑥스러워하는구나.

도로 위가 아니더라도, 차를 몰고 있지 않더라도 접촉 사고를 낼 뻔한 것처럼 당황스러울 때가 있는데 지금이 바로 그랬다. 서행하는 차 앞으로 길고양이 또는 사람이 튀어나와 다급히 멈춰 서느라 등줄기가 서늘해지는 느낌. 신호를 못 본 것도 아니고 운전 중에 한눈을 판 것도 아닌데 안 보이던 것이 갑자기 나타나 놀란 순간이다, 지금은.

이 남자 때문에 별거 아닌 반응에도 번번이 놀라고 만다. 장난스러운 표정과 짓궂은 말씨 때문에 수리는 자주 동요했다.

이것 봐. 지금도 웃고 있네. 수리는 눈썹을 찡그리며 서호를 올려다보았다. 여우과일까. 순진한 것 같은데 언제 그랬냐는 듯 능청스럽다. 수리의 표정이 점차 심각해져 갔다. 영문을 모르는 서호가 왜, 하며 상체를 기울였다.

두 사람 옆에서 누리만이 눈을 반짝였다. 수리와 서호 사이에 흐르는 묘한 분위기를 읽은 게 틀림없으며, 이대로 집에 돌아가면 가는 길 내내 수리의 등을 퍽퍽 치면서 누구냐고 캐물을 게 뻔했다.

아니나 다를까, 누리는 서호의 손이라도 붙잡을 기세로 다가가서 혹시 지난번에 피아노 조율을 해 준 게 서호악기점이라면 앞으로도 잘 부탁한다며 다음 조율 작업까지 맡겨 버렸다. 갑작스레 파도에 떠밀리듯 예약 손님이 생겼는데도 서호는 당황하지 않고 "감사합니다." 말하며 웃었다.

그러고 나서도 둘은 꽤 오래 말을 주고받았는데, 그 대화로부터 누리는 서호가 피아노를 제법 친다는 사실과 악기점의 정확한 위치, 그리고 그가 다음 조율을 하러 어느 아파트 어느 동에 가는 길이었다는 것까지 알게 됐다. 대화는 자연스럽게 그의 어머니가 운영하는 찻집으로까지 이어졌고 언제 한번 시간 되실 때 차 한잔 드시러 오라는 말까지 듣고야 말았다.

언니의 왕성한 호기심에 속이 타들어 갈 지경이 된 수리는 결국 누리의 옆구리를 찌르며 집에 가자고 재촉했다.

"잠깐만."

이쯤에서 헤어졌으면 했는데 이번에는 서호가 수리의 팔꿈치를 잡았다. 눈치 빠른 누리가 살그머니 웃으면서 먼저 들어가 봐야겠다, 전화할 데 있어, 하고 횡설수설하며 홀로 멀어져 갔다.

수리는 난감해서 말도 나오지 않았다. 그러다가 그에게 붙잡힌 팔을 내려다보자, 서호가 누리와는 반대 방향으로 이끌었다. 왜 못 가게 붙잡았냐는 눈초리로 올려다봐도 서호는 앞만 보고 걸으며 웃을 뿐이었다.

"우리, 왜 이렇게 우연이 많아?"

한참 만에 수리가 말했다.

불퉁한 목소리에 시선을 내린 서호는 혼잣말처럼 중얼거렸다.

"우연이라."

"자꾸…… 마주치니까."

우연처럼 만난 게 벌써 여러 번이다. 당황과 놀람으로 버무려진 마음을 떨쳐 내려 할 때 서호가 말했다.

"그거 다 우연밖에 안 되나?"

수리 옆에 자리한 화단을 검지로 가리키는 서호의 입가에 언뜻 쓴 웃음이 어렸다.

"너한텐 내가 고작 들풀 정도였나 보지. 매일 지나쳐도 못 보는."

그동안 눈에 잘 안 띄었던 그가 최근 신경 쓰이기 시작한 건 아마도 어느 날 갑자기 말을 걸고 웃어 줬기 때문일 것이다. 거기에 더해 고등학교 동창이라는 연결 고리 역시 한몫했겠지만, 멀리서도 알아볼 정도로 윤서호가 각별해진 이유는 아무래도 이 사람에게 고백을 받았기 때문에. 그것도 보통 고백이 아닌 최소 10년 이상 묵은 마음이다.

수리는 묵묵히 걷다가 저만치 육교가 보일 때쯤 멈춰 섰다. 저 육교까지 같이 건너 버리면, 이대로 이 남자와 매일 나란히 걷는 사이가 될 것 같았다. 당장 손을 잡진 않더라도 언젠가는 손을 잡고 걷는 사이가 될 거라는 이상한 예감이 수리를 당황스럽게 만들었다. 덩달아 멈춰 선 서호가 살며시 잡고 있던 팔을 놔주며 웃었다.

"데려다줘서 고마워."

그러더니 손목시계를 보며 불쑥 물었다.

"다음 주 수요일에 시간 돼?"

느긋한 목소리로 하는 말은 분명 평범한 말임에도 불구하고 해석이 잘 안 됐다.

내 일정을 왜 물어보지? 또 만나자고?

발갛게 달아올랐던 서호의 귀는 어느새 색이 돌아와 있었고 이번에는 수리의 빰이 달아오르고 있었다. 이 남자와 시간차를 두고 똑같이 빨개지고 있다는 사실이 우스웠다. 우습다고 생각하면서 수리는 최대한 담담히 거절했다.

"……아니."

"목요일은?"

"아니."

"금요일?"

"아니."

"토요일 밤에도 안 만나 줄 건가?"

"아니…… 아."

기계적으로 대답하다가 어느 순간 아차 싶었다. 서호의 얼굴에 드디어 걸려들었다는 만족감이 스쳤다.

"토요일엔 만나 준다니. 친절하시다."

놀리듯 말하며 아이처럼 웃는다.

낭패감에 붙박인 듯 서 있자 서호가 손을 흔들고 돌아섰다. 다음 주 토요일 늦은 저녁, 동네의 어느 카페에서 보자는 인사를 남기고.

또 그가 흔드는 대로 흔들리고 말았다.

그와 등을 지고 분한 얼굴로 걷다가 돌아보니 어느새 저만치 육교를 건너가고 있는 뒷모습이 보였다. 그의 말대로라면, 들풀 정도였던 남자가 멀어지는 모습을 오랫동안 바라보는 나는 뭐지. 당황한 수리는 다시 서둘러 발을 뗐다.

지금도 들풀일까, 생각해 보면 글쎄, 잘 모르겠다.

나보다 너희들이 우선이라는 엄마는, 죽기 전까지 파마 한 번 하지 않았다. 미용실에 갈 돈으로 수리와 누리의 문제집을 사거나 학원비를 냈다. 남편 없이 살려니 막막해 죽겠다가도 너희들이 있으니 어떻게든 살아야겠단 힘이 생긴다고 엄마는 주문처럼 말하곤 했다. 말하는 대로 어떤 힘이 생기길 기다리는 것처럼. 지금 생각해 보면 그 말은 선의의 거짓말이었을 터다.

그때 수리와 언니가 정말 엄마를 살게 했을 리는 없다. 하루하루 지쳐 가는 엄마를 모르지 않았다. 눈가의 깊은 주름이나 거칠어진 손등쯤은 이 나이에 당연한 것이라고, 가끔 머리를 감다가 코피라도 흘리면 엄마는 자연스럽게 늙는 중이니 염려 말라며 손사래를 치고는 했다.

보다 못한 누리가 그간 세뱃돈이며 용돈을 차곡차곡 모아 둔 통장을 식탁 위에 꺼내 놓고 학교에 가자, 엄마는 다음 날 보란 듯이 삼겹살을 사 왔다. 지금 생각해 보면 괜한 걱정 말라는, 상태 표시창 같은 행동이었던 게 아닐까 싶다. 한창때이니 잘 챙겨 먹어야 한다면서 엄마는 아침부터 고기를 구웠다. 이 정도는 해 줄 수 있다며 부지런히 고기를 뒤집는 엄마를 보며 차마 입을 열지 못했다. 고기 익는 소리와 연기를 빨아들이는 가스레인지 후드 소리가 없었다면 아마 우는 걸 들켰을 거라고, 나중에서야 누리는 말했었다.

엄마에게 잘하라는 언니의 말에도 수리는 저도 모르게 퉁명스레 굴었다. 그 나이대 아이들이 대부분 그러는 것처럼 중학생이었던 수리는 별거 아닌 일에도 자주 인상을 찌푸렸다.

어느 날 책상에 앉아 숙제를 하고 있는데, 엄마가 휴대 전화를 내밀며 친구에게 문자를 대신 보내 달라고 한 적 있었다. 디지털 기기와 친하지 않은 엄마는 휴대 전화를 시간 확인용 내지 전화받는 용도로만 써서 문자 보내는 데 서툴렀다.

문자 정도는 알아서 보내, 엄마.

말하고 나서 후회했지만 밤이 되자 아무렇지 않았던 부끄러운 기억을 지금까지도 절대 지울 수 없다. 시간이 지날수록 바래지기는커녕 나날이 선명해져 안쪽으로 상처를 낸다.

엄마는 팍팍해진 살림에도 수리가 피아노를 배우게끔 해 줬다. 집으로 방문하는 선생을 붙여 주고, 피아노를 배우는 월요일과 목요일마다 선생 몫으로 꼭 사과를 깎아 놓았다. 말수가 줄어든 막내딸이 어려서부터 배워 온 피아노만은 곧잘 쳤기에 힘에 부치더라도 신경 써 준 것이었다.

피아노 선생은 수리가 잔뜩 힘을 주고 피아노를 칠 때면 연주를 중단시키고 팔에 힘을 뺄 수 있도록 도와줬다. 릴랙스, 릴랙스, 하면서 팔을 어루만져 주던 손길이 엄마보다 따뜻하게 느껴진 건 사춘기의 비뚤어진 마음 탓이었다.

손가락이 길고 우아하던 선생은 수리가 드물게 허물없이 지내는 사람이었고 그 때문에 엄마는 피아노 수업료를 꾸준히 마련해 줬다. 하지만 슬슬 예고에 입학할지 아니면 일반 인문계 고등학교에 가서 공부에만 전념해야 할지 선택해야 했고, 그때 엄마의 얼굴에서 수리는 망설이는 기색을 발견했다. 피아노를 진지하게 배울 생각은 없었지만 내심 서운했던 기억이 난다. 이 정도도 못 해 주냐는 되바라진 마음까진 아니었으나, 아빠가 계속 살아 있었다면 지금보다 훨씬 수월하게 살았을 거란 비틀린 생각이 어린 수리를 흔들었다.

내 길이 아니더라도 보호자의 욕심으로 한 번쯤 권해 볼 수 있는 거 아닌가. 수리는 많은 순간 조용히 씩씩거리기 시작했다. 아빠 없이 사는 허전한 삶이 점점 장애물처럼 느껴졌을뿐더러 이 모든 게 엄마의 말 한마디 때문이지 않나, 하는 쌓여 있던 반항심에 못 이겨 소리 내어 울었다.

"울지 마."

단지 피아노를 못 배우게 됐다는 서러움 때문에 우는 게 아니란 것을 수리의 엄마는 금방 알아차렸다.

"피아노 계속 배우고 싶어?"

그러나 그렇게 물을 수밖에 없었을 것이다.

"넌 피아노만 치기엔 아까워, 모르니?"

피아노 말고 다른 공부를 해 보는 게 어때. 농담 같은 그 말에도 눈물이 그치질 않았다. 교복을 입은 수리는 방바닥에 주저앉아 울었다. 참아 왔던 원망이 쉴 새 없이 흘러내렸다. 아무리 손등으로 닦아 내도 멈춰지지 않았다. 언니와 엄마와 셋이서 그간 간신히 쌓아 올린 어떤 것이 무너진 기분이었다.

"엄마…… 때문이야."

멈춰. 멈춰야 돼.

생각하면서도 멈출 수 없었다.

"엄마 때문에, 아빠가 죽지 않았으면."

그러다 수리는 눈물 닦는 걸 멈추고 피아노 앞에 망연히 서 있는 엄마를 쳐다보았다. 눈물 때문에 엄마가 번져 보였다.

말하는 걸 두려워해야 하는 삶이 지긋지긋했다. 남들은 다 있는 아빠가 수리만 없고, 남들은 다 하기 쉬운 말하기가 수리만은 어려웠다. 앞으로 걷든 뒤로 걷든 온통 불행만 매설돼 있는 것 같은데 계속 더 버티며 살아야 하는 걸까. 억울한 벌을 받는 기분이어서 철없는 마음에 함부로 생각하고 함부로 말했다. 더는 조심하지 않았다. 그토록 조심해 왔으면서 수리 역시 가족에게는 쉬웠다.

계절이 바뀌고 수리는 인문계 고등학교에 입학했다. 그리고 몇 개월 뒤 거짓말처럼 엄마가 죽었다. 엄마 없이 열일곱 여름을 보냈고 베토벤의 피아노 소나타를 쳐 보는 것을 마지막으로 피아노 뚜껑을 영영 덮어 버렸다. 피아노 연습을 할 때면 엄마가 방문 앞에 서서 들을 정도로 좋아하던 템페스트 3악장이었다.

그리고 시간이 지나 그 피아노의 뚜껑을 열어 준 남자가 있다. 저녁놀이 비스듬히 비치는 피아노 앞에 서서 수리는 서호를 생각했다. 조심스럽게 뚜껑을 열고 의자를 끌어당겨 앉고는 습관처럼 페달에 오른발을 올려놓고 건반을 매만졌다. 매끄럽고 차가운 촉감이 손끝을 타고 흘렀다. 보면대는 텅 비어 있지만 손가락은 오래전, 줄기차게 눌렀던 연주곡의 첫 음을 기억하고 있었다.

'라'에 올려 둔 엄지에 힘을 조금 주었다가 뗐다. 많이 쳐서 익숙하지만 긴 세월을 사이에 두고 낯설어진 소리가 다시, 방 안을 울렸다. '라' 음 하나만으로도 마음에 스며드는 울림이 지나치게 커서 선뜩했다. 건반 뚜껑을 덮으며 일어난 수리는 쫓기듯 방을 나갔다.

날이 갈수록 한낮 기온이 올라갔다. 봄은 올 듯 말 듯 하면서도 어느새 이만큼 다가와 있었다. 해가 지면 제법 바람이 찼지만 한겨울만큼은 아니었으므로 다들 옷차림이 나날이 가벼워졌다. 겉옷 없이 등원하는 아이들이 꽤 됐고, 추위를 잘 타는 편인 수리도 셔츠에 카디건 하나 입고 출근을 했다.

거리를 걸을 때마다 분홍과 노랑, 연두처럼 밝은 색상이 심심치 않게 보였다. 봄에는 꽃만 피는 게 아니었다. 데이트 약속이든 나들이든 저마다 따뜻하게 풀린 날씨를 즐기느라 얼굴이 펴지는 계절이다. 속사정이야 다를 수 있겠지만 어딜 가든 대체로 웃으며 지나가는 사람들만 보였다.

주름도 펴지면 좋으련만, 하고 혜수가 퇴근하는 수리에게 웃으며 말했다.

"주말인데 오늘은 집에 가서 팩 하고 자야겠어."

수리는 혜수가 언젠가 추천해 준 마스크 팩 상표를 떠올리며 꾸벅 인사했다.

"주말 잘 보내세요."

"수리 씨도!"

어깨에 메신저백을 고쳐 메며 서둘러 걷던 수리는 문득 어린이집 쪽을 돌아보았다.

그날 이후 올리비아를 만날 수 없었다. 시간이 어긋났는지, 아니면 그녀를 피하는 건지 알 수 없지만 바쁘게 살다가도 드문드문 서럽게 울던 올리비아가 생각났다. 드라마를 하고 싶어 했으나 포기해야만 했던 올리비아는 모든 걸 잃은 것처럼 보였다. 모든 걸 잃은 게 아닌 데도 그럴 때가 있는 걸 알기에 자꾸 눈에 밟혔다.

언젠가 한 번 더 마주친다면 그땐 더 많은 말을 해야지. 이제는 내내 잘 지내라고 말해 줘야지. 속으로 다짐하며 다시 걷기 시작했다.

수리는 집으로 향하다가 중심 상가 쪽으로 향했다. 미세 먼지가 많은 터라 마스크를 낀 사람들이 많았다. 부연 저녁 바람을 맞으며 이끌리듯 서호악기점으로 걸어갔고, 망설이다가 지하로 내려갔다. 악기점 아래에서. 겨우 두 번째 보는 상호명이 친근하게 다가왔다.

멀리서 들려오던 피아노 소리가 점점 커졌다. 금요일 저녁 찻집 안은 지난번과는 다르게 한산했다. 출입구로부터 먼 구석 자리에 앉은 수리는 피아노를 치고 있는 교복 차림의 남학생을 건너보았다.

그 애였다. 금요일 저녁마다 피아노를 치러 온다는 남학생의 동선이 눈에 그려지는 듯하다. 학교 수업이 끝나자마자 곧장 이곳으로 왔을 것이다. 피아노 의자에 누군가 앉아 있으면 잠깐 근처에 앉아 자리가 비길 기다릴 테고, 짧지 않은 기다림 끝에 제 차례가 오면 허겁지겁 앉아 건반을 누를 것 같다.

어딘가 허기진 얼굴로 건반을 누르는 남학생의 모습에서 수리는 눈을 떼지 못했다. 건반을 누르고 있으면서도 건반을 누르고 싶어 하는 얼굴이다.

"또 오셨네요."

그때 찻집 주인이 다가와 알은척했다. 어깨까지 오는 파마머리가 잘 어울리는 여자였다.

"서호는 오늘 늦는다던데."

수리는 머쓱하게 미소 짓고는 고개를 저었다.

"약속 없이 혼자 온 거예요. ……마셔 보고 싶은 게 있어서."

메뉴판을 볼 것도 없이 주문했다.

"아포가토 한 잔 주세요."

지난번에 그가 마시던 음료였다. 희영이 싱긋 눈웃음을 지었다. 사뿐히 멀어지는 그녀를 보다가 다시 남학생 쪽으로 시선을 옮겼다. 마침 뉴에이지 곡을 마친 남학생이 건반에서 손을 떼고 일어났다. 이제 연주를 그만하려는 건지, 제 자리로 보이는 테이블에 앉는다. 찻집 안을 울리던 피아노 소리가 멎자 클래식 채널에 맞춰 놓은 라디오 소리가 커졌다. 특별히 피아노 앞에 앉는 이가 없을 때면 다른 소리가 채워지는 곳인 모양이다.

덩그러니 앉아 휴대 전화를 만지던 수리는 누군가 다가온 인기척에 고개를 들었다. 희영이었다.

"맛있게 드세요."

테이블 위 커다란 유리잔에는 바닐라아이스크림이 세 덩이나 쌓여 있었다. 그날 서호의 잔에는 한 덩이만 있었던 것 같은데. 의아해진 수리와 눈이 마주치자 희영이 에스프레소 잔을 내려놓으며 설명했다.

"서비스예요."

"아…… 감사합니다."

"서호가 용기 좀 많이 내나요?"

금방 자리를 뜨지 않고 머뭇거리던 희영이 수줍게 웃으며 질문했다.

"그 녀석, 어릴 땐 숫기가 좀 없었거든요."

그러면서 부드럽게 미소 짓는 얼굴에서 묘하게도 악기점의 사장

얼굴이 보였다. 부부는 닮는다는 말이 사실이구나. 새삼 신기해서 수리도 조그맣게 따라 웃었다.

그리고 지금 여기에 없는 남자를 생각했다.

그 사람이 그런 편이던가?

부끄러워하는 기운은 없고 쾌활해 보이기만 하는데. 수리가 난처할 만큼 능청스러울 때도 있었다.

"의외네요."

"뭐가요?"

희영이 궁금하다는 듯 눈을 깜빡였다.

"지금은 전혀 안 그렇거든요. 그…… 서호 씨요."

그렇게 말하자 희영의 눈웃음이 커졌다.

"다행이네요."

수리는 천천히 아이스크림을 떠먹었다. 혀에서 살살 녹는 달콤함이 경직돼 있던 마음을 풀어 줄 때 근처에서 의자 끄는 소리와 함께 남학생이 일어났다.

"태림이 가려고?"

"네. 안녕히 계세요."

태림이라 불린 남학생이 꾸벅 인사를 하고는 수리가 앉아 있는 테이블을 지나쳤다. 두 팔 가득 문제집과 프린트물을 안은 남학생의 뒤로 투명한 무언가가 툭 떨어졌다. 허리를 굽혀 주우니 DVD였다. 남학생에게 건네주기 전에 스치듯 본 영화의 제목은 「피아니스트의 전설」, 수리가 좋아하는 영화였다.

"여기요."

"……감사합니다."

남학생이 돌아서기 전에 수리는 충동적으로 말을 걸었다.

"이 영화…… 괜찮던데. 봤어요?"

자신에게 한 말인가 싶어 주위를 둘러보던 태림은 곧 보일 듯 말 듯 고개를 끄덕였다.

"네. 배에서 내려오지 못하는 피아니스트 얘기."

"피아노 건반에서만 살다가 죽은."

조금 긴 앞머리 사이로 수리를 응시하는 태림의 입가에 미소가 쓱 걸렸다 사라졌다. 가까이에서 보니 커다란 눈망울이 순진한 인상이었다. 여드름 자국이 군데군데 남아 있는 뺨은 생각보다 더 뽀얬다.

"그렇게 살고 싶어요. '나인틴 헌드레드'처럼. 학교만 졸업하면……."

이어지는 뒷말은 없었지만 아무래도 학교를 졸업하면 영화 속 주인공처럼 배에서 피아노 연주를 하며 살고 싶다는 말 같았다. 티스푼을 내려놓은 수리는 남학생을 좀 더 찬찬히 살펴보았다. 문제집과 프린트물 사이로 악보가 몇 개 보였다.

"오오, 나는 못 본 영환데. 재밌나?"

곁에서 희영이 낭랑한 목소리로 대화에 끼어들었다. 영화의 열성 팬인 모양인지 태림의 얼굴에 활기가 돌기 시작했다.

"꼭 보세요, 사장님. 완전 좋아요. 여기에 나온 곡도 몇 개 쳤었는데."

"정말? 어떤 곡?"

"'더 크라이시스'랑 '매직 왈츠'요. '플레잉 러브'도 좋은데, 그건 서호 형이 잘 쳐요."

"그래? 나중에 쳐 달라고 해야겠다."

어느새 테이블에 마주 앉아 이야기를 이어 가는 두 사람을 번갈아 보며 수리는 간간이 맞장구를 쳤다. 아이스크림을 떠먹는 동안 서먹하던 사이가 조금씩 허물어졌다. 희영은 주문이 있을 때만 잠깐씩 자리를 비웠고, 뜻밖의 대화는 거의 두 시간 가까이 이어졌다.

"예전에 연주하는 거 본 적 있어요."

"헉. 정말요?"

"잘 치던데. 히사이시 조."

"감, 감사합니다."

태림은 목까지 빨개지면서 수줍어했다. 그런 녀석이 매주 사람들 앞에 앉아 연주한다는 건 그만큼 피아노를 좋아해서겠지. 기특했다. 말수 적은 고등학교 남학생이 어느덧 어린이집에 다니는 아이처럼 편하게 느껴졌다.

턱을 괸 수리는 좋아하는 연주곡을 털어놓는 태림을 웃으며 바라보았다. 신기하게도 서로 통하는 부분이 많았다. 영화 보는 걸 좋아하고 캐모마일 티를 좋아하는 취향마저 같았다.

"누나. 저 금요일 저녁엔 꼭 오니까 또 봐요."

태림이 과외가 있다면서 자리를 뜰 무렵에는 수리를 누나라고 부를 정도로 가까워져 있었다. 다시 혼자가 된 수리는 녹아 버린 아포가토를 먹었다.

'좋아서 하고 있지만 좀 겁나요. 음악하고 싶다고 엄마 아빠 설득하면서도.'

자신 없는 목소리. 확신 없는 눈동자.

태림이 남기고 간 말들이 수리의 주변을 배회하고 있었다.

'혹시, 잘 못할까 봐. 누나도 그런 적 있어요?'

그 시절에 겪는 당연한 불안이 수리에게로 옮아 온 느낌이 들었다.

잘 못하지만 잘하고 싶은 마음. 계속해도 될까 싶은 그 마음이 뭔지 알 것 같았다. 확실한 건 서른이 가까워진 수리 역시 매일 불안하다는 사실이다. 언제까지 종이를 접으며 살 수 있을까 하는 불안. 기억에 없는 동창생이 이따금 떠오르고 그 사람이 먹던 아포가토의 맛이 궁금해 전에 없던 외출을 감행한…… 나에 대한 불안.

이 불안을 어떻게 설명해야 할까. 수리는 작게 한숨을 내쉬었다. 고민과는 조금도 상관없이 음료는 달고 씁쓸했다.

7

언제고 끊어질 수 있는 관계였다. 그럼에도 불구하고 여전히 그와 이어지고 있다. 그 사람에게 매여 있는데도 끈이나 띠는 보이지 않는다. 이런 관계는 단순한 이웃사촌이나 동창 따위가 아니라고 수리는 몇 번이고 생각했다.

토요일 밤 서호를 만나러 간 곳은 와인과 맥주를 주로 파는 레스토랑 형식의 카페였다. 에그 베네딕트와 샌드위치가 맛있기로 유명한 카페였는데, 주말 저녁이라 그런지 손님이 많았다.

먼저 도착해 있던 서호는 창가를 무심한 눈으로 내다보고 있었다. 넥타이 없이 연하늘색 셔츠를 입은 그는 주위의 소음에서 벗어나 혼자 동떨어져 있는 것처럼 보였다.

수리는 눈썹 사이를 긁으며 탄식했다. 뭐가 들풀 정도란 말인가. 이제 그는 단번에 알아볼 정도로 눈에 잘 띄었다. 수많은 사람들로 북적이는 공간에서도 금방 찾아낼 수 있을 것만 같다. 서호의 옆모습을 입구에 서서 한참 바라보던 수리는 구두 소리를 내며 다가갔다.

또각또각, 잘 신지 않던 힐이 바닥을 울리자 서호가 고개를 돌렸다. 늘 청바지를 입고 만났던 수리가 원피스를 입고 나타나 조금 놀란 눈치였다. 웃음기를 머금고 올라가는 입매를 보며 수리는 맞은편 의자를 당겨 앉았다.

서호가 말없이 메뉴판을 건넸다. 메뉴판을 통해 뭔가 전달되는 것도 아닌데 수리는 재빨리 메뉴판을 받았다. 둘 다 저녁을 먹고 온 터라 가볍게 술과 샐러드를 주문했는데, 흑맥주를 고른 그와 달리 수리는 상그리아를 시켰다.

"스물두 살 때."

기포가 올라오는 흑갈색 맥주를 한 모금 마신 서호가 입가를 엄지로 문지르고 말했다.

"전역하기 전에, 휴가 나왔을 때 마주친 적 있어. 우리."

"……어디에서?"

"저 앞 사거리에서. 팔월이었나, 구월이었나. 되게 더운 날이었어."

창가를 고갯짓으로 가리킨 서호는 생각에 잠긴 얼굴로 씩 웃었다.

7년 전, 그날을 눈앞에서 보고 있는 것처럼. 그는 팔짱을 낀 채 수리의 시선을 피하지 않았다.

"횡단보도 앞에서 신호 바뀌는 거 기다리고 있는데, 누가 옆에 서더라고."

그게 너였다고 말하는 서호의 표정에서 장난스러운 웃음기가 엷어졌다. 수리는 와인 잔을 쥔 채 그의 눈을 피하지 않았다. 손가락의 열기가 잔을 서서히 달구고 있었다.

"그때 네 오른쪽 볼에 구멍 났을걸."

가만히 듣던 수리는 멍하니 오른쪽 볼을 문질렀다. 그의 눈빛이 좀더 진지해졌다.

"아무리 봐도 절대 안 쳐다보더라."

"……."

"진짜 둔해."

잠시 침묵이 이어졌다. 옆 테이블에서 2차 가자, 2차는 내가 쏠게, 하는 높다란 음성이 들렸다. 저마다의 흥에 취해 소란스러운 카페 안에서 두 사람만 조용했다. 수리가 모르는 사이, 자주 와 닿았을 서호의 시선이 궁금했다. 그날 어떤 눈으로 보고 있었을까, 잠깐 상상하기도 했다. 망설이던 수리는 샹그리아를 쭉 들이켰다.

결국 이 사람과 나는 말 한 번 섞은 적 없었던 건가.

아니면 이 남자가 아직 말해 주지 않은 뭔가가 남아 있는 걸까.

할 수만 있다면 시간을 되돌려서 그와 마주쳤던 순간으로 가 보고 싶었다. 돌아가서 이 남자와의 인연을 직접 눈으로 확인해 보고 싶다.

"내가 울렸다는 건…… 뭐야?"

"아. 그거."

서호가 등받이에 기대앉으며 씩 웃었다.

"궁금해?"

와인 잔을 내려놓는 수리의 얼굴에 기막히다는 표정이 걸리자 그가 테이블에 팔꿈치를 짚으며 상체를 기울였다.

"우리도 2차 가면."

과일이 담긴 술이라지만 술은 술이었다. 빠르게 퍼지는 취기를 느끼며 수리는 가까이 다가온 서호를 쳐다보았다.

"그때 생각해 볼게."

말해 줄지 말지.

그렇게 말하고 나서 서호는 안주로 나온 카프레제 샐러드를 수리 쪽으로 내밀었다. 에일 맥주를 한 병 더 시키는 그를 보며 수리는 포크를 들었다.

"좋아."

수리가 흔쾌히 말했다.

"좀 더 같이 있어."

토마토와 루꼴라를 동시에 포크로 찍어 든 수리는 한입에 넣어 우물거렸다. 그 말을 들은 서호가 당황한 듯 시선을 들었다.

"같이, 있자고?"

"2차도 가자며."

뺨을 긁적인 그가 조금 웃다가 입을 다물었다.

잠시 후 카페를 나온 두 사람은 아파트 단지 쪽으로 느린 걸음으로 걸었다. 골목을 걷는데 뒤에서 헤드라이트가 비치며 엔진 소리가 나서, 서호의 팔꿈치 부근을 잡으며 "뒤에, 차." 했다. 이끄는 대로 얌전히 안쪽으로 선 서호는 수리의 손가락이 닿았던 제 팔을 눈가로 들어 바라보았다.

상가가 밀집된 곳을 벗어나자 한적해졌다. 간판 불빛이 적은 아파트 입구에서 수리는 서호를 향해 돌아섰다. 잠깐 휘청거렸지만 금방 중심을 잡을 수 있었다.

가로등 아래 서 있는 서호를 물끄러미 올려다보았다. 한 걸음 다가가자 스킨인지 향수인지 모를 향기가 났다. 비누 냄새보다 더 어른스러운 향기였고 몇 번의 만남만 가졌을 뿐인데 그 향기가 좋아지고 말았다.

수리는 눈을 게슴츠레 떴다. 새로운 경계심이 꿈틀거린다. 혹시 악기점 고객 관리 차원에서 동창이란 관계를 들먹이는 건 아닐까. 어쩌면 사람 좋은 미소로 여러 사람을 건드리고 다니는 바람둥이일지도 모른다.

수리의 표정이 심각해지는 걸 보며 서호는 입가에 한 손을 말아 쥔 채 헛기침했다.

"……왜 그렇게 봐?"

초조한 듯 입을 연 그가 바지 주머니에 두 손을 넣자 셔츠 앞섶이 팽팽해졌다. 별다른 대답 없이 한 발 더 다가온 수리를 보며 서호는 아무렇지 않게 웃어 보였다. 밤바람이 둘 사이로 불었다.

가만히 서 있던 수리는 동그랗게 걷기 시작했다.

"뭐 해?"

서호가 물었지만 멈추지 않았다.

그를 가운데 두고 원을 그리듯 천천히 걸었다. 갑자기 그를 중심으로 도는 수리가 의아한지 서호가 손을 뻗었다. 그러나 수리는 가볍게 피하며 그의 주위를 맴돌았다.

"만난 적은 있지만…… 만난 기억이 없어."

수리는 숄더백의 어깨끈을 쥔 손에 힘을 주며 중얼거렸다. 상그리아 두 잔에 주정을 부리거나 필름이 끊길 리 없는 주당이었으므로 어디까지나 그저 술기운이 시킨 일에 가까웠다.

"……이상해. 윤서호 씨…… 너 왜 고백 같은 걸 했어?"

그러면 안 되는 거잖아. 아니, 안 되는 건 아니지만 이런 경우는 별로 없잖아. 있다고 해도 들은 적 없고. 이제 와서 고백한 건 아마도 잘 해 보고 싶다는 건데 왜 이렇게 더딘 느낌이 드는 것이며, 혹시 네가 좋아한 건 그 무렵의 나뿐이었던 건지. 그렇다면 그런 너에게 흔들리고 있는 난 도대체 왜 이러는 건지 아느냐고 묻고 싶었다.

"왜 그땐 고백 안 했어?"

"쑥스러움을 많이 탔거든."

서호가 뜸을 들이다가 덧붙였다.

"용기가 안 났지."

"덕분에."

콧잔등을 찌푸린 수리가 소심하게 따졌다.

"자꾸 생각나, 니가. 왜…… 자꾸 맴돌지 이렇게?"

수리의 기행에 가까운 원운동을 지켜보던 서호는 글쎄, 하고 긴 숨을 내쉬며 생각에 잠겼다. 그의 주변을 빙글빙글 돌면서 혼잣말에 가까운 말을 하던 수리가 순간 휘청거리자, 재빨리 어깨를 붙잡아 줬다.

"……내가."

한참 만에 서호가 입을 열었다.

"이제야 보이나 보지, 너는."

생각에 잠겨 혼자 걷는 동안 들떠 있던 기분이 가라앉았다.

누군가의 눈길을 끌기 위해선 그 사람이 걸어가는 방향에 있어야 한다. 시선이 닿을 만한 거리는 가까울수록 좋았지만 서호는 대체로 장거리를 유지했다. 어깨가 스칠 만한 간격으로 마주친 적도 제법 있었으나, 수리는 그때마다 특유의 무표정한 얼굴로 서호를 지나치곤 했다.

열일곱과 열아홉의 수리는 그랬다. 어쩌다 눈이 마주치는 몇 초 동안에도 주위를 유심히 담는 법 없이 미끄러운 눈빛이었다. 그러니 학교에서 마주친 무수한 순간 속에서 수리가 그의 존재를 인식할 리는 없었고 더 나아가 기억한다는 건 절대 무리였다.

수리를 집 앞까지 데려다주고 나서는 공원을 혼자 걸었다. 한참을 걷는 동안 수리의 중얼거림을 오래 되뇌었다. 자꾸 생각난다는 말. 그가 주위를 맴돈다는 말이 달면서도 썼다. 너무 바랐던 일이 드디어 이뤄지면 오히려 조금쯤 냉정해지는 타입이라는 걸 서호는 오늘 처음 알았다. 정신 못 차리고 휘둘리기만 하지 않아서 다행이었지만 얼마나 갈지는 모를 여유였다.

이제 그는 수리가 걷는 방향과 꽤 가까운 거리를 유지하며 서 있다. 혹은 맴돌고 있다. 더는 그 여자에게 들풀 정도가 아니라는 사실은 오래전의 짝사랑을 보상해 주는 선물 같았지만, 머릿속이 어수선한 건 그 역시 마찬가지였다.

"어렵네."

사람 마음이라는 건 참으로 쉽지 않다. 내 것이어도.

점차 보폭을 넓혀 걷던 그는 고개를 젖혀 하늘을 올려다보았다. 보름달이 환했지만 서호는 달 아닌 그곳에 비쳐지는 다른 것을 보고 있었다.

그리고 다음 날에도 그는 거의 모든 사물에서 임수리를 보았다. 이대로 주말을 멍하니 보낼 수는 없다고 생각하면서도 어쩔 수 없이 그 여자를 떠올렸다.

일요일 저녁, 피아노 앞에 앉은 서호는 건반을 어루만졌다. 어둑해졌으나 불은 켜지 않았다. 창문으로 스러지기 시작하는 햇살이 통과하고 있다. 비스듬히 그어지는 빛은 그대로 피아노의 단단한 다리를 비춘다. 안경을 검지로 밀어 올린 서호는 흰 건반을 슬며시 눌렀다.

도—

어린 시절 아버지가 조율을 위해 온종일 눌렀던 계이름을 떠올리며 다시 손가락에 힘을 준다. 도, 도, 도. 반복해 누르다가 이번에는 도, 레, 미, 연달아 누른다. 밝고 깨끗한 음이 부드럽게 쌓였다.

건반 위를 왼 팔꿈치로 짚은 서호는 한숨을 삼키며 턱을 괬다.

'고백을 받은 건 난데…… 자꾸 생각나, 니가.'

도, 레, 미…… 파.

건반 위로 수리의 얼굴이 아른거린다. 바로 어제 들은 것처럼 목소리가 미지근한 온기를 갖고 귓가를 맴돈다.

205

'왜…… 자꾸 맴돌지 이렇게?'

솔, 라, 시…… 도.

7음계를 누르며 서호는 한숨을 내쉬었다.

"……사돈 남 말 하는 임수리."

중얼거림을 지우듯 건반을 누르는 그의 입가에 미소가 번져 간다.

만난 기억이 없다며 행성처럼 그의 주위를 맴도는 여자에게,

'……내가. 이제야 보이나 보지, 너는.'

그리 말한 건 그간 존재감 없던 짝사랑에 대한 가벼운 짜증쯤 되려나.

그가 누구인지 알아내려고 집중하는 게 좋았다.

더 신경 써 줘. 계속 날 생각해 줘.

조르고 싶었다, 조를 수 있다면.

졸업 앨범까지 들고 찾아와 묻는 수리가 근무 중에도 자주 아른거려서 난처했지만 그 정도쯤이야. 자세를 바로잡은 서호는 두 손을 내렸다. 빠르기는 레가토(Legato). 느리면서 자유로운 연주가 시작되었다.

"누나!"

벤치에 앉아 있던 수리는 멀리서 달려오는 태림을 보며 천천히 일어났다. 성큼 다가온 태림이 활짝 웃었다. 자주색 야구 점퍼를 입은 태림은 교복 차림일 때보다 밝아 보였다.

"머리가 좀 자란 것 같네."

"바가지 머리 됐죠?"

버섯 모양처럼 보이는 헤어스타일이었지만 제법 귀여웠다. 수리의 시선을 받으며 태림은 쑥스러운 듯 턱을 긁었다.

연락처를 교환해 드문드문 연락해 오던 두 사람이었다. 인터넷 서핑을 하다가 수험 공부에 관한 기사가 눈에 띄면 태림이 떠올랐다. 수리가 알고 지내는 수험생은 태림이 유일했다. 생각난 김에 문자 메시지로 안부를 묻는 일이 이어졌는데, 얼굴은 자주 못 보지만 둘의 관계는 살가웠다. 별안간 생긴 인연이어도 지속하는 데 별다른 노력이 필요 없었다.

게다가 한 번 누나라는 호칭을 허락했더니 금방 가까워졌고 언제 한번 밥이나 먹자고 한 게 미뤄지고 미뤄지다 오늘 성사된 참이었다.

도서관에서 공부를 하고 바로 온 태림은 무거워 보이는 배낭을 고쳐 메며 운동화 코로 바닥을 툭툭 찼다.

"뭐 먹고 싶어?"

"자장면이요."

"그럼 중심 상가 쪽으로 가면 되겠다."

나란히 걸으며 수리는 살짝 긴장했다. 불편하지 않은 관계일지라도 말하는 게 쉬운 건 아니었다. 천천히, 심사숙고하며 말하는 수리와 다르게 태림은 낯가리던 처음의 모습 없이 천진해졌다.

"점심은 먹었어?"

"네. 김밥 먹었어요. 두 줄."

이 나이대 남자아이들의 식사량은 잘 모르지만 곧바로 배가 꺼졌을 것이다. 한자리에 가만히 앉아 문제를 풀고 왔더라도 한창 자랄 때 아닌가. 수리 역시 점심을 부실하게 먹었기에 많이 출출한 상태였다.

식당에 들어가 구석에 놓인 테이블에 앉은 두 사람은 부지런히 메뉴판을 훑었다.

"탕수육도 먹을까?"

"네!"

"사장님, 여기 간짜장 두 개랑 탕수육 중짜 하나요."

수리가 주문하는 동안 수저를 놓은 태림이 웃었다.

"왜?"

"그냥요. 친한 누나가 생길 줄 몰랐거든요."

가만히 바라보던 수리도 고개를 끄덕이며 동의했다.

동생이 있는 기분은 뭘까. 어린이집에서 해맑은 아이들을 만날 때면 가끔 부러웠다. 피아노 건반으로 따지자면 가장 낮은 옥타브에서 서성이고 있는 수리였다. 만일 동생이 있다면 조금 끌어 올려 주지 않을까. 우울한 단조에 머물고 있는 나를 장조로 올려 주지 않을까, 하고 생각해 봤지만 스스로 바뀌지 않으면 소용없는 일이었다. 무엇보다 언니가 있으므로 지금으로도 괜찮았다.

수리는 조금 웃으며 태림에게 물을 따라 주었다.

"공부 열심히 하고 있어?"

"네. 나름 열심히는 하는데……."

노력에 비해 성적이 잘 나오지 않는다는 고민을 털어놓는 중에 주문한 음식이 나왔다. 부지런히 먹다가 문득 태림이 입가에 자장 범벅이 된 채 물었다.

"누나. 서호 형이랑은 며칠 됐어요?"

"응?"

무슨 말인지 감이 안 잡혀 되묻자 태림이 재차 물었다.

"형이랑 사귀는 거 아니에요?"

"아, 아닌데……?"

당황한 수리는 말을 더듬었다. 두 손까지 흔들며 부정했지만 태림은 영 못 믿는 눈치였다. 휴지로 입가를 닦아 낸 태림이 전에 없이 장난스럽게 미소 지었다.

"안단테구나."

"안단테?"

"형이랑 누나요."

다 안다는 태림의 눈길을 피하며 수리는 애꿎은 탕수육만 젓가락으로 콕 찔렀다.

"걷고 있잖아요. 척 보니 알겠다."

그러니까 보통 정도의 느림이나 빠르기가 아닌, 걷는 속도로 한 발한 발 가까워지고 있었다.

서호는 더디다 싶을 만큼 천천히 걸어오고 있었고, 어쩌면 그녀 또한 서호에게 걸어가는 중일지도 모른다고 생각하던 찰나에 태림에게 둘 사이를 간파당한 것 같다. 충분히 헤아릴 만한 속도로 다가오고 다가간다. 물러나거나 멀어지는 법 없이, 마주 보면서 가까워지고 있는 걸 자장면을 먹으면서 깨닫다니. 그것도 그가 아닌 다른 사람과 대화하는 도중에 힌트를 받고서야. 수리는 물을 마시며 동요하는 마음을 같이 삼켰다.

태림과 헤어지고 나서 정처 없이 걸었다. 생각이 많아질 때면 동네를 걷고는 했는데, 오늘은 무작정 버스 정류장에 막 도착한 버스에 올라탔다. 목적지랄 것도 없이 운전기사의 바로 뒷자리에 앉았다. 대책 없는 일탈에 허탈하게 웃고는 차창 밖을 구경했다.

주말 밤 도로는 제법 한적했다. 10분 사이에 금세 동네를 벗어난 버스는 낯선 곳으로 진입했다. 불 켜진 가로등이 빠르게 뒤로 멀어지는 걸 보던 수리는 저도 모르게 어, 했다.

악기점이다.

트럼펫이 그려진 악기점 간판이 스치듯 지나갔다. 수리는 몸을 한껏 돌려 멀어지는 간판을 눈으로 좇았다.

원하든 원치 않든, 이제 어딜 가든지 그 남자를 떠올리게 생겼다.

수리는 아랫입술을 잘근 깨물었다.

버스 안에 틀어 놓은 라디오에선 빠른 템포의 피아노 연주곡이 흐르고 있다. 조금 전까지 뉴스 채널에 맞춰져 있던 주파수는 어느새 클래식 채널로 옮겨져 있는 것을 깨달은 수리는 작게 탄식했다. 이 정도면 세상이 작정하고 그 남자를 생각하게끔 하려는 거 아닌가. 평범한 풍경과 우연이 누군가의 조작처럼 느껴졌다. 아니면 윤서호란 남자에게 이제 완전히 사로잡혔거나.

……대체 언제부터.

간판 하나와 피아노 선율이 가져온 생각은 종점 가까이에 다다를 때까지 이어졌다. 수리를 태운 버스는 그러나 승객의 깊은 사색과 상관없이 경쾌하게 달려갔다.

월요일 아침, 창문을 열고 잠기운을 쫓아내던 서호는 욕실로 향했다. 샤워를 하고 나온 그는 젖은 머리를 수건으로 대충 말린 후 셔츠를 입었다. 먼저 일어난 석주는 식탁에 자리를 잡고 앉아 있었다.

"일찍 일어나셨네요."

맞은편에 앉은 서호의 시선이 안방으로 향하자 석주가 속삭였다.

"네 엄마 아직 잔다. 더 자게 냅둬."

"알바 써야 하는 거 아닌가. 저러다 쓰러지시겠네."

"좋아서 하는 일이라 암말 안 했다만, 네가 보기에도 좀 무리 같지?"

안 그래도 같은 생각이던 서호가 고개를 끄덕였다.

"지금은 괜찮은 것 같아도 장사란 게 하나부터 열까지 전부 손 가는 일이라. 이따 퇴근하고 말해 볼게요, 알바 쓰시라고."

석주의 악기점이 있는 상가 지하에 조그맣게 찻집을 차린 희영은, 좋아서 하는 일이라고는 하지만 최근 컨디션이 좋아 보이지 않았다.

상가 부근에 거주하는 사람들이 심심찮게 오가는 터라 손님이 많은 편이었다. 퇴근하고 가끔 들를 때마다 익숙한 얼굴이 보이는 걸 보면 그새 단골도 꽤 는 모양이다. 아직까진 손님들이 일정한 시간을 두고 몰려와서 희영 혼자 꾸려 가는 데 별다른 무리가 없어 보였지만,

어디까지나 그렇게 보인다는 것일 뿐 자세한 사정은 아들인 서호조차도 알 수 없었다.

하지만 손가락이며 손목 관절이 쑤시단 말을 무심결에 중얼거리고, 쌓인 피로 때문에 밤마다 늘 쓰러지듯 잠을 자는 어머니를 보자니 아르바이트생이 반드시 필요해 보인다. 어떠한 변명의 여지 없이.

"네 엄마가 괜찮다고 무데뽀로 밀고 나가거든 눈 하나 꿈쩍 말고 알바 구해 드려."

"그래야죠."

"이거 양배추 먹어 봐라. 그저께 농수산물 시장에서 사 온 거야."

어느새 밥 한 공기를 비운 석주가 아들 쪽으로 하나둘 반찬 그릇을 밀었다.

중소기업의 경영지원 팀에 취직한 어엿한 성인인데, 석주는 아직까지도 종종 굴비 살을 발라 주는 식으로 살뜰히 그를 챙겨 주곤 했다. 서호는 부지런히 밥을 먹으며 손목시계를 봤다. 7시 25분. 출근 시간까지 아직 여유가 있었다. 마지막 한 숟갈을 입에 떠 넣은 그는 셔츠 소맷자락을 접어 올리며 자리에서 일어났다.

"요즘 아주 딴사람 같아?"

설거지를 하려는데 옆에서 가스레인지 밸브를 잠근 석주가 넌지시 말을 걸었다.

"표정이 폈네."

고무장갑을 끼던 서호는 무슨 말인가 싶어 고개를 돌렸다.

"왜 자꾸 혼자 웃냐? 목소린 풀리고."

"누가 들으면 약한 줄 알겠네."

"누가 들어도 사랑 중인 증상인데, 뭐? 약?"

서호는 물을 틀며 어깨를 으쓱했다.

"그리고 안 웃었는데."

"웃었다, 계속."

아들이 전에 없이 봄이라도 타는가 싶은 석주는 슬쩍 마음을 떠보는 투로 말하다가 소파에 앉아 신문을 펼쳤다. 그러다가 일전에 희영에게 전해 들은 목격담을 떠올리곤 허허 웃었다.

"밖에서 괜히 칠칠맞게 웃고 다니지 말고."

석주가 신문 너머로 놀렸으나 휴대 전화를 챙기러 방에 들어간 서호는 듣지 못했다.

"저 갈게요. 이상하게 웃지 마시고."

"자식이, 이상하게 웃긴 누가."

발끈한 석주를 뒤로하고 집을 나선 서호는 안경을 벗고 눈가를 문질렀다.

잡고 싶다. 놓치기 싫다. 그런 마음이 터진 솜처럼 시도 때도 없이 비집고 나온다. 아버지까지 놀릴 정도로 또다시 심각하게 임수리에게 빠지고 말았다.

아파트 단지를 빠르게 벗어나 버스 정류장으로 향하는 그의 눈이 더 먼 데를 응시했다.

한 번 늦은 전례가 있으니 이젠 서둘러도 될 것이다. 우뚝 멈춰 선 그는 슈트 재킷 주머니에서 휴대 전화를 꺼내 들었다.

물줄기가 떨어지는 곳마다 하얀 거품이 빠르게 씻겨 내려간다.

이대로 따뜻한 물을 받은 욕조 안에 머물고 싶은 마음이 간절했지만 아침부터 물에 잠겨 있기에는 출근까지 시간이 빠듯했다. 조만간 반신욕 해야지, 생각하며 수리는 서둘러 샤워를 끝냈다. 긴 머리카락을 따라 물방울이 뚝뚝 떨어지며 티셔츠 목 주위를 둥글게 적셨다.

'머리를 잘라 볼까.'

거울 속을 들여다보며 머리카락 한 줌을 쥐어 보았다. 가슴까지 내려오는 긴 머리를 유지한 지 벌써 꽤 됐다. 그러고 보니 대학생 때 단발을 시도해 본 이후로 쭉 긴 머리다. 정말 여름이 오기 전에 잘라 볼까. 이번에는 검지와 중지 사이를 벌려 가위처럼 머리카락을 집어 보았다. 언젠가 혜수처럼 쇼트커트를 해 보리라 다짐하며 수건으로 머리끝을 꽉 쥐었다 펴자 물기가 배어 나왔다. 오전 7시 55분. 화장대 앞에 선 수리는 로션 쪽으로 손을 뻗다가 휴대 전화를 집었다. 우우웅, 짧게 진동한 각진 화면 안에는 지금 막 도착한 문자창이 떠 있었다.

[누나. 저 태림이요.]

잠금을 해제하고 보니, 태림이었다. 태림은 요즘도 꾸준히 악기점 아래의 찻집을 방문하고 있었다. 금요일에 찻집으로 놀러 오지 않겠냐는 문자를 보며 수리는 자판 위를 한참 매만졌다.

악기점 아래에서. 그곳에 가면, 더군다나 금요일이라면 서호와 마주칠 확률이 더 높지 않은가. 수리는 엄지손톱을 잘근 깨물었다.

뭐 어때. 그 사람이 날 좋아했던 걸 왜 신경 써, 생각하면서도 망설여지는 건 이제는 그녀 쪽에서 관심 또는 호감이 생긴 탓이다. 서호의 유쾌한 웃음이며 자상한 목소리가 또다시 생각난다.

반칙이다. 확실히. 그와의 만남이 스포츠 경기라면 이건 퇴장감이었다.

기억도 안 나는 동창생은 좋아했다는 말을 시작으로 틈날 때마다 자신을 생각하게끔 만들었다. 몇 년을 건너뛰고 찾아든 고백이 이 묘한 관계를 손쉽게 전복시켰다. 수리는 화면이 어두워진 휴대 전화를 만지작거리며 생각에 잠겼다. 끝끝내 그를 떠올리게 하고는 연락이 없다. 무채색 생각들 중에 그 남자만은 총천연색이고, 아무런 느낌 없는 남자들 가운데 윤서호란 남자는 일정한 통각점을 갖고 쑤신다.

아프진 않고 따끔거리는 통증을 주고서는. 이런 마음을 먹게 하고 조용하다니, 그를 중심으로 빙글빙글 혼란스럽게 살고 있는데. 얄미움을 넘어 괘씸해진다.

그가 '좋아했다' 가 아닌 '좋아하고 있어' 라는 말을 했다면 어떻게 됐을까. 아마 지금처럼 모호한 관계는 아닐 것이다.

그 남자가 연애나 결혼을 말한 것도 아닌데 어깨가 무거워진다. 혹시나 흔들리고 있는 이 감정이 어떤 의무감에서 비롯된 건 아닌지 의심이 들 정도로.

누리는 동생의 곁에 누군가 머물길 바라지만 수리는 관계가 진지해지는 게 싫었다.

너무 많은 생각으로 골치가 아파 올 때 오른손에서 우우웅, 떨림이 느껴졌다.

[할 말 있는데.]

골똘히 생각에 잠겨 있던 수리는 새롭게 뜬 문자를 보고 눈을 크게 떴다.

[금요일에 시간 좀 내 줘.]

윤서호, 그 남자였다.

⁞⁞⁞⁞⁞⁞⁞⁞

"남산 한옥 마을. 오랜만에 가 보네."

혜수가 창문을 열며 중얼거렸다.

5월 체험 학습 장소로 서울대공원 대신 남산 한옥 마을이 확정되었다. 아무래도 해발 190미터의 동네 뒷산은 너무 심심할 것 같다는 의견 때문에 바뀐 장소였다. 열린 창틈으로 5월의 바람이 불어오자 혜수가 코를 킁킁거렸다. 창밖에 핀 라일락 나무에서 진한 향기가 실려 왔다.

"몇 년 전에 충무로 쭉 갔다가 들른 후로 처음인데. 수리 씨는 가 본 적 있어요?"

냉장고 문을 열고 치즈를 꺼내던 수리는 고개를 저었다.

"아직요. 한 번도 안 가 봤어요."

"나도 사실 서울 가까이 살아도 아직 길상사나 남산타워, 남들 몰려가는 그런 곳 안 가 봤어요. 난 데이트 시기를 놓쳐서 그렇다 치고, 수리 씨."

코앞까지 들이밀어진 혜수의 얼굴을 보며 수리는 네에, 하면서 몸을 살짝 뒤로 뺐다.

"수리 씨는 그러지 마. 이렇게 날씨 좋은데 좋은 사람이랑 여기저기 가 봐요. 한옥 마을은 우리 꼬맹이들이랑 가게 됐지만."

수리는 가만히 웃으며 간식거리를 정리했다.

아직 가 보지 않은 지역 명소가 많았다. 서울만 해도 목록을 뽑아 보면 수십 곳은 될 것이다. 오래 머물고 있는 이 동네 역시 차를 몰고 가다 보면 들를 곳이 많을 텐데, 우선 금요일에 향할 곳은 관광지가 아닌 동네의 작은 찻집이다.

[할 말 있는데.]

그를 생각하는 일을 멈출 수가 없다.

[금요일에 시간 좀 내 줘.]

그 남자가 어떤 말을 할지, 가능한 한 많은 경우의 수를 헤아리게 된다.

분주히 움직이던 손을 멈추고 수리는 창밖을 건너보았다. 보랏빛 꽃잎이 바람결에 떨어지고 있었다. 수리는 그 모습을 오래도록 눈으로 좇았다. 그에 관한 생각을 멈추려고 노력하면서.

"선생님. 쉬야 마려워요."

간식 시간 후에 수업을 진행할 때면 유독 화장실에 가고 싶어 하는 아이들이 많았다. 수리는 오른손을 들고 그녀를 부르는 여자아이에게 빠르게 다가갔다. 조금씩 어린이집에 적응하고 있는 게 눈에 보이는 준영이었다. 언제 운 적 있었냐는 듯 눈매에 천진한 웃음이 묻어 있다.

"자, 손 머리 위로. 반짝반짝."

화장실로 향하는 두 사람의 뒤로 혜수의 율동이 시작됐다. 카세트 테이프에서 흘러나오는 동요에 맞춰 색종이를 접던 아이들이 하나둘 어깨를 들썩였다. 놀이방 옆 작은 화장실에서도 노랫소리가 크게 들렸다.

볼일을 마치고 함께 손을 씻는데 준영이 입술을 벌리며 웃었다. 치마 주머니에서 꼬깃꼬깃 접은 종이를 꺼내 내미는 작은 손을 보며 수리는 고개를 갸웃했다.

"이게 뭐야, 준영아?"

펼쳐 보니 사인펜으로 눌러쓴 듯한 글자가 반듯하게 적혀 있었다.

고마워.

귓가에 올리비아의 목소리가 들리는 듯했다. 수리는 조심스럽게 준영의 머리를 쓰다듬어 주었다.

"준영아. 엄마한테…… 잘 지내라고 전해 줄 수 있어?"

"네! 네!"

다 잘될 것 같은 기분이 드는 데는 계절도 한몫하겠지. 해맑게 웃는 아이를 보며 수리는 이유 모를 안도감을 느꼈다. 정수리에서 아래 방향으로 살살 어루만지는 동안 손바닥이 따뜻해졌다.

"자, 배꼽! 인사!"

집에 돌아갈 땐 늘 출입구에 아이들과 마주 서서 인사를 나눴다. 별님반 교사가 우렁차게 인사하자 시끌시끌한 애들이 허리를 깍듯이 숙였다 폈다.

"안녕히 계세요!"

"안녕히 가세요!"

"바이바이!"

제각기 다른 인사가 폭죽처럼 터져 나왔고, 작은 가방을 멘 아이들이 손을 흔들며 나갔다. 집이 먼 아이들 몇몇은 노란색 봉고차에 올라 재잘대기 바빴다.

입구에서 아이들을 배웅한 수리는 돌아서며 앞치마를 벗었다. 잘 개켜 놓은 앞치마를 사물함에 넣고 비어 있는 놀이방에서 청소기를 돌리고 나니 30분이 훌쩍 지나 있었다.

뒷정리를 끝내고 퇴근하던 수리는 집으로 향하다 무심결에 고개를 돌렸다. 놀이터 벤치에 앉아 이쪽을 쳐다보고 있는 올리비아와 눈이 마주쳤다. 준영은 같은 어린이집 친구와 함께 시소를 타고 있었다. 말없이 시선을 마주하는데, 올리비아가 먼저 고갯짓으로 알은척해 왔다.

우두커니 서 있던 수리는 머뭇대다가 고개를 까닥했다.

안녕.

이쪽에서 보낸 인사에 올리비아가 저쪽에서 싱긋 웃어 보였다. 아파트 위로 노을빛이 번진 하늘이 걸려 있었다. 먼 데서 온 주황빛이 올리비아의 검은 머리카락과 둥근 이마, 붉은 입술에 내려앉았다. 저 애는 아침저녁으로 예쁘구나. 수리는 조그맣게 미소 지으며 돌아섰다. 별다른 말 없이 집으로 향하는 수리의 뒤로 바람이 불어왔고 꽃잎이 느릿느릿 떨어졌다.

눈이 내린다. 5월에 눈이라니, 말도 안 되므로 꿈속이 분명하다.

혀를 날름 내밀어 봐도 맛이 느껴지지 않는다. 차갑다는 느낌 역시 없다. 두 손을 뻗자 작은 열 손가락이 보였다. 손마디가 짧다는 것과 캐릭터가 그려진 분홍 부츠를 신고 있는 걸 보니 아마도 여덟 살 무렵. 언젠가 가족과 함께 동네 초등학교 운동장으로 눈을 밟으러 나왔던 겨울이 꿈에서 되풀이되고 있었다. 그 겨울이 되감기 한 영상처럼 펼쳐지고 있다는 걸 깨닫자 수리는 어쩐지 마음이 놓였다.

수리는 쭈그려 앉아 눈을 뭉쳤다. 엄마는 가장 풋풋한 모습으로 누리와 철봉 옆에서 눈사람을 만들고 있었다. 멀리, 아직 죽지 않은 젊은 아빠는 후지 카메라를 들고서 흩어져 있는 그들을 부지런히 찍고 있다. 감각이 최대한 배제된 꿈속에서 셔터 소리만이 선명했다.

아무도 밟지 않은 눈을 밟으며 신났던 기억이 난다. 꽤 인상 깊었으니 스물아홉 꿈에 나온 거겠지, 하고 수리는 생각했다. 같이 눈싸움을 하고 싶었지만 아빠는 사진 찍기 바빴다. 부지런히 눈을 뭉치는 어린 딸을 부르며, 수리야 여기 봐, 하던 목소리. 셔터를 누르느라 한 손만 낀 장갑.

눈이 내릴 땐 아무 소리도 나지 않는 걸 안다. 하지만 그들 가족뿐인 넓은 운동장에서는 어떤 소리가 들렸다. 낮지만 생기 있는 소리. 수리는 이끌리듯 하늘을 올려다보았다. 누군가 피아노 건반을 누르기라도 하는 것처럼 잘 조율된 피아노 소리가 들렸다.

그 남자가 치는 걸까. 집에 왔던 그날처럼. 꿈속에서 또 생각했다.

눈송이가 제법 컸기에 주변은 금방 하얘졌다. 소나무 가지 위, 회색 스탠드, 무지개 색깔이 고루 칠해진 미끄럼틀과 그네가 눈으로 덮여 가고 있었다.

뽀드득, 눈 밟히는 소리를 내며 아빠가 다가왔다. 그다음 장면을 알 것 같아 웃음이 난다. 손짓을 멈추고 고개를 젖혀 올려다보면 아빠는 여기 봐 임수리, 할 것이다.

마지못해 브이 자를 그리는 모습이 필름에 담겼다. 한쪽 눈을 찡긋 감은 아빠가 만족스럽게 미소 지었다. 잠에서 차츰 깨고 있는 게 느껴졌지만 수리는 어떻게 해서든 꿈을 연장하고 싶어 눈을 뜨지 않았다.

이제 언니는 서른하나, 나는 스물아홉이야. 지금 우리는 그때의 엄마, 아빠랑 나이 차이가 얼마 안 나. 알고 있어?

묻고 싶은데 아빠는 철봉 쪽으로 달려간다. 저쪽에서 엄마와 언니가 무릎을 살짝 굽힌 채 카메라 앞에서 웃는 모습이 보인다. 수리는 계속 눈을 툭툭 뭉쳤다. 엄마, 지금은 5월이야. 그런데 여긴 눈이 내리네. 조금만 더 있다가 갈게. 속말을 안에서 굴리며 잠에서 깰 때까지 눈을 뭉쳤다.

조금도 춥지 않았다.

⁞⁞⁞⁞⁞⁞⁞⁞⁞⁞⁞

거울 앞에 오래 서 있었다. 수리는 오랜만에 헤어드라이어를 꺼내 들었다. 뜨거운 바람을 맞으며 서툴게나마 빗질을 했더니 생머리에 어느새 굵직한 웨이브가 생겼다.

꾸미는 일은 아주 고된 일이라고 새삼스레 생각하며 신중하게 화장을 했다. 닦아 내기 귀찮아 평소에 생략했던 마스카라까지 꼼꼼히 한 수리는 살짝 미간을 찌푸리며 거울에 비친 모습을 확인했다. 평소보다 공을 들여 멋 부리는 스스로가 낯설었다.

조금 결연한 얼굴로 집을 나선 수리는 하늘을 올려다보았다. 꿈에서처럼 눈은 내리지 않았지만 모처럼 푸른 하늘이 보였다. 오늘은, 전부 다 만사형통일 것 같다. 그런 날이 올 때가 되지 않았나 이제는, 하고 생각하며 걷다가 달렸다.

"뛰어왔어요?"

가쁜 숨을 내쉬며 어린이집에 도착하니 혜수가 놀란 얼굴로 반겼다.

"오늘 날씨 너무 좋죠? 아침부터 놀러 가고 싶네."

"그러게요."

수리는 실내용 슬리퍼로 갈아 신으며 미소 지었다.

"정말 좋네요, 날씨."

"서호 씨."

엘리베이터를 기다리며 서 있는 그를 누군가 불렀다. 슬쩍 돌아보자 입사 동기가 한 손을 들어 보이며 웃었다.

"어디 가요? 편의점?"

"네."

"같이 가요. 홍삼 스틱이라도 사 와야겠어. 너무 피곤해."

"그럽시다."

"아아, 회사 다니면서 목숨을 담보로 내놓는 기분이에요. 엄살이 아니고 진짜."

같은 팀원은 물론이고 심지어 인사 팀과도 두루두루 잘 지내는 편인 동기가 넉살 좋게 웃으며 앓는 소리를 냈다.

"근데 서호 씨, 오늘 일찍 간다고 하지 않았나?"

"네. 중요한 약속이 있어서."

임수리.

속에서 오래 굴린 이름을 떠올리며 서호는 씩 웃었다. 사실 원래대로 정시 퇴근 후에 만나러 가도 괜찮았으나, 퇴근길 교통 정체라든가 갑작스러운 회식 같은 변수 탓에 늦는 일 없도록 하려고 미리 오후 반차를 신청해 놓은 참이었다. 사무실에서 잔업을 처리하느라 어느덧 3시가 넘은 게 문제지만.

"오오오. 혹시 소개팅?"

동기가 장난스럽게 어깨를 툭 치며 떠 봤지만 서호는 웃기만 했다. 적당히 분위기를 읽은 동기가 먼저 엘리베이터에 타며 말했다.

"날씨 좋아서 다행이네요. 나도 급약속이라도 잡아야 하나."

엘리베이터에 기대서며 팔짱을 낀 서호는 동기의 말을 들으면서 마음 한편으로는 바빠졌다. 늦은 저녁에도 산책하기 좋은 날씨였으므로 식사를 하고 나서 잠깐 걸어도 좋을 것 같다. 가까운 카페까지 걷거나, 차를 가져가서 드라이브를 가도 괜찮을 것이다. 어딜 가든 일단 얼른 만나고 싶다고 생각하며 서호는 웃음을 삼켰다.

해가 져도 하늘이 맑았다. 점심시간에 잠깐 창밖으로 본 낮달은 아까보다 더욱 빛나고 있었다. 어둑해진 가운데 하얗게 도드라져 있는 달이 어느 때보다 커 보여서 어쩐지 달 위를 걷는 기분이 어떨지 알 것 같다는 생각이 들었다. 중력이 없는 그곳에선 어떤 감정이든 내 것이 아닌 듯한 기분일 테다. 지금처럼.

시차를 두고 찾아오는 감정이 낯설지만 좋았다.

어린이집을 나온 수리는 입고 있는 청치마가 새삼 짧게 느껴져서 아래로 잡아당겼다. 푸른색 줄무늬 셔츠 앞섶에는, 낮 동안 우는 아이를 달랠 때 묻은 케첩 자국이 남아 버렸다. 급한 대로 물을 묻혀 닦아 냈지만 어쩔 수 없었다.

휴대 전화를 들고 몇 번이나 문자창을 확인했다. 6시 20분. 서울에서 버스를 타고 오는 중이라는 문자가 도착해 있었다. 그로부터 한 시간 가까이 지났으니 길이 밀리더라도 지금쯤이면 정류장에 거의 다 와 갈 것이다.

"저리 가!"

그와 만나기로 한 시내 쪽으로 가려던 수리를 붙잡은 건 멀지 않은 곳에서 들려온 고함 소리였다.

아파트 입구에 있는 지상 주차장 쪽이 소란스러웠다. 사람들 몇몇이 웅성거리며 어딘가를 걱정스럽게 지켜보고 있었다. 무슨 일이 났나 싶어 둘러보는 수리의 눈에 날카로운 칼날이 들어왔다.

덩치 큰 남자가 과도를 휘두르고 있었다.

"가까이 오면 찌를 줄 알아!"

그 남자가 다른 한 손으로 목덜미를 거머쥔 여자는, 다름 아닌 올리비아였다. 상아색 블라우스가 말려 올라가 하얀 아랫배가 일부 드러난 올리비아는 머리가 잔뜩 헝클어져 있다.

"가만있어!"

남자는 올리비아를 우악스럽게 잡아당기며 윽박질렀다.

"이거 놔. 놔!"

올리비아가 흐느낌이 되다 만 목소리로 애원했다.

굳어 있던 수리는 퍼뜩 정신을 차리고 그쪽으로 달려갔다. 옆에 선 경비원이 진정하라며 다가가자, 남자는 과도 든 손을 더욱 크게 움직였다. 위협적인 몸짓 때문에 어느 누구도 섣불리 다가가지 못하고 있었다.

다가오면 찌르겠다는 말이 날카롭게 쏟아졌다. 뒤에 선 아주머니가 경찰에게 연락하는 목소리가 들렸다. 하지만 경찰이 오기 전에 칼을 휘두른다면. 수리는 이를 악물었다. 경찰이 늦게 온다면, 그러면 어떻게 되는 건가, 저 애는.

"아저씨, 진정하시구요, 아저씨."

"놓고 얘기하세요, 그 손 놓고."

침착하게 타이르려는 목소리가 여기저기서 이어졌다. 가방을 움켜쥔 손에 점점 힘이 들어간다. 사람들이 다가갈 엄두를 못 내고 있는

228

모습에 의기양양해하던 남자는 올리비아에게 비죽비죽 웃으며 말을 걸었다.

"이혼했다 해도 우리 사이가 어떻게 남이 되냐. 왜 내 연락 피해. 너 없으면 죽는다고 했잖아. 죽을 것 같다고, 내가!"

고함을 지르는 남자의 눈을 피하며 올리비아는 어깨를 떨었다.

'결혼했지만 금방 헤어졌어.'

언젠가 놀이터에서 들었던 속사정이 귓가에 맴돈다.

'연기는 좀처럼 안 되지, 남편은 말도 안 되는 이유로 집착하려 들지, 숨이 막혔어.'

수리는 후들거리는 걸음으로 몰려 있는 사람들 뒤를 빙 돌았다.

'넌 좋겠다. 어릴 때 원수가 이 꼴이어서.'

멀리서 경찰차의 사이렌이 들려오기 시작했다. 그 소리를 신호로, 올리비아가 몸을 한껏 비틀며 뒤로 물러섰다. 어딜 도망가냐고 버럭 외친 남자가 눈을 번뜩이며 과도를 높이 치켜들었다. 너 죽고 나 죽자는 눈빛. 그의 위험천만한 충동을 보며 사람들은 비명을 질렀다.

그리고 수리는 다급히 입을 열었다.

— 전화를 받지 않아 소리샘으로 연결…….

버스 정류장에 앉아 있는 서호는 휴대 전화 통화 내역을 거듭 확인하며 이상하다, 중얼거렸다. 전원이 꺼져 있지는 않다. 곧 받겠지 싶었던 전화는 일곱 통째 연결되지 않고 있었다. 도착하면 연락하겠다는 말만 나누고, 약속 장소를 따로 잡아 두지 않은 것을 후회했다.

복잡한 얼굴로 일어선 서호는 목덜미를 쓸어내리며 육교를 건넜다. 걸어가는 동안에도 문자나 전화 알림음 하나 울리지 않고 잠잠하다. 혹시 휴대 전화 배터리가 다 됐나 싶어 몇 번이나 확인해 봤지만 넉넉히 충전해 온 터라 전원이 꺼질 일은 없었다.

무슨 일이 생긴 건가.

오만 가지 생각이 들었으나 할 수 있는 일이라곤 아무것도 없었다. 다만 발길이 이끄는 대로 수리가 살고 있는 아파트 단지로 들어서는데 멀리서 반짝이는 경광등 불빛이 보였다.

이 시간에 무슨 일로 경찰차가?

미간을 잔뜩 좁힌 서호의 걸음이 점점 빨라졌다.

예감은, 안 좋은 일이 생겼다는 쪽으로 흐르기 시작했다. 그쪽으로 달려가다 아스팔트 바닥에 점점이 흩어져 있는 핏자국을 발견한 그의 표정이 와락 굳었다. 어떤 소란이 있었다는 게 분명해졌다. 전화를 받지 않는 수리. 그리고 그 애가 사는 집 앞의 불길한 풍경. 모여 있는 주민들 틈으로 비집고 들어서던 서호는 손바닥에서 시작된 진동을 느끼고 서둘러 메시지를 확인했다.

어디선가 전화벨이 요란하게 울리고 끊기길 반복했다. 분주하게 전화받는 형사와 합의는 절대 못 한다며 소리 지르는 취객들로 경찰서는 어수선했다. 환한 조명 아래 소란이 뭉텅이로 돌아다니고 있었다. 수리는 멍한 눈으로 낯선 공간을 바라보았다.

남자는 죽이려고 한 게 아니라고 거듭 주장했다. 사랑해서 그런 거라고, 이게 다 그 여자가 제 연락을 피해서 벌어진 충돌이라고. 멀끔히 생긴 얼굴로 변명했다. 하도 피해 다녀서 잠깐 겁주려고 한 것뿐이며 장식품 차원에서 칼을 가져온 거라며 변호사를 부른 남자의 배낭에서는 그러나 마스크와 등산용 로프, 염산 따위가 줄줄이 나왔다.

"요즘 미친놈들이 왜 이렇게 많아?"

지나가던 젊은 형사가 유치장에서 무고함을 주장하는 올리비아의 전남편에게 호통쳤다.

"아저씨! 작정하고 찾아왔다는 증거 여기 다 나왔어요. 사랑 아니고 범죄입니다, 범죄! 피해자는 응급실 실려 갔는데 집착이 뭐 자랑이라고, 입 닫고 얌전히 계세요!"

멀찍이 간이 의자에 앉아 있는 수리는 참고인 신분으로 자리를 지키고 있었다. 휴대 전화를 꺼내 드는 손이 바들바들 떨렸다. 부재중 전화 일곱 통. 약속 시간은 지난 지 오래였다. 정신이 없어 연락해 줘야 한다는 생각을 미처 하지 못했다.

[오늘 못 만날 것 같아. 미안.]

몇 번이나 오타가 나서 한참 만에 문자를 전송했는데, 바로 전화가 걸려 왔다.

— 무슨 일 있어?

전화를 받은 수리는 눈앞에 서호가 있는 것처럼 고개를 끄덕였다. 그의 목소리를 듣자마자 어쩐지 눈물이 핑 돌았다.

"경찰서……인데. 법원 사거리 앞에 있는. 아는 사람이…… 많이 다칠 뻔했어. 미안, 오늘 만나고 싶었는데."

들릴 듯 말 듯 잠긴 목소리로 상황을 설명하자 그는 잠시 말이 없었다. 전화가 끊기기 전에 기다려, 란 말을 들은 것 같다.

그리고 얼마 뒤 묵직한 구둣발 소리를 내며 달려온 서호와 눈이 마주쳤다. 그의 굳은 얼굴을 보자마자 수리는 비로소 안도감이 들기 시작했다. 수리의 옆자리에 털썩 앉으며 서호는 가쁜 숨을 골랐다. 검정 슈트에 감싸인 어깨가 크게 들썩였다. 단정히 매고 있던 넥타이는 잔뜩 헐렁해져 있었다.

아무 말 없이 머리를 쓸어 올리던 그는 수리의 무릎께로 눈을 내렸다. 휴대 전화를 쥔 손이 작게 떨리는 걸 바라보던 서호는 그 손을 살며시 끌어와 잡았다.

택시를 타고 돌아오니 어느덧 11시가 넘어 있었다. 두 사람은 아파트 입구로 이어지는 샛길을 말없이 걸었다. 가로등이 군데군데 서 있어도 마냥 어두운 것 같다고 수리는 생각했다.

오늘은 뭐든 잘될 것 같았는데. 서호와 나란히 걸으며 수리는 힘없이 웃었다. 다가가자마자 초록불이 들어오는 신호등처럼, 돌아보니 타야 할 버스가 마침 정류장으로 오고 있는 것처럼 오늘은 뭐든 잘 풀릴 줄 알았다. 그러나 예감이 보기 좋게 빗나갔다.

잊고 있었다. 허탈한 웃음이 자꾸 새어 나왔다. 조금도 웃고 싶지 않은데도. 정말 잊고 있었네, 하고 수리는 속으로 중얼거렸다. 나에게는 불행을 잡아당기는 힘이 있다는 걸 잊고 있었어.

멈춰.

그렇게 말했지만 올리비아의 전남편은 멈추지 않았다. 남자가 멈추지 않을 거란 것쯤은 알고 있었다. 비명처럼 튀어나온 소망이었다. 상황이 너무 다급했기에 그런 종류의 말이 통하지 않을 걸 알면서도 그 말을 내뱉었다.

마음이 급해진 수리는 어떻게든 말려야겠단 생각에 주먹을 날렸다. 작지만 매서운 주먹이 남자의 등허리를 정통으로 때렸고, 그와 동시에 주변에서 기회를 노리고 있던 청년들이 한꺼번에 달려들어 남자를 제압했다.

이리저리 뒤엉키는 몸싸움 중에 올리비아는 뺨에 상처를 입었다. 다행히 깊지는 않았지만 흉터가 남을지도 모른다. 그 애의 자랑인 아름다운 얼굴에 금이 가고 말았다. 의학 기술로 메울 수 있는 골이겠으나 내부로 파고든 후유증은 어쩔 수 없을 테다.

엄마를 죽였을 자신의 말은, 작정하고 찾아온 살인미수범 하나 막지 못했다. 내 탓이 아닌데도 내 탓인 것만 같아 참담해진 수리는 그대로 멈춰 섰다.

"괜찮아?"

옆에서 서호가 걱정스러운 얼굴로 물었지만 아무 말도 할 수 없었다.

너 아니면 죽을 것 같은 게 정말 사랑일까. 낭떠러지에서 떨어지거나 뒤로 물러나거나, 두 가지 선택밖에 없는 그런 감정을 정말 사랑이라고 해야 하나. 그런 걸 내세우면서 다치게 하는 게 사랑이라니. 그걸 사랑이라고 한다면 수리는 아직 해 본 적 없고 앞으로 할 자신도 없었다.

하지만…….

"어디 안 좋아?"

서호가 고개를 숙이며 눈높이를 맞춰 왔다.

"……알고 싶어."

대답 대신 새어 나온 중얼거림을 들은 서호의 눈이 서서히 커졌다.

"네가 궁금해."

수리는 떨리는 주먹을 꼭 쥐며 말을 이었다. 어느 쪽이든 후회할 걸 알면서도. 못 본 사이 변심한 이 남자가 오늘 좋아했어, 라는 말과는 전혀 다른 말을 하려고 했더라도.

"윤서호 씨, 만나 보고 싶어. 너랑."

왜 참고 있던 눈물이 지금 나오는지 알 수 없다.

"좋아하는 것 같아. 이 말 하려고 했는데……!"

북받치는 감정을 눌러 말하며 고개를 들던 수리는 갑자기 끌어당기는 힘에 앞으로 쏠렸다. 숨 막히게 껴안은 서호가 한참 후 팔을 벌리고 수리를 내려다보았다. 만날 때마다 맡아 온 향기가 가까워진다. 허락을 구하듯 잠시 멈추고 기다려 준 그가 비스듬히 고개를 숙여 왔고 그의 안경이 콧날을 조심스럽게 누른다. 더운 바람이 입가에 닿았다.

서호는 젖은 입술을 엄지로 건드리며 한숨을 쉬었다. 다시 눈이 마주쳤을 때 뭔가 말하려는 듯 입술을 달싹였다. 수리는 팔을 뻗어 그의 목덜미를 끌어당겼다. 살짝 닿았다 떨어지려는데, 등을 당겨 안는 손길이 느껴졌다. 뺨을 감싼 커다란 손이 따뜻했다. 고개를 한껏 젖힌 수리는 발뒤꿈치를 다시 천천히 들었다.

꺼내서 들여다볼 수 없는 마음은 언제나 어딘가 많이 구겨져 있거나 젖어 있는 것 같았다. 그런 마음을 인지하고 있으면서도 수리는 스스로를 오랫동안 방치했었다. 까슬하게 일어나는 감정은 자연스럽게 모든 일에 무뎌지게 했고, 무심한 시선은 그렇게 고치기 어려운 병이 되었다.

하지만 색종이를 접을 때만은 다르다. 반듯한 색종이를 접다 보면 종이만 접는 게 아닌 기분이 든다.

종이를 접을 때면 손가락에서 시작되는 미열이 느껴졌는데, 오래전 피아노를 배울 때처럼 부지런히 손을 움직이고 있으면 난롯가에 앉아 있는 듯했다. 그곳에서 젖은 마음을 조금씩 말리는 기분이 들곤 했다. 강의 교재를 보며 종이배나 고양이를 접는 건 그동안 아무렇게나 널려 있던 감정들을 하나하나 말리고 개켜 놓는 과정이었다. 그러니까 종이를 접는 건 종이만 접는 게 아니었다.

그리고 지금 역시 마찬가지다. 서호와 함께 있는 지금 수리는 정말 오랜만에 다시 난롯가에 앉아 있는 기분을 느꼈다. 접는 방향과 순서에 대해 설명하는 순간을 제외하곤 대체로 말이 필요 없는 직업을 가진 수리에게, 윤서호란 남자는 여러모로 말을 많이 하고 싶게 만들었다.

눈물을 닦아 주는 손가락이 뜨거웠다. 잠시 후 서호가 수리의 집

방향과는 반대쪽을 가리키며 웃었다.

"뭐 좀 먹고 갈까."

망설이던 수리는 그의 눈을 피하며 고개를 끄덕여 보였다.

그러나 이제 막 시작한 연인을 위한 장소는 모두 영업을 종료한 밤이었다. 하는 수 없이 가까운 분식집에 들어간 두 사람은 참치김밥과 라볶이, 돈까스, 만두를 골고루 주문했다. 둘이 먹기엔 많은 양이어서 말리려는데 서호가 남으면 포장해 가도 된다며 물을 따라 주었다.

"울고 나면 배고프던데."

수저를 챙겨 내밀며 서호가 말했다. 그의 말을 들어서 그런 건지 왠지 허기가 졌다.

"임수리."

잠자코 바라만 보던 서호가 가만히 불렀다.

"좋아해, 다시."

어수선한 분식집에서 태연함을 가장하고 있었지만 빨개지는 볼은 숨길 수 없었다. 서호가 소리 내어 웃었다. 웃는 대로 접힌 눈꼬리가 안경 너머에서 부드럽게 휘는 것을 보며 수리는 저도 모르게 웅얼거렸다.

"……놀리지 마."

"응? 그냥 웃은 것뿐인데."

할 말이 없어진 수리는 테이블로 눈길을 돌렸다. 괜히 티슈를 접는 것을 지켜보던 서호가 장난스럽게 말했다.

"나중에 색종이 하나 접어 줘. 비행기여도 좋으니까."

삼각형으로 접히다 만 티슈를 꾹 누르며 수리는 조용히 고개를 끄덕였다.

"하트도 좋고."

의자에 기대앉으며 미소 짓는 그는 영락없이 짓궂은 얼굴이었다.

주문한 음식이 차례로 나오자 테이블이 가득 찼다. 수리 쪽으로 접시를 밀어 주면서, 그는 김밥 몇 개만 먹을 뿐 다른 음식엔 손도 대지 않았다.

"……너도 먹어."

"응."

그러면서도 가슴 앞으로 팔짱을 낀 채 수리만 바라본다.

시선이 닿은 입술이 화끈거린다.

"그렇게 보지 마."

"그럴게."

그러나 웃으면서 다시 빤히 바라보는 서호 때문에 수리는 몇 번이나 물을 마시며 목을 축여야 했다.

접었다 펼친 색종이에는 항상 선이 생긴다. 최대한 살짝 접는다 해도 어떻게든 흔적이 남는 것이다. 색종이를 정확히 반으로 가르는 선, 비스듬히 가로지르는 선, 교차하는 선. 그런 흔적을 안은 채 각자 어떤 모양이 되어 간다. 수리는 아마도 이 남자가 접는 대로 접히는 종이가 될 수도 있겠단 생각이 들었다. 어쩌면 서호 역시 수리가 원하는 대로 기꺼이 접혀 줄지도 모른다.

― 너, 괜찮은 거지?

누리가 전화를 걸어 온 새벽에 수리는 막 일어난 참이었다.

아침 뉴스를 보며 밥을 먹는데 아파트 칼부림 사건을 다룬 짧은 보도가 나왔고, 그 배경으로 나온 화면과 지명이 낯익어 전화를 걸어 온 것이다. 텔레비전을 켠 수리는 볼륨을 줄이고 뉴스 화면을 보았다. 주민들 기지로 막은 이별 살인. 짤막한 헤드라인이 자막으로 지나가고 있었다.

"다행이지. 더 큰일 안 나서."

그 일에 동생이 뛰어들었단 사실을 알면 당장 버스를 타고 내려올 것이 분명했으므로 수리는 얼른 화제를 돌렸다.

"언니. 나……."

― 너 애인 생기면 꼭 나 보여 줘야 돼.

"어?"

쉬지 않고 빠르게 쏟아지는 누리의 걱정을 들으며 수리는 피식 웃었다.

"언니."

— 엉?

"나 좋아하는 사람 생겼어."

— ……엉?

"고백도 했어."

용기 내어 털어놓은 후에 침묵이 흘렀다. 전화가 끊어진 건가 싶어 화면을 들여다봤으나 아직 통화 중이었다.

수리가 말한 고백이 종교적인 성격의 고해 성사를 말하는 걸까, 짧은 순간 고민했을 누리가 이윽고 헛숨을 들이켰다. 무슨 고백이냐고, 정말로 아이 러브 유, 그런 고백인 거냐고 몰아붙이는 목소리에는 놀람이 잔뜩 스며 있다.

정확히 말하면 고백에 고백으로 응수한 셈이었다.

— 진짜로?

"응. 진짜로."

그러고 보니 태어나 처음으로 해 본 고백이었다. 인정하고 나니 금방 물들어 버리는 감정이어서 더는 무시할 수 없어 저지르듯 마음을 꺼내 보이고 말았다. 그날 밤에 느꼈던 긴장감을 닮은 설렘이 아직 남아 있었고 이 감정이 날이 갈수록 커지리란 것을 수리는 알았다. 한참 만에 아이 러브 유, 그런 고백이라고 대답하자 누리가 냅다 환호성을 질렀다.

"만나 보고…… 싶다고 했어. 그 사람한테."

─뭐!

이번엔 환희다. 다음 주말에 내려갈 테니 전부 말해 줘야 한다는 단호한 말에 재차 알겠다고 대답하고 나서야 전화를 끊을 수 있었다.

[잘자.]

밤사이 서호로부터 온 문자를 몇 번이나 읽었다.

텔레비전 화면을 끈 수리는 방으로 향했다. 침대에 누워 천장을 멀뚱히 올려다보았다. 잠을 설쳤음에도 전혀 피곤하지 않았다. 빛깔로 치자면 파스텔 톤일 게 분명한 기분이 줄곧 이어지고 있었다. 약간의 잿빛이 첨가됐지만 충분히 설레었다.

수리는 휴대 전화를 코앞까지 들어 시간을 확인했다. 오전 8시 15분. 토요일에는 대체로 9시 넘어서까지 늦잠을 자곤 했는데 일찍 일어나 버렸다. 조금만 더 자야겠다. 이불을 끌어다 덮고는 옆으로 돌아누우며 몸을 뒤척였다.

그러나 잠을 청하려는 노력이 무색하게도 무심결에 손을 뻗어 입술을 어루만졌다. 어떤 열감이 입술에서 손가락으로 옮아갔다.

"와."

건반을 누르며 조율하던 서호는 목소리가 들린 쪽으로 고개를 내렸다.

올해 6학년이라는 여자애가 호기심 어린 얼굴로 곁에 서 있었다.

벌써 2년째 조율을 다니는 가정집이었다. 정기적으로 방문한 지 네 번째 되는 날이었고 그사이 흐른 시간만큼 피아노의 주인이라고 할 수 있는 초등학생은 어느덧 고학년이 되어 졸업을 앞두고 있었다. 아이들이 거치는 시간은 밀도부터가 어른과 아주 달랐다. 하루, 많게는 몇 개월을 건너뛰는 것만 같다.

서호는 대답 대신 입매를 살짝 올리며 건반 위로 손을 내렸다.

도레미파솔라시도—

힘주어 빠르게 누른 7음계가 아담한 방 안에 울려 퍼졌다.

"어떤 것 같아?"

"좋은데요."

"어떻게?"

"더 선명해진 것 같은데. 깨끗하게 사라지고 있어요, 소리가."

서호는 씩 웃었다. 아이가 제대로 들어 줘서 고마웠다.

울림이 깔끔하고 완만하게 이어지는 가와이 피아노였다. 최대한 시간에 구애받지 않고 연주하기 위해 소음키퍼까지 설치한 업라이트 피아노는 석주의 악기점에서 중고로 매매한 거였는데, 여전히 상태가 좋았다. 새 주인에게 꾸준히 사랑받아 온 피아노임이 분명하다.

서호는 상체를 숙여 아이와 눈높이를 맞췄다.

"피아노 연습 많이 해?"

"네. 엄청 많이!"

뿌듯하게 웃는 아이를 보며 서호는 고개를 끄덕였다. 인조 상아 건반을 수없이 눌렀을 시간들이 눈에 보이는 것만 같다. 아이의 손끝에서 시작된 소리가 이 방을 자주 채웠을 것이다.

"관리 잘해서 손볼 데가 별로 없네."

"진짜요?"

"건강해, 아픈 데 없이."

서호의 칭찬에 아이가 어깨를 폈다.

"제가 잘해 줬거든요. 얘한테."

"그랬구나."

괜찮은 피아노를 만날 때마다 기분이 좋았다. 고가이지만 누군가에겐 취미 또는 교육의 수단이 되므로 주위에서 쉽게 만날 수 있는 악기. 그러나 환경에 맞춰 잘 관리된 피아노를 만나기란 생각보다 드문 일이었으므로.

"지금처럼 잘해 줘. 피아노한테."

"네!"

연장을 챙기는 서호의 입술 끝이 조금 올라갔다.

틈틈이 피아노를 다루며 살고 있는 그에게 어쩌면 수리는 사람 형태의 피아노인 것 같다는 생각이 들었다. 그러니 여든여덟 개 이상의 기분과 매력을 갖고 있을 그 여자가 다치지 않도록 꾸준히 들여다봐 주고 싶다. 밝고 빛나게, 그러면서 매 순간 반짝이도록.

8

누군가를 알고 싶다는 건 그 사람의 과거를 포함한 현재가 궁금하
단 말일 것이다. 한 사람이 걸어온 온갖 궤적을 알고 싶은 마음. 어느
길로 걷다가, 어디쯤에서 서성였는지, 나와 교차되어 걷지 않은 길이
어도 가능하다면 전부 알고 싶은 호기심. 그런 마음이 수리를 지배했
다.

여전히 모르는 것투성이인 남자였다. 같은 고등학교를 나온 동갑
내기 청년이라는 것. 악기점을 운영하는 아버지와 동일한 상가 지하
에서 찻집을 꾸려 나가는 어머니를 두고 있다는 것. 평범한 회사원이
자 가끔 아버지를 도와 피아노 조율을 한다는 것 외에는 아는 게 별로
없다. 웃음이 많고 유쾌한 성격을 가졌다는 표면적인 특징을 빼면, 간

단한 신상 정보만 알고 있을 뿐이다. 수리에게 서호는 작자 미상의 곡이나 마찬가지였다.

연애가 시작되고 나서 두 사람이 처음 만난 곳은 다름 아닌 피아노 학원이었다. 급하게 잡힌 의뢰 때문에 데이트를 잠시 미뤄야 했다. 함께 방문한 피아노 학원은 수리의 집에서 그리 멀지 않은 곳으로, 7층짜리 상가의 3층에 위치한 작고 허름한 학원이었다.

"어서 와요. 서호 씨한테 애인 생기면 놀러 오라고 그렇게 말했는데, 드디어 데려왔네!"

일요일 오후, 수리는 서호악기점의 단골 고객이라는 강 원장과 어색하게 인사를 나눴다. 조율하는 두 시간여 동안 자리를 비우곤 한다는 원장은 쇼트커트가 잘 어울리는 중년 여자였다. 피아노 방문 교사로 일하다가 오랫동안 일을 쉬던 강 원장은 목돈을 모아 지금의 피아노 학원을 인수했다고 말했다.

학원 내부는 도배한 지 꽤 시간이 지난 듯 곳곳에 때가 묻어 있었다.

작은 방마다 바흐, 베토벤, 모차르트, 드뷔시 등 유명 음악가의 이름이 붙어 있는 아담한 공간이었다. 자세히 들여다보지 않아도 여자의 정성이 곳곳에 보이는 듯했다. 대여섯 개 되는 좁은 방에는 다양한 종류의 업라이트 피아노가 놓여 있었는데, 원장은 두 사람을 '모차르트방'으로 안내했다.

"평일에 아이 한 명이 음료수를 엎질렀거든요. 여기 레랑 미 사이가 끈적거려서 잘 안 눌리는데."

"흠."

강 원장의 말을 들으며 건반을 눌러 보던 서호는 다른 음역대의 건반도 누르기 시작했다.

그러고는 허리를 숙이고 페달을 살폈다.

"페달 높이도 다르네. 말썽쟁이들만 다녀갔어요?"

"맞아. 힘도 세서 건반도 꽝꽝, 페달도 꽝꽝, 아마 문제 많을 거예요."

혹시나 싶어 서호는 다른 방들에 놓인 피아노의 상태도 확인했다.

모차르트방으로 돌아온 서호가 한 걸음 뒤에 선 수리의 눈치를 보았다.

"생각했던 것보다 시간이 더 걸릴 것 같은데."

"괜찮아."

음료수를 흘린 피아노 한 대만 보면 되는 줄 알았더니 예상보다 일이 커진 것이다. 정말 괜찮냐고, 눈으로 묻는 그에게 수리는 고개를 살짝 끄덕여 보였다. 곁에 있던 강 원장이 황급히 손을 내저었다.

"갑자기 연락드린 거니까 오늘은 일단 이 녀석만 봐 주세요."

그렇게 운을 뗀 원장은, 믿고 맡기는 조율사의 데이트를 방해했다는 걸 눈치채고 호들갑스럽게 말을 이었다.

"어차피 나머지는 윤 사장님이 전담해 봐 주는 것들이고, 오늘만

날인가요, 다음 주 중에 윤 사장님한테 따로 다시 부탁할게요."

강 원장이 마실 것을 사 오겠다며 서둘러 모차르트방을 나가자 좁은 연습실에 둘만 남게 되었다. 수리는 한 걸음 더 물러나며 괜히 주변을 둘러보는 척했다. 콧노래로 어색함을 무마할 성격은 안 되므로 대신 헛기침을 했다.

"첫 데이트 장소가 피아노 학원이라니."

서호가 소맷자락을 접어 올리며 웃었다. 기다리게 해서 미안하다는 미소를 보며 수리는 그가 밀어 둔 피아노 의자에 앉았다. 조율이 끝날 때까지 방해하지 않겠다는 거리 두기였다.

피아노와 수리를 번갈아 바라보던 서호가 들고 있던 소리굽쇠를 바닥에 내려놓고 수리에게 불쑥 다가왔다.

"……왜?"

"미안. 최대한 빨리 끝낼게."

눈을 깜박이며 올려다보던 수리는 무릎 옆으로 두 손을 짚으며 살며시 웃었다. 곤란해하는 서호의 표정이 새로웠다. 이 밖에도 수리가 보지 못한 그의 여러 표정들이 궁금하다.

"한 곡 쳐 주면."

돌아서던 서호가 무슨 말이냐는 얼굴로 내려다보았다.

수리는 무심한 척 눈짓으로 피아노를 가리켜 보였다.

"얌전히 기다릴 텐데."

"안 쳐 주면?"

"집에…… 가야지."

"아, 그건 안 돼."

조금 웃은 서호가 다가오더니 실례, 하면서 수리가 앉아 있는 의자를 끌어당겼다. 중심을 잃고 휘청거린 수리는 재빨리 서호의 양팔을 붙잡았다.

"서서 칠 수는 없으니까."

수리의 옆에 앉은 서호는 이마를 긁적이다가 건반 위로 두 손을 내렸다.

정말 치려는 건가. 그녀의 놀란 시선을 받으며 서호는 연주를 시작했다. 빠르게 시작한 도입부. 바로 이어지는 애잔한 선율이 좁은 방을 채워 갔다. 그가 두 손을 움직일 때마다 오른팔에 조금씩 팔이 맞닿았다가 떨어졌다.

"무슨 곡이야?"

몰아치듯 시작했다가 잔잔히 끝났다. 3분 남짓한 짧은 연주를 마친 서호가 여운처럼 흑건 몇 개를 건드리며 말했다.

"플레잉 러브."

피아노 상판을 분리한 서호는 음료수를 쏟았다는 부근의 건반을 일일이 들어냈다. 그를 방해하지 않는 선에서 수리는 특별히 모든 과정을 구경할 수 있었다. 해체하고 살피는 작업 과정이 모두 신기했다.

사람이든 피아노든 속을 들여다보면 어디가 아픈지 확실히 알 수 있다는 점이 같았다. 따로 X-ray를 찍거나 MRI 촬영을 해야 깊은 질병이 보이듯 피아노도 뚜껑을 열고 단단히 조여진 나사를 푸는 수고가 필요했다.

모든 속앓이가 바로 눈에 보이지 않는 건 어떤 배려일지도 모른다. 하지만 짝사랑도 속앓이의 한 종류라고 봤을 때 그 배려가 썩 좋지만은 않았다. 이 남자가 10대부터 시작한 마음이 그대로 눈에 보였다면 우리는 조금 더 빨리 시작할 수 있지 않았을까. 그런 생각을 하며 수리는 골똘히 그를 지켜보았다.

"거의 끝나 가."

작업 틈틈이 말을 거는 그의 뒷모습이 낯설면서도 신기했다.

건반을 들춘 곳에는 음료수 자국이 남아 있었다. 지워질 수 있을까 싶을 정도의 진한 얼룩이었다. 음료수를 쏟았다는 아이는 조금쯤 피아노에게 미안했을까. 피아노 의자에 앉은 수리는 발을 앞뒤로 흔들며 생각했다.

건반 아래에는 먼지가 곳곳에 뭉쳐져 있었다. 서호는 원장 선생에게 부탁해서 받은 소형 청소기로 꼼꼼히 먼지를 빨아들였다. 어떻게 들어간 건지, 몽당연필을 하나 꺼내기도 했다. 높이가 다른 페달까지 조정하고 나니 한 시간이 훌쩍 지나 있었다. 그사이 수리는 학원을 돌아다니며 구경하거나 뒤에 앉아 듬성듬성 떠다니는 건반 소리를 들었다. 서호가 쳐 준 피아노 선율이, 곡의 이름이 맴돌아 혼자 두근거리기도 했다.

서호가 뒷정리를 하는 동안 화장실에 다녀오는데 문득 학원 이름이 낯익다는 생각이 스쳤다.

'다시, 피아노 배워 볼래?'

언젠가 누리가 슬쩍 내밀었던 광고지 속 피아노 학원이었다. 집에서 가깝다며 배우기를 권유받았던 그 학원에 결국 이렇게 방문한 것이다. 수리는 새삼 신기한 기분이 들어 눈을 반짝였다.

성인 취미반 모집. 여느 때와 다르게 광고지의 안내 문구가 눈을 사로잡았다. 물기가 남아 있는 손을 허공에서 털며 수리는 피아노 학원 입구에서 서성였다.

그 모습을 데스크 앞에서 지켜보던 강 원장이 유리문을 열고 나와 말을 걸었다.

"엊그제 취미반에 새로 등록하신 아저씨가 계세요."

잠깐 동안 수리의 눈을 깊게 들여다보던 강 원장이 말을 이었다.

"50대 중반이시고 피아노를 한 번도 배운 적이 없대요. 다룰 줄 아는 악기로는 하모니카가 유일하다는데, 왜 갑자기 피아노냐 여쭤봤더니 이렇게 말씀하시더라구요."

미소 지은 강 원장이 콧잔등을 긁으며 수강생의 말을 나직이 옮겼다.

사람이 태어나 악기 하나 제대로 다룰 줄 아는 것만큼 소소한 자랑거리가 없더라구요. 요즘엔 흔해졌지만 나 어릴 땐 집안이 워낙 어려워서…… 피아노는커녕 사법 시험 공부할 돈도 없었죠. 그땐 모르고 지나갔지만 이제라도 배워 보려고 왔습니다. 피아노가 여러 악기 중에 가장 친근해서.

그렇게 말한 중년 남자는 변호사는 못 됐으나, 어느 기업의 법무팀 사원으로 시작해 지금은 내로라할 기업의 임원 자리까지 올랐다고 했다.

"사는 데 조금 여유가 생겨서 피아노를 배우는 분들도 계시고, 또 취미 삼아 피아노를 시작하는 분들도 계시고, 다양한 분들이 오세요."

수리는 간판을 한 번 쳐다봤다가 다시 강 원장과 눈을 마주했다. 그러니 당신도 관심만 있다면 언제든 배울 수 있다는 어떤 권유 앞에서 수리는 망설였다.

"원장님. 끝났습니다."

그때 서호가 문을 열고 나왔다.

"애들한테 음료수 들고 오지 말라고 주의하셔야겠어요."

"그래야죠. 주의 문구 붙여 놨다가 떼 버렸는데, 다시 붙여야겠다."

강 원장이 화사하게 웃으며 대답했다.

몇 마디 인사를 주고받고는 엘리베이터로 향했다. 도착하기를 기다리는 동안 수리는 원장의 말을 곱씹어 보았다.

"지루했지?"

조심스럽게 묻는 서호를 올려다보며 수리는 고개를 저었다.

"생각보다 시간 빨리 갔어."

"보상할게. 날아간 두 시간."

상가를 나오자 향긋한 냄새가 코끝으로 파고들었다. 1층에 입점해 있는 화장품 상점에서 나는 향기였다. 입욕제로 유명한 상점을 보니 전에 잠깐 정리하다 말았던 구매 목록이 떠올라 멈춰 섰다.

"살 거 있어?"

서호가 상점 쪽을 가리키며 물었다. 수리는 잠깐 망설이다가 손을 내저었다.

"나중에 사도 돼."

"괜찮아. 나온 김에 사."

주저하던 수리는 그를 따라 상점으로 들어섰다.

"뭔가 되게 많네."

서호가 신기한 얼굴로 두리번거렸다.

긴 다리로 매장 안을 저벅저벅 돌아다니던 그는 거품 입욕제가 진열된 곳 앞에 한참을 서 있는 수리를 바라보았다. 이것저것 부지런히 향을 맡고 있는 표정이 한없이 진지했다. 상점 내부의 조명이 닿은 갈색 머리는 오늘도 변함없이 부드러워 보인다. 흘러내린 머리카락을 귀 뒤로 빗어 넘기는 손가락이 유독 하얬다.

그 손 잡고 싶다고, 말하면 놀라려나.

먼발치서 수행하는 마음으로 바라보던 서호는 수리 곁으로 다가갔다.

"이게 뭔데?"

"입욕제."

"목욕할 때 쓰는 건가?"

"응. 욕조에 물 받아 놓고 풀면 거품 나는 거."

"내가 하나 골라 줘도 돼?"

그의 물음에 놀란 듯 바라보던 수리가 곧 그러라며 고개를 끄덕였다.

꽤 여러 가지 제품을 시향하고 난 뒤 서호는 파란색과 분홍색이 골고루 섞인 행성 모양의 배쓰밤을 골라 건넸다.

자신의 것이므로 본인이 계산하겠다는 수리를 한사코 말린 서호는 제 카드를 꺼내 내밀었다. 아르바이트생이 내민 종이 포장지에는 서호가 고른 입욕제가 함께 담겨 있었다. 상점을 벗어나자 어느새 거리가 어둑해져 있었다. 해가 지기 시작하는 저녁 하늘을 올려다보던 서호가 천천히 입을 열었다.

"그거 알아?"

뭘? 하는 수리의 눈을 마주하니 난처하게 만들고 싶은 마음이 커진다. 서호의 목울대가 움직였다.

따뜻한 물속에 잠겨 있는 수리가 그려진다. 그러다가 곧 차단기가 내려진 것처럼 상상이 끊기고 만다. 거품, 흰 거품이 문제였다. 그가 사 준 건 입욕제였으므로 풍성한 거품이 떠올라 있는 욕조가 함께 상상될 수밖에 없었다. 물속에 떨어지자마자 몽글몽글 솟아오르는 풍성한 거품들. 그 속에 숨은 새하얀 몸을 상상하자니 애석해진다. 어떤 마음으로 입욕제를 사 주는지 알면 도망가겠지.

서호는 뺨을 긁적이며 웃었다.

"아무것도 아냐."

저녁을 먹기로 한 레스토랑으로 향하다가 서호가 불쑥 손을 내밀었다. 손바닥 위로 겹치듯 올라오는 손을 감싸 쥐고 걸었다. 손목의 맥박이 동그랗게 뛰었다. 이쪽에서 저쪽으로 옮겨 가는 작은 박동이 엉클어짐 없이 또렷하게 느껴졌다.

모니터 안의 엑셀 파일을 응시하며 서호는 마우스를 움직였다. 단

축키를 누르는 왼손 역시 부지런히 키보드 위를 오갔다. 인사 업무를 제외한 각종 회계 처리를 담당하는 경영지원 팀에서는 온갖 숫자를 만져야 했다. 재능을 떠나서 지구력이 좀 더 필요한 업무였다.

임직원의 제주도 출장비 입력까지 마친 그는 깍지 낀 두 손을 앞으로 쭉 내밀었다. 어깨가 뻐근했다. 요즘 운동을 너무 안 했지, 생각하다가 문득 탁상 달력을 쳐다보았다. 벌써 5월 중순이다. 이러다가 곧 여름이 올 것이다. 짙푸른 농도를 가진 더운 바람이 불 것이다. 손을 뻗어 6월 달력을 팔랑 넘겨 보는데, 텀블러를 들고 지나가던 직원이 다가와서 기대하는 얼굴로 외쳤다.

"얼른 여름 됐으면 좋겠어요. 복숭아 먹게."

"조용히 해요. 작년 여름을 잊었어요? 30도 넘고 막 끔찍했던 거 잊었어?"

옆자리에 앉은 다른 직원의 대답을 들으며 서호는 피식 웃었다.

인쇄용지 뽑아내는 프린터기 소리와 전화 응대하는 소리가 간간이 이어지는 사무실 한편에 활기가 돌았다. 여름을 반기는 쪽과 그렇지 않은 사람들의 대화가 농담처럼 이어졌다.

"7월의 신부님, 결혼 준비는 잘돼 가요?"

화제는 자연스럽게 결혼을 앞둔 직원의 이야기로 넘어갔다.

"아뇨. 신경 쓸 게 한두 가지가 아니에요."

7월의 신부가 행복하면서도 피로한 얼굴로 한숨을 내쉬었다.

전표 입력을 끝내고 파일을 저장한 서호는 그 모습을 흥미롭게 보았다. 7월에 신부가 되는 직원은 가장 건강한 모습으로 식장에 입장하기 위해 테니스와 수영을 배우고 있다고 말했다. 살이 잘 빠지지 않는다는 말을 들으며 서호는 언뜻 자신의 배에 손을 얹어 보았다. 역시 운동을 해야겠다.

손목시계를 확인한 서호는 한창 수업하고 있을 수리를 생각했다. 한 번도 본 적이 없는데도 어렵지 않게 그릴 수 있었다. 덤덤한 얼굴로 가끔 환하게 웃기도 할 것이다. 색종이를 접어 주는 내내 다정하겠지. 어쩌면 노래도 불러 주려나.

엄지로 아랫입술을 지그시 누르던 서호는 다시 모니터로 시선을 돌렸다.

어느 노랫말처럼 요즘 사는 게 쉬워졌다. 사랑을 하니 잘 자거나, 잠들지 못하는 밤이 많아졌다. 그 여자도 마찬가지이길 바라는 마음이 욕심이 아니면 좋겠다.

이 연애가 자주 평안했으면 좋겠다고 생각하며 키보드 옆에 둔 휴대 전화를 들어 문자창을 켰다.

[사탕 사 주고 싶네.]

잠시 후 진동이 울렸다. 답장을 확인한 서호의 입술이 올라갔다.

[웬 사탕?]

좋아한다고. 네가 좋다고.

사탕 따위에 담아 매일 말해 주고 싶은 속마음을 꼭 숨긴 채 웃는 모양의 이모티콘만 전송했다.

그날 저녁 퇴근하자마자 희영의 찻집으로 향했다. 딴 데 새지 않고 곧장 어머니의 가게로 향하던 서호는 상가가 눈앞에 보이자 달리기 시작했다.

"어. 이제 오냐?"

마침 악기점 문을 열고 나오던 석주가 알은체를 했다.

"저녁 드셨어요?"

"네 엄마랑 초밥 먹……."

대답하던 석주는 허탈히 웃으며 아들이 사라진 계단 쪽을 바라보았다.

"녀석 참."

뭐가 저리 바쁜지 대답도 듣지 않고 서둘러 가 버렸다. 계단을 뛰어 내려가는 서호의 구두 소리가 쿵쿵 들려온다. 저럴 거면 왜 물어봐. 고개를 절레절레 내저으며 악기점 안으로 들어서는 석주의 입가에 어렴풋이 미소가 스쳤다.

철제문을 열고 「악기점 아래에서」로 들어선 서호는 어렵지 않게 수리를 찾을 수 있었다. 긴 머리를 늘어뜨린 채 소파 팔걸이에 턱을 괴고 있는 모습이 금방 눈에 들어왔다. 체크무늬 셔츠와 청바지를 입은 옆모습이 풋풋했다.

피아노 가까이에 놓인 2인용 소파에 앉아 있는 수리를 발견한 순간부터 다른 의미로 가슴이 뛰었다. 달려서 그런 것치고는 꽤 거센 박동이었지만 저 여자는 영영 모르겠지, 말하지 않으면.

어깨에 메고 있던 백팩을 벗으며 카운터로 향하자 그가 들어설 때부터 보고 있던 희영과 눈이 마주쳤다.

"빨리 왔네."

"은희영 씨 보고 싶어서."

"애인이 보고 싶은 거겠지."

서호의 거짓말을 바로잡은 희영이 "아포가토?" 하며 물었다.

"좋지."

그렇게 말하던 서호는 고개를 돌리다가 저도 모르게 입매를 굳혔다. 수리의 옆에 어떤 남자가 쟁반을 든 채 웃으며 서 있다. 키가 제법 큰 남자는 곱슬머리를 한 부드러운 인상이었다.

"9시 방향 좀 봐 줘."

"왜?"

갑작스러운 서호의 요청에 희영이 의아한 얼굴로 돌아보았다.

눈을 가늘게 뜨고 바라본 곳에는 아들의 애인이 있다. 그리고 이번 주부터 찻집 운영을 도와주기로 한 스물네 살의 아르바이트생이 말을 걸며 화기애애하게 웃고 있었다.

"누구야?"

"월요일부터 나온 알바생. 올해 대학교 복학했대."

"복학생이라."

서호의 목소리가 묘하게 굳어 있는 걸 깨달은 희영이 고개를 갸우뚱했다.

"왜? 네가 이력서 보고 괜찮다고 한 학생이잖아. 성실해 보인다며."

"흠."

희영은 설마 하는 얼굴로 서호의 뒷모습을 바라보다가 작게 혀를 찼다. 오가며 얼굴 익힌 손님에게 말 한마디 거는 게 도대체 뭐가 음흉하다고 저런 얼굴인가. 아무래도 잠재적인 질투심이 대단한 모양이지, 생각하며 희영은 능숙하게 에스프레소를 내렸다.

"임수리."

알바생과 날씨 얘기를 하던 수리는 깜짝 놀라 돌아보았다. 서호가 웃으며 서 있었다.

"언제 왔어?"

"방금."

"일찍 왔네."

차분한 목소리, 고요한 눈길. 왜 이제야 왔냐는 투정을 부릴 여자가 아니라는 것쯤은 알고 있다. 그렇다고 드디어 왔네, 하며 반가워하는 기색을 환하게 드러내는 여자 또한 아니라는 것도 이미 안다.

"고마워요."

그때 멀거니 서 있던 알바생이 서글서글하게 웃으며 수리에게 인사했다.

그에게 한 말은 아닐 테고, 알바생의 시선이 향한 곳을 보니 역시나 이 여자다. 뭐가 고마운 건가, 손님에게. 고개를 내리니 알바생이 쟁반과 함께 들고 있는 색종이가 보였다. 믿기지 않아 자세히 보니 종이학이다.

색종이를 접어 줬구나. 나 아닌 다른 사람에게. 이 정도로 웬 질투심이 들끓나, 자조하던 서호는 멀어지는 알바생을 보다가 털썩 앉았다. 조금 전부터 속이 타들어 가는 중인 그를 모르고 수리가 목소리를 높여 말했다.

"새로 온 알바생이래. 바리스타 챔피언십에도 출전했었다는데."

"종이 접어 줬어?"

툭 던지듯 하는 질문에 수리는 입을 다물었다. 그러고는 옆에 앉은 서호를 물끄러미 바라보았다. 전처럼 웃고 있지만 왠지 웃는 게 아닌 것 같다. 수리는 한참 만에 고개를 끄덕였다.

"응. 왜?"

"그냥. 궁금해서."

종이를 접어 주게 된 배경을 묻는 서호의 얼굴은 평소와 같았다. 그러나 겹겹이 감춘 속마음이 조금씩 눈에 보이기 시작했다.

웃음을 삼키며 수리는 덤덤히 설명했다.

"지갑 꺼내다가 색종이를 떨어뜨렸거든. 저분이 지나가다가 주워 주면서 이런저런 말 하다가……."

그러다가 자신이 종이접기 강사이며, 요즘 비가 내린 뒤로 아침저 녁으론 다시 쌀쌀해진 것 같다는 날씨 이야기로까지 흘렀다는 말이었 다. 가만히 듣고 있던 서호는 음, 하며 턱을 매만질 뿐 별다른 말은 하 지 않았다.

솔직히 말해서 서호는 조금 쇼크 상태였다. 그는 몇 년 만에 어렵 게 말을 붙였는데 아무런 일면식 없는 복학생은 바로 수리와 '이런 저런 말'을 나눴다. 게다가 색종이까지 접어 줬다, 이 무심한 여자가. 언젠가 내가 했던 종이 접어 달라던 말은 기억 안 나는 건가.

괜히 투정을 부릴 것만 같아 서호는 피아노만 응시하며 웃었다. 그 를 지켜보던 수리는 조심스럽게 입을 열었다.

"피곤하지?"

"조금."

"너 보면 대단해. 투잡…… 뛰는 거니까."

"가끔 아버지 일 거드는 정도지."

"힘들지 않아?"

"익숙해져서 괜찮아. 그래도 야근 겹치는 주는 버거워서 운동 좀 하려고."

"운동?"

"임수리, 너랑 배드민턴 칠까. 토요일마다."

수리의 얼굴에 망설이는 기색이 언뜻 스쳤다.

넥타이를 헐렁하게 잡아 내린 서호는 등받이에 눕듯이 기대앉았다. 혼자서 멋대로 서운함을 느낄 뻔했다.

사실 이 여자는 평소처럼 친절하고 숫기 없을 뿐인데. 왜 자꾸 더 가까워지길 바라고, 나만 보라고 조르고 싶어지는 건지. 색종이는 나에게만 접어 줬으면 좋겠다는 유치한 생각마저 든다.

서호는 눈을 느리게 감았다 떴다.

"농담. 헬스장 다닐 거야."

수리는 아무 말이 없었다.

잠시 후 옆에서 부스럭거리는 소리가 들렸다. 뭐 하나 싶어 보니 수리가 고개를 숙인 채 소파 위로 색종이를 접고 있었다. 분홍 색종이를 반으로 접었다가, 세모꼴로 접더니 뒤집는다.

"뭐 해?"

물어도 대답이 없다. 부지런히 움직이는 흰 손을 내려다보며 서호는 잠자코 있었다. 빠르게 종이를 접은 수리가 가만히 완성작을 내밀었다.

"자."

하트를 받은 서호는 저도 모르게 고개를 숙였다. 손바닥에 이마를 묻은 그는 가까스로 당황한 표정을 숨겼다. 그런 그를 바라보며 수리는 용기 내어 말했다.

"같이 쳐. ……토요일마다, 배드민턴."

고개를 든 서호가 멋쩍게 웃었다.

"눈치챘지?"

"뭘?"

"질투했어. 그냥…… 나도 모르게. 미안."

"알아."

수리가 차분한 얼굴로 말했다.

"다 보였으니까."

다 보였구나.

서호는 손안의 하트를 가까이 들여다보며 쑥스럽게 웃어 버렸다.

▌▌▌▌▌▌▌▌▌▌

토요일 오후.

정오가 좀 넘어서 방문한 가정집에는 70년대에 생산된 야마하 업라이트가 기다리고 있었다. 방에 방습기까지 설치돼 있는 걸 보니 피아노 관리에 평소 신경을 많이 쓰는 집이었다. 일곱 개의 음계를 낮은 음역대부터 높은 음역대까지 차례대로 눌러 보며 귀를 기울였다.

건반을 눌러 보고 소리를 들을 때마다 엄중한 기분이 든다. 440 또는 442헤르츠를 정확히 측정하는 기계가 있는 편리한 시대였으나 서호는 되도록 그의 청각에 기댔다. 건반이 만드는 맥놀이 소리에 최대한 귀를 기울여 작업했다.

도, 도, 도, 도. 조금 처졌으나 맑은 소리가 난다. 사랑받는 피아노는 소리부터 다르다.

상판을 열고 들여다본 내부는 대체로 깨끗했지만 해머가 닳은 곳이 몇 군데 있었다. 가정용 피아노였고 전공자가 매일 다루는 악기였기에 부품 교체가 필요한 상태였다. 서호는 묵묵히 해머를 교체하기 시작했다.

"이것 좀 드시고 하세요."

중년 여자가 얼음까지 동동 띄운 매실차를 들고 방에 들어왔다.

"감사합니다."

느슨하게 웃은 서호는 단숨에 목을 축였다. 땀이 나려던 차에 금방 시원해졌다.

"어때요? 반년마다 조율하긴 하는데 어쩐지 소리가 처지는 것 같다고 하더라구요, 우리 애가."

"혹시 최근에 이사하셨어요?"

"네, 얼마 전에 붙박이장도 새로 맞추고 들어왔어요."

빈 유리컵을 건넨 서호는 겉으로 드러난 현을 검지로 쓸며 말했다.

"운반하는 것만으로도 내부가 뒤틀릴 수 있어요. 옮기자마자 조율하시는 게 좋아요."

그때 발목을 스치는 따뜻한 것이 있었다. 움찔한 서호는 고개를 내렸다가 나직이 웃음을 터뜨렸다.

냐아―

회색 털을 가진 고양이가 꼬리를 살랑거리며 그를 올려다보고 있었다.

"미미야, 언제 들어왔어?"

미소 지은 여자가 고양이의 머리를 쓰다듬었다. 싹싹한 성격을 가진 모양인지 금방 눈을 가늘게 뜨며 가르랑거린다.

"낯을 안 가리네요."

"우리 애가 사람을 많이 좋아해요."

그렇게 말한 여자가 미미의 다정다감한 성격을 자랑했다.

"그치, 미미야?"

서호는 고양이에게서 눈을 떼지 못했다. 가까이서 고양이를 본 건 처음이었다. 그간 살면서 길에서 스치듯 뛰어가는 고양이나 먼 곳에 앉아 해바라기하는 고양이를 본 게 전부였다. 도도해서 곁을 내 주지 않는 동물이라고 생각했었는데 그거 다 편견이었구나. 신기한 기분이 들어 자꾸 보게 됐다.

"만져 봐도 됩니까?"

"그럼요."

고양이가 다시 한번 제 뺨을 그의 바짓단에 슥 문질렀다.

조심스럽게 검지를 갖다 대자 냄새를 맡는다. 촉촉한 코가 살짝 닿았다 떨어졌는데 말로 설명 못 할 기분 좋은 감촉이었다.

"택배 아저씨도 정말 좋아해요, 미미는."

어느새 고양이 앞에 한쪽 무릎을 꿇고 앉은 서호에게 여자가 즐거운 듯 말했다.

"피아노 아저씨도 좋아하네요."

서호는 씩 웃었다.

미미야, 하지만 난 임자가 있지. 속말을 삼키며 고양이의 콧잔등을 천천히 쓰다듬어 주었다. 눈을 가느스름하게 뜬 고양이가 얌전히 그의 손길을 허락했다.

색종이로 하트 접어 주고, 토요일마다 배드민턴 같이 치는 여자가 있지. 너만큼 귀여운 사람인데.

자랑하는 마음이 전해지기라도 한 것처럼 고양이가 길게 울었다.

9

"동창?"

왜애애애앵, 믹서기 작동하는 소리를 뚫고 누리가 외쳤다. 바나나
와 딸기, 귀리우유가 골고루 섞이는 모습을 보며 수리는 응, 하고 고
개를 끄덕였다. 흘끔 보니 누리가 멍하니 입을 벌리고 있었다.

"언니도 만난 적 있어."

"내가? 언제?"

이해를 돕기 위해 덧붙였더니, 그 말에 더 놀란 표정을 짓는다. 누
리가 최근에 만난 수리의 지인은 윤서호가 유일했다. 부스스한 머리
를 쓸어 넘기던 누리가 그를 금방 떠올리고 박수를 쳤다.

"혹시 예전에 공원에서?"

"응. 공원에서."

연한 분홍빛으로 갈린 생과일주스를 컵에 따라 건네자 누리는 입에 대지도 않고 눈을 가늘게 떴다. 컵을 가슴 가까이 쥐고는 재미있다는 듯 벙글거렸다.

"어쩐지 심상치 않다 했어!"

"그땐 아무 사이도 아니었어."

"원래 아무 사이 아닌 게 금방 그렇고 그런 사이 되는 거지."

누리의 세상은 어느 곳이든 생각보다 담장이 낮은 편이었지만 수리는 아니었다. 워낙 어려서부터 벽을 세우는 일에 익숙해진 수리는 누군가와 그렇고 그런 사이로까지 발전할 가능성이 아주 적은 편이었다. 그러니 서호와의 관계도 이만하면 기적에 가까웠다.

주스를 마신 수리는 거실에 걸린 벽시계를 보곤 서둘러 유리컵을 물에 헹궜다. 오후 4시. 방문 조율을 마치고 나서 그는 바로 공원으로 오겠다고 했다.

처음 운동을 같이 하잔 말을 들었을 때는 사실 내키지 않았다. 평일 내내 어린이집에서 지내다 보면 주말만은 집에 조용히 틀어박혀 있고 싶을 때가 많았다. 토요일마다 배드민턴, 이라는 건 그동안 수리가 유지해 온 삶의 패턴에서 제법 많이 빗나가는 거였다.

서호는 바로 대답하지 못하는 수리에게 내심 서운해하는 듯 보였다. 웃음이 많은 사람답게 금방 미소를 지었지만 알 수 있었다. 어딘지 모르게, 꽁한 그의 기분을.

서너 살짜리 아이들의 투정을 온종일 상대하다 보니 타인의 감정 변화를 비교적 기민하게 알아차릴 수 있었고, 성격까지 어느 정도 유추해 볼 수 있었다. 윤서호, 그 사람도 얼굴을 맞대는 시간이 늘수록 웬만큼 파악할 수 있었다. 색종이를 접어 줬을 때 감춤 없이 올라가던 시원한 입매. 당황한 듯 붉어지는 귓불만 봐도 의외로 아이 같은 부분이 있다는 것을.

소리 없이 웃은 수리는 손목에 걸고 있던 검정 고무줄로 머리를 올려 묶었다.

"나갔다 올게."

현관으로 향하자 누리가 약속 있냐고 물으며 따라왔다.

"어디 가는 건데? 늦어?"

"운동하러."

"잠깐만, 나도 같이 가. 옷 갈아입고 나올게."

운동화를 신다가 멈칫한 수리는 미안한 얼굴로 누리를 바라보았다.

"같이 하기로 해서……."

"응?"

누리가 눈을 크게 떴다.

"아, 남자 친구랑?"

눈치 빠른 누리가 실실 웃으며 수리의 등허리를 장난스럽게 쳤다. 그러다가 신중한 얼굴로 수리를 훑어보았다.

"근데 그러고 가려고?"

"응. 왜?"

누리의 시선을 따라 고개를 내렸다 든 수리가 묻듯이 보았다.

파란색 트레이닝 바지 위에 흰 티셔츠. 남회색 운동화. 운동하는 데 최대한 불편함 없도록 챙겨 입은 옷이다.

"얘가, 얘가."

누리가 미간에 주먹을 댔다 떼며 말했다.

"임수리야. 아무리 운동한다고 해도 명색이 데이튼데, 너무 자유롭게 가는 거 아니니."

밀물 몰려오듯 쏟아지는 잔소리에 수리는 조금 멍해졌다.

"안 꾸민 듯 꾸미고 나가야지. 그 바지, 너 대학생 때 입던 추리닝 아니야? 언니, 나 애인이랑 운동할 때 입을 운동복이 없다, 전화라도 미리 했으면 세트 한 벌에 러닝화까지 옵션으로 사서 내려왔지, 바보야."

바보, 란 말까지 나왔다. 가만 듣고 있다 보면 끝도 없을 것 같았다.

"나중에 사 줘."

"오냐."

수리는 누리에게 또 붙잡힐까 봐 얼른 집을 나섰다. 엘리베이터를 기다리며 그제야 조금 웃었다.

밖으로 나오니 볕이 뜨거웠다. 배드민턴 라켓을 들고 공원으로 가는 길목에는 아까시나무 몇 그루가 하얗게 서 있었다. 하얀 꽃잎이 만개해 있다. 이맘때면 향기가 진해서 늘 나무 아래 잠깐씩 멈췄다 가곤 했으나 오늘은 곧장 걸어갔다.

자전거를 타는 아이들 서너 명이 옆으로 빠르게 지나갔다. 주위에서 평화로운 장소를 몇 개 꼽아 보라는 질문을 받는다면, 주말 공원을 제일 먼저 말할 것이다. 수리는 시야를 가린 잔머리를 귀 뒤로 넘기며 부지런히 걸었다. 벤치로 향하자 먼저 도착해 앉아 있는 서호의 뒷모습이 보였다.

단정히 깎은 검정 머리. 단단한 구릿빛 목선. 뒷모습을 기억하고 싶어서 잠시 멈춰서 눈에 담았다. 언젠가 사람 많은 곳에서, 뒷모습만 보고도 서호를 발견하고 싶었다. 그가 자신을 한 번에 알아봐 준 것처럼.

말없이 앞에 다가서자 다리를 꼬고 편히 앉아 있던 서호가 시선을 들며 웃었다. 스포츠 브랜드의 저지를 입은 편안한 차림이었다.

왔어? 하는 말은 없었지만 어쩐지 들은 기분이다. 만지작거리던 셔틀콕을 던졌다 받으며 일어난 서호가 배드민턴 라켓을 건네받으며 말했다.

"그냥 하면 재미없으니까. 내기할까?"

라켓을 고쳐 들자 어느 때보다 환하게 웃고 있는 서호와 눈이 마주쳤다.

"내기의 선물은?"

"소원 하나 들어주기."

갑작스러운 제안에 고민하는데, 어느새 저만치 멀어진 서호가 셔틀콕을 흔들며 말했다. 잠시 생각하던 수리는 곧 진지한 얼굴로 고개를 끄덕였다. 수리에게도 조르고 싶은 소원이 하나 있었다.

"어떤 질문이든지 모두 솔직히 대답해 주는 것, 소원에 포함돼?"

"물론."

"날 좋아하는 이유 같은 거, 그런 질문도?"

"궁금한 게 그거라면."

빠르게 대답한 서호가 다시 거리를 벌리곤 진지한 얼굴로 자세를 잡았다. 먼저 5득점을 내는 사람이 이기는 쪽으로 말을 맞추고 마주섰다. 내기의 선물을 꼭 받아 낼 생각인 건지 평소의 장난기 같은 건 전혀 보이지 않는다. 덩달아 진지해진 수리는 왼발을 앞으로 살짝 내밀고 그의 손을 뚫어지게 응시했다.

"간다."

셔틀콕이 아래로 떨어진다.

톡. 빠른 서브가 허공을 가르며 날아왔다.

"어?"

희영이 특별히 내준 자몽에이드를 마시던 태림은 찻집 안으로 연이어 들어오는 두 사람을 보고 눈을 크게 떴다. 서호와 수리 둘 다 운동복 차림이지만 표정의 온도가 묘하게 달랐다.

어느 때보다 밝은 얼굴인 서호는 카운터에 서 있는 희영과 무어라 말을 주고받았고, 한 발 정도 뒤에 서 있던 수리는 어색하게 웃으며 가끔 고개를 끄덕였다. 그러다가 빈자리를 찾는지 두리번거리더니 한 손을 들며 다가왔다.

"누나!"

은은한 조명 아래에서 태림은 교복 아닌 체크무늬 셔츠를 입고 있었다. 수리는 땀에 젖은 잔머리를 귀 뒤로 넘기며 미소 지었다.

"언제 왔어?"

"방금 왔어요. 한 20분 전에?"

"손님 많네."

"그쵸. 올 때마다 많아지는 것 같아."

단골 가게가 번창한다면야 즐거운 일이지만 모두의 아지트가 되었다는 생각에 약간 아쉬워졌다.

태림의 맞은편에 앉은 수리는 두 발을 쭉 내밀었다.

"오늘도 아인슈페너?"

어느새 다가온 서호가 수리가 앉아 있는 2인용 소파를 한 손으로 짚으며 물었다. 수리는 고개를 살짝 저었다.

"오늘은 아포가토."

"아이스크림이 필요하군?"

서호가 장난스럽게 말했다.

"응."

"물도?"

"얼음 많이."

"잠깐 기다려."

땀을 흘리고 온 두 사람이 시킨 메뉴는 똑같이 아포가토였다. 음료를 직접 제조하려는 건지 어느새 서호는 커피 머신 앞에 서서 바쁘게 움직이고 있었다. 그의 말대로 아이스크림이 필요하다고 수리는 생각했다. 지금도 충분히 달았지만 조금만 더. 조금 더 달아도 좋을 듯한 저녁이었다. 사탕을 먹으면서 초콜릿도 원하는 아이처럼 자꾸 단 게 끌렸다. 그러니 아이스크림이 필요하다고, 수리는 생각했다.

어느 때보다 당도 높은 하루였다. 도어 록 해제하는 소리가 빈집에 울려 퍼졌다. 저지 재킷을 든 서호는 개운한 얼굴로 운동화를 벗었다. 오랜만에 땀을 흘렸더니 몸이 가벼웠다. 피로감이 조금 몰려왔지만 마음만은 개운했다.

휴대 전화를 보니 어느덧 밤 11시가 넘어 있었다. 소파에 티셔츠를 던지듯 벗어 놓은 그는 방에 들어가 옷장 앞에 섰다. 서랍에서 브리프와 청바지를 꺼내 들고 화장실로 걸어가는 동안 아랫입술을 혀로 핥았다. 헤어지기 전에 훔친 수리의 입술에선 바닐라아이스크림 맛이 났다. 헐렁한 트레이닝 바지를 문가에 벗어 놓은 서호는 곧장 샤워기 아래 섰다.

빗줄기처럼 쏟아지는 물줄기를 그대로 맞으며 얼굴을 쓸어내렸다. 찬물이 나왔지만 열기가 식는 느낌은 없었다. 샤워 볼에 젤을 짜던 손이 문득 허공에서 멈췄다. 시선을 드니 둥글게 올라간 입매가 거울에 비친다. 물에 젖어 번들거리는 어깨와 가슴을 바라보던 서호는 샤워 볼을 문질러 거품을 내다가 불쑥 수리에게 사 준 입욕제를 떠올렸다.

반신욕 할 때 쓰겠다고 말하던 말간 얼굴. 아무것도 모른 채 고맙다고 인사하던 목소리. 하필 샤워할 때 떠올라 난처해지려고 한다.

가슴 밑바닥에 흩어져 있다가 간혹 떠오르는 긴장감은 이제 어떤 상쾌함으로 물들어 있었다. 그가 5점을 먼저 득점했을 때 가쁜 숨을 내쉬며 콧잔등을 찡그리던 작은 얼굴이 떠오른다. 태어나 가장 흡족한 운동 시간을 복기하며 서호는 젖은 머리를 쓸어 올렸다.

어떤 소원을 말할까.

몇 시간 사이에 램프의 요정 지니가 생긴 서호는 저도 모르게 소리 내어 웃었다.

수리는 5월을 늘 핑킹가위로 기억했다. 어버이날과 스승의 날이 있는 5월엔 어느 곳에서 수업을 하든지 꼭 카네이션을 접었으므로, 빠르면 4월 말부터 핑킹가위를 준비물로 챙기곤 했다. 지그재그 모양의 꽃잎을 만들어서 그런 건지 5월에는 다른 달보다 유독 크고 작은 일들이 많이 생기는 느낌이었다.

월요일 아침, 수리는 오랜만에 잠이 덜 깬 눈으로 출근했다. 지난주에 사용한 핑킹가위를 한 군데 모아서 정리하고 있는데 누군가 수리를 불렀다. 돌아보니 혜수가 미간을 좁힌 채 서 있었다.

"수리 씨, 큰일 날 뻔했다며."

그녀의 말인즉슨, 어린이집이 있는 아파트 지상 주차장에서 벌어진 칼부림 사건에 수리가 껴 있었다는 사실을 뒤늦게 알았다는 것이다. 누군가 휴대 전화로 찍은 당시의 동영상이 인터넷에 나돌았고 그로부터 시간이 지났음에도 지상파 방송국의 한 기자가 집요한 취재 끝에 수리를 인터뷰하고 싶다는 연락을 해 왔다고 한다. 용감한 시민 컷을 따려는 게 목적이라고 했다는데, 글쎄.

수리는 망설이지 않고 거절했다. 나서고 싶지 않다. 가능하다면 그날로부터 빨리 멀어지고 싶었다. 무엇보다 얼굴을 내보인 채 마이크나 녹음기 앞에서 말할 자신이 없었다.

"맞아. 꼭 인터뷰할 필욘 없지."

혜수가 이해한다며 어깨를 두드렸다.

"아무튼 정말 다행이다. 수리 씨가 먼저 제압한 덕분에 큰 사고 막은 거라면서요. 우리 쌤들 중에 용사님이 있었어."

"용사님……."

"아, 장군님인가?"

그런 듯 따뜻한 미소를 보며 수리는 민망한 마음에 뺨을 긁적였다.

스물아홉에 다시 용사님 이미지를 얻다니. 허탈하게 웃던 수리는 순간 스친 잔영에 멈칫했다. 올리비아는 괜찮을까. 마지막으로 본 하얗게 질린 얼굴이 떠오르자 기분이 빠르게 가라앉는다. 생각만으로 잠복해 있던 걱정이 튀어나왔다. 반창고로 가릴 수 없는 크기의 상처가 될지도 모른다.

"저…… 원장님."

수리는 조심스럽게 입을 열었다.

"혹시 준영이 어머님 연락처 좀 받을 수 있을까요?"

혹여나 어렵다면 최근 다친 딸을 대신해서 손녀를 데리러 오는 준영의 조모에게 물으면 될 것이었다.

"준영이? 달님반의?"

묻듯이 바라보는 혜수에게, 수리는 천천히 사정을 설명했다.

"친구였구나."

자초지종을 들은 혜수가 놀랐는지 눈을 크게 떴다. 올리비아와의 관계 지을 만한 말이 '친구'가 되다니, 조금 당황스러웠지만 수리는 고개를 끄덕였다.

퇴근 후 수리는 올리비아에게 받은 문자를 보며 주소지를 찾아갔다.

올리비아는 수리가 살고 있는 동에서 비스듬히 마주한 아파트에 거주하고 있었다. 가까이 살면서도 생각보다 마주치기 어려운 동선에서 살고 있었다. 편의점에서 산 알로에 음료 박스를 들고 수리는 현관문 앞에서 심호흡했다. 누리 아닌 다른 사람의 집에 방문하는 건 꽤 오랜만이었다.

긴 숨을 내쉬고 들이마시길 반복하곤 어렵게 초인종을 눌렀다.

— 누구세요?

잠긴 채 갈라진 목소리가 흘러나왔다.

"나야. ……임수리."

잠시 아무런 대꾸 없이 조용하던 올리비아가 다급히 말했다.

— 잠깐만.

수리의 집과 같은 두께, 같은 색상의 현관문이었지만 전혀 다르게 무거워 보이는 문이 열렸다.

"어서 와."

집에서도 카디건을 걸치고 있던 올리비아가 전보다 수척해진 얼굴로 수리를 맞았다. 처음 느껴 보는 성질의 침묵이 흘렀다. 텅 빈 눈빛 때문에 더 고요하게 느껴지는 걸지도 모른다. 긴 머리를 헐렁하게 묶은 올리비아가 들어오라는 듯 옆으로 비켜서자 어색하게 서 있던 수리는 천천히 안으로 들어섰다.

몸은 좀 어때. 먼저 보낸 문자에 올리비아는, 시간 괜찮으면 집으로 와 줄 수 있냐며 바로 수리를 초대했다. 그렇게 성사된 방문이었다.

"내가 먼저 연락했어야 하는데."

"아냐. 더…… 빨리 연락할걸."

"잘 지냈어?"

뺨에 긴 거즈를 대고 있는 올리비아가 희미하게 웃어 보였다. 수리가 미처 대답할 말을 고르지 못하자 가볍게 안부를 덧붙였다.

"난 잘 지내."

"……."

"잘 지내고 있어."

4인용 식탁에는 이미 찻잔과 토마토가 놓여 있었다. 아픈 사람을 번거롭게 했구나, 뒤늦게 후회되었지만 다시 돌아갈 수도 없는 노릇이다. 엉거주춤 서 있던 수리는 의자를 끌어당겨 앉았다.

거실부터 주방까지, 준영의 것으로 보이는 장난감이 드문드문 놓여 있었다. 아이 있는 집이 으레 그렇듯이 스케치북과 크레파스, 스티커 따위도 곳곳에서 눈에 띄었다. 엄마의 불행이 굴러다녀도 아이만이 가져올 수 있는 어떤 생기가 곳곳에 남아 있는 듯해서 조금 안심이 됐다.

올리비아가 팔목을 쓸며 웃었다.

"사실 자꾸만 추워. 한창 봄인데."

"몸조리 잘해."

추위를 느낄 만한 계절은 아니다. 다른 종류의 기온 차 때문에 찬기를 느끼고 있으리란 생각에 수리는 더 신중히 할 말을 골랐다. 올리비아의 다른 쪽 뺨에 난 생채기와 긴 소매 아래에서 언뜻 보이는 멍자국에 눈길을 주지 않으려 애를 썼다.

"준영이는?"

"엄마랑 마트에. 사실 내가 보냈어. 너랑 편하게 얘기하고 싶어서."

흔들림 없는 눈동자를 마주 보며 수리는 녹차를 한 모금 마셨다.

"토마토도 먹어. 찰토마토라고, 되게 달아."

손에 쥐여 주는 포크를 바로 내려놓을 순 없어서 한 입 베어 물었다. 풍부한 단맛이 입 안에 금세 퍼진다.

"맛있다."

"그치. 이거, 재배 방법 알아?"

286

올리비아가 턱을 괸 채 나른히 말했다. 하얗게 각질이 일어난 입술이 느릿느릿 움직였다.

"말라 죽지 않을 만큼만 물 줘서 기른대. 그래야 당도가 높아진다고. 우리 엄만 찰토마토 먹으면서 불쌍하다고 하더라. 뭐 이렇게 불쌍한 채소가 다 있냐고."

그러고는 재밌다는 듯 키득거린다. 내가 찰토마토처럼 재배당한 걸 아는 거지, 엄마도. 말하며 웃는다.

"그 사람이랑 살 때 정말 죽을 것 같았어. 햇빛도, 토양도 다 있지만 당장 말라 죽을 것 같았어. 물은 안 줬거든, 그 남자."

"……."

"넌 그런 사람 만나지 마. 지위 고하 막론하고 아껴 주는 사람 만나."

포크를 내려놓고 물끄러미 올리비아를 건너보았다.

처연히 웃는 얼굴을 보던 수리는 식탁 아래로 주먹을 그러쥐었다.

"좋은 사람이 너무 드물어."

괜찮은 사람 말이야, 혼잣말하듯 말한 올리비아가 문득 눈꼬리를 휘며 웃었다.

"혹시 만나는 사람 있어?"

"……응."

좋은 사람이야, 설명하지 않았지만 올리비아는 다행이다, 좋은 사

287

람이어서라고 말했다.

혼자만 행복한 것 같아 겸연쩍은 마음이 들었다. 그런 수리를 안심시키듯이 올리비아는 스케치북을 가져와 준영의 그림 솜씨를 자랑했다.

"잘 그렸지. 색칠도 잘했고."

"그러네."

"그림 그리는 게 제일 좋대. 이것도 봐 봐."

떠들썩하게 딸애의 그림을 하나하나 보여 주는 올리비아의 입가에 이제껏 본 것 중 가장 밝은 웃음이 걸렸다. 이제는 충분히 행복해. 그럭저럭 괜찮아. 말하지 않아도 전해져 오는 말이 있었다.

창가에 저무는 햇살이 비스듬히 비쳤다. 스케치북에서 잠깐 눈을 떼고 바라보니 오렌지색으로 물든 하늘이 보였다.

"나오지 마."

배웅하러 나오려는 올리비아를 단호히 말리고 수리는 혼자 엘리베이터를 탔다. 그리고 언제나 망설이다가 삼켰던 말을 드디어 꺼냈다.

"또 보자, 최유정."

조금 놀란 눈치던 유정이 이내 환하게 웃었다.

"고마워. 또…… 놀러 와, 임수리."

문이 닫히기 전 속삭이듯 들려온 낮은 인사가 엘리베이터 안에 오래 맴돌았다. 아파트 입구로 나오자 저녁 바람이 선선히 불었다. 묶지 않은 긴 머리가 바람 부는 대로 목덜미를 간질였다. 집 쪽으로 걸어가던 수리는 잠시 멈춰 서서 유정의 집 쪽을 올려다보았다.

"행복해져라."

주문처럼 중얼거리곤 다시 돌아섰다. 걸음을 옮기면서 들고 있던 휴대 전화 화면을 켰다. 잠금 화면 위로 메시지가 떴다.

[소원 빌어도 돼?]

줄곧 생각하던 사람에게서 연락이 왔다는 사실이 기적도 아닌데 기적 같았다.

[응.]

이모티콘 하나 없이 빠르게 문자를 보내자 바로 답장이 왔다.

[지금?]

[지금.]

따끔거리는 명치를 어루만지는 사이, 휴대 전화가 진동했다. 발신자 윤서호. 액정 화면을 들여다보던 수리는 가만히 웃으며 통화 버튼을 눌렀다.

단정하게 짙은 눈썹. 살짝 처진 눈매. 안경알 너머의 차분한 듯 당당한 눈빛이 가까이 보인다. 가족을 제외한 사람을 이렇게 가까운 거리에서 보는 건 오랜만이었다. 조수석에 앉은 수리는 옆자리의 서호를 가만히 바라보고 있었다. 그러다가 의아한 얼굴로 입을 열었다.

"소원이…… 이게 맞아?"

"맞아. 소원이야."

"진심이야?"

"진심이야."

'관찰해 줘.'

서호의 소원은 소박했다. 동시에 허무하다. 얼굴 보여 줘. 관찰해
줘. 단 두 마디였다.

그래서 처음엔 소박하다고 생각했는데, 막상 해 보니 시간이 지날
수록 그게 아니라는 생각이 들었다.

서호는 자정이 가까운 밤에 집 앞으로 찾아왔다. 퇴근하고 집에 들
러 차만 끌고 나온 건지 정장 차림이었다. 시간이 늦어 마땅히 있을
곳이 없었기에 그의 차 안에서 만났다. SUV에 오른 지 꽤 시간이 흐
른 것 같은데, 서호는 모델이라도 된 것처럼 최소한으로 움직이며 수
리의 시선을 받아 내고 있었다.

"이렇게 보기만 하면 돼?"

"응."

차량 내부는 잡다한 물건 없이 깨끗했고 은은한 방향제 향이 퍼져
있었다.

그리고…… 좁았다.

분명 널찍한 차체 안인데도 한참 비좁게 느껴졌다.

관찰해 달라고 말했지만 실은 그녀가 관찰당하고 있는 걸지도 모른다. 소원을 들어줘야 하는 입장이어서 잠자코 서호를 마주 보았지만 시간이 지날수록 난처해졌다. 그와 이렇게 밀폐된 공간에 둘만 있는 건 처음이었다. 시동 꺼도 되지 않을까, 라고 5분 전에 꺼낸 말을 후회한다. 소음이 줄어든 실내가 부담스러워지기 시작했다. 너무 조용해서 몸을 움직이거나 숨을 쉬는 소리마저 크게 들린다.

어둑해진 지상 주차장은 낮과 다르게 고요했다. 가끔 분리수거를 하러 출입구를 나오는 남녀나 늦은 귀가를 하는 학생을 본 게 전부였다. 가로등 불빛이 반사될 때마다 반짝이는 안경테를 보고 있을 때 서호가 웃었다.

"특이하다고 생각하고 있지."

"조금."

서호가 등받이에 기대앉으며 정면을 바라보았다. 곧은 콧날에 좀 더 음영이 졌다.

"관찰 일지도 써 주면 좋겠는데."

"뭐에 대해?"

"나에 대해서."

고개를 옆으로 튼 서호가 장난스럽게 말했다.

"이 남자는 입술이 꽤 도톰하다, 입술 선은 분명하다, 예뻐서 눈이 간다…… 같은 거."

"내기의 소원은 하나만."

"또 이기면 들어주겠다는 말이야?"

정정당당하게 이긴 경기라면 들어줘야겠지. 수리는 고개를 끄덕였다.

"그래서 소감은?"

무슨 소감이냐고 묻지 않았다. 갑자기 연구 대상이라도 되고 싶은 모양이지. 정말 그의 말대로 이목구비를 조목조목 나열해 줄까. 잠시 뜸을 들이던 수리는 무릎 위로 손가락끼리 얽은 채 말했다.

"우유 같다."

"……뭐?"

당황한 서호가 소리 나게 상체를 돌려 앉았다.

"우유?"

"아니…… 두유 같다."

수리는 차분한 얼굴로 감상을 늘어놓았다.

"……눈이 착하게 생겼다. 웃으면 귀엽다. 해롭지 않은 남자 같다."

탄산음료보다는 확실히 유제품에 가까운 남자였다.

자극적이지 않고 담백하다. 알아 가는 시간이 늘수록 나무랄 곳이 늘기 마련인 사람 관계에서 드물게 좋은 감정이 지속되는 사람이다. 물론 연애 초기라는 특수한 연결 고리가 있으나 그런 걸 제외하더라도. 이제껏 만나 온 남자들 중에 아마 가장 순할 것이다. 그렇다고 마냥 순진한 것 같진 않지만.

연애하기로 한 날부터 지금까지 윤서호란 남자에 대한 탐구가 진행 중이었고, 중간 평가를 내리자면 서호는 한마디로 좋은 남자였다.

"너……"

입술을 열었다 닫으며 할 말을 고르던 서호가 안경을 밀어 올리며 말했다.

"두유라. 시시하다는 뜻인가?"

아니라고 말하려는데 서호가 더 빨랐다. 불쑥 다가오며 낮은 목소리로 말을 이었다.

"잘 봐."

호흡이 부딪친다.

"밀실은 아니지만 문은 잠겨 있어."

장난스럽게 웃고 있는데 건네는 말이 조금 위험하다. 혹시 몰라 손을 뻗어 문손잡이를 잡아당겨 보니 그의 말대로 문이 잠겨 있다.

"그래서?"

갑자기 분위기가 변했지만 수리는 태연한 얼굴로 그를 응시했다. 그때 맞닿아 있던 눈길이 조금씩 아래로 아래로 내려갔다. 입술 언저리와 목선, 허리께를 타고 내려가던 시선이 어느 한 곳에서 멈췄다.

"잠…… 잠깐만."

불시에 왼쪽 무릎을 감싼 커다란 손이 뜨거웠다.

맨살에 닿은 감촉 탓에 어깨를 들썩일 정도로 놀랐다. 수리가 손등 위로 두 손을 포개며 힘을 줬지만 서호는 꿈쩍도 안 하고 웃었다. 움 켜쥐듯 무릎을 쥔 손가락들을 하나하나 떼어 보려 했으나 소용없었 다.

수리는 난처한 얼굴로 그의 눈치를 살폈다. 트레이닝 치맛단에 아 슬아슬하게 걸쳐진 손이 위험했다. 새끼손가락 끝이 치맛자락을 슬쩍 들추어 파고들자 어둠 속에서 달아오르는 얼굴이 느껴진다. 수리는 결국 유제품 발언을 취소해야 했다.

"취소할 거 없어. 나빠질 구실 생겨서 좋네."

서호가 무릎 위를 문지르듯 두드렸다. 그러고는 상체를 뒤로 물린 채 소리 내어 웃는다. 긴장감이 순식간에 뒷좌석으로 물러났다.

"장난치지 마."

아슬아슬한 시간을 보내는 동안 푸른 색상의 LED 시계는 자정을 가리켰다. 당황한 수리는 신데렐라처럼 집에 가야겠다며 문을 열어 달라고 말을 더듬었다.

"기다려."

차에서 내리려고 한 발 딛는 순간 어깨를 그러쥐는 손이 있었다.

작정하고 나빠지려는 건지 아랫입술을 깨무는 통에 수리는 반쯤 감았던 눈을 번쩍 떴다. 당황해 벌어지는 입술 위로 그의 웃는 입술이 느껴졌다.

높은 빌딩이 빼곡한 을지로에서 조금만 걸으면 저 멀리 서울타워가 보였다. 남산골 한옥 마을은 평일에도 관광객들로 북적이고 있었다. 주차장 역시 붐벼서 혼잡했는데, 한낮의 소란이 불편하지 않았다.

선 캡을 눌러쓴 수리는 바람을 맞으며 가만히 웃었다. 날씨마저 화창해서 점심시간을 이용해 산책 나온 직장인들이 많이 보인다. 현장 학습 온 아이들은 모두 평소보다 한층 더 활발한 상태였고 발랄도가 눈에 띄게 높아져 있었다. 익숙한 동네와 어린이집을 벗어났다는 사실만으로 잔뜩 신날 터이다. 엄마가 김밥 쌀 때 맞춰 일찍 일어났다는 아이는 차를 타고 올 때부터 쉬지 않고 떠들며 웃었다.

"천천히 꼭꼭 씹어 먹기!"

단체 사진을 찍고 나서 정자에 앉아 도시락을 먹는 중이었다. 혜수는 가까운 잔디밭에 돗자리를 깔고 앉아 볕을 쬐고 있었다. 근처에 앉은 수리는 그녀 몫의 도시락까지 싸 준 학부모 덕분에 도시락 두 개를 먹느라 쉴 틈이 없었다.

돗자리를 벗어나는 아이가 없는지 주시하며 부지런히 김밥을 우물거리고 있을 때였다. 주머니에 넣어 둔 휴대 전화가 진동했다. 재빨리 통화 버튼을 누르자 익숙한 목소리가 위치를 물었다.

— 아직 한옥 마을?

수리는 옆에 앉은 여자아이의 입술에서 밥풀을 떼어 주며 작게 대답했다.

"응. 사람 많다."

— 그래, 사람 많지? 남산, 명동 코스 도는 관광에 포함됐나 봐, 거기.

바깥인지 건너편 역시 시끄러웠다.

그가 일하고 있는 회사가 이쯤 어디라고 했는데. 두리번거리던 수리는 보일 리 없는 서호를 찾다가 피식 웃었다.

"점심 먹었어?"

— 어, 커피 마시는 중. 김밥 먹었겠네?

"많이."

— 좋겠다. 나도 김밥 먹고 싶어라.

투정 섞인 말을 들으며 수리는 김밥 재료를 떠올렸다. 김, 햄, 오이, 맛살, 치즈, 달걀. 어쩌면 오늘 장 볼 것들이었다.

— 정자에 앉아서 먹는 건가? 남산 국악당 가기 전에 나오는.

"응. 그늘 있어서 좋다."

— 화단도 잘 꾸며 놔서 괜찮아, 거기.

"그러게."

제법 더운 날씨였지만 그늘에 앉아 바람을 맞으니 시원하고 기분 좋았다. 이마에 맺힌 땀을 식히기 위해 모자를 얕게 고쳐 쓸 때였다. 갑자기 강한 바람이 불어왔다.

"아……!"

잔머리를 귀 뒤로 넘기던 수리는 벗겨진 모자가 저만치 굴러가는 걸 보며 벌떡 일어났다.

— 왜 그래?

"모자가……."

휴대 전화를 귓가에 댄 채 운동화를 구겨 신은 수리는 황급히 모자가 굴러가는 쪽으로 달려갔다. 누군가의 발에 치이기 전에 주울 셈으로 손을 뻗는데, 반질반질한 검정 구두가 수리의 모자 앞에서 걸음을 멈췄다.

먼저 모자를 주워 드는 손이 있었다. 수리는 천천히 고개를 들었다. 재킷을 입지 않은 서호가 한 손에 텀블러를 들고 서 있었다. 휴대 전화를 든 손으로는 수리의 모자를 잡은 채 싱글 웃는다. 모자는 이제 안전했지만 가슴이 사정없이 뛰어 댔다.

'어떻게 여기에?'

묻는 눈길에도 서호는 모르는 사람처럼 바라보기만 한다. 얼마 뒤

구두 소리를 내며 걸어온 서호가 수리의 앞에 멈춰 섰다.

"왜 저한테 모자 날렸어요?"

넥타이를 단정히 맨 그는 뒤에 앉아 있는 동료 교사들을 의식한 듯 존댓말을 했다. 처음, 종이비행기를 날렸을 때처럼 말하는 그를 보며 수리는 놀란 표정을 감췄다. 종종 점심시간에 이 부근을 산책한다고 했던가. 그제야 서호가 전화한 이유를 눈치챈 수리는 마찬가지로 표정을 지운 채 차분히 인사했다.

"감사합니다."

"뭘요."

서호의 눈매가 장난스럽게 휘었다. 모자를 건네받을 때 손가락 끝이 스쳤다.

"저기요."

돌아서기 전 서호가 문득 생각났다는 얼굴로 말했다.

"모자 날린 거, 데이트 신청한 거죠?"

뜬금없는 말에 수리는 눈썹을 올렸다.

"아니요."

"그래요? 전에 비행기 날리면서 데이트 신청한 여자가 생각나서. 비슷한 건가 했습니다."

서호가 씩 웃으며 돌아섰다. 누가 데이트를 신청했다는 거야. 헛웃음을 지으며 멀어지는 뒷모습을 보던 수리는 휴대 전화를 확인했다.

[오늘 밤 11시.]

언제 도착했는지 모를 문자가 액정에 떠 있다. 그의 차에서 데이트 하자는 말이었다.

정자로 돌아와 앉은 수리는 파인애플과 방울토마토를 먹으려는 아이들 손에 포크를 하나하나 쥐여 주었다. 선 캡의 챙을 가끔 어루만지며 수리는 살며시 웃었다. 그 밤, 종이비행기를 잡아 준 사람이 그 남자라 다행이라는 생각. 바람에 굴러간 모자를 주워 준 남자가 윤서호라서 좋다는 생각을 하느라, 먹고 있는 과일이 조금 더 달았다.

10

열일곱 해를 버티게 한 지지대가 무너졌을 때 수리는 직감했다. 엄마 같은 사람은 다시 만나지 못할 거라고. 엄마처럼 수리를 긁으면서도 참아 주는 사람을 만나긴 힘들 거라고. 하지만 요즘에는 단단하던 그 생각이 허물어지고 있다.

엄마에게 한 수많은 말들 중에 어떤 게 엄마를 죽게 했는지는 모른다. 반항심에 던진 날 선 말들, 아무렇지 않게 중얼거린 독설 중 무엇이 엄마에게 명중했는지 알 수 없다. 꼽아 보자면 너무 많았고 개중에는 기억조차 나지 않는 말들도 있을 것이다.

엄마의 사인은 복합적이었다. 프로작과 졸로프트. 이름부터 낯선 약들이 안방에서 발견됐다. 위염이 있는 엄마는 우울증까지 있어서 꽤 많은 약을 복용하고 있었다. 엄마를 보내고 둘만 남은 수리와 누리에게, 명절에만 보는 이모는 "수명이까지 가 버렸네." 하며 울었다.

정말 가 버린 수명이, 엄마를 다시 찾아올 수 있다면, 그런 방법이 있다면 평생 말 한마디 안 하고 살 자신이 있었다. 이까짓 목소리쯤 없어도 그만이었다. 그러나 그런 기적은 꿈이나 영화에서만 가능했고, 현실은 판타지가 아니었으므로 수리는 고아가 돼 버렸다.

왕래가 적은 친척과는 그리 친밀한 편이 아니어서 세상에 정말 자매만 남아 버렸다. 누리는 싹싹하게 살고자 아침마다 최신 가요를 흥얼거렸다. 노래를 부르면 복이 올 거야, 출처 없는 미신을 믿으면서. 어떻게 해서든 적응해야만 했기에 속은 어떨지 몰라도 맏딸로서 최선을 다했다. 회계사인 이모부의 도움을 받아 보험금과 적지 않은 재산을 정리하며 홀로서기를 준비해 나갔다. 함께 10대와 20대를 보내면서 틈틈이 돌아가신 부모님의 기일을 챙기고, 두 사람의 생일을 기념했다.

수리의 생일이면 늘 선물을 빠트리지 않았다. 올해 생일이 이틀 정도 지나서 도착한 누리의 선물은 꽃다발이었다. 덕분에 한동안 집 안에 프리지아와 장미 향기가 진동했었다.

그리고 생일날 선물처럼 마주친 남자.

그때 공원에서 종이비행기를 날리지 않았더라면 이렇게 만날 수 있었을까.

수리는 휴대 전화 화면을 검지로 쓸며 조용히 생각했다. 윤서호, 그 사람이 끝에서부터 셌을 때 가장 처음에 있는 애인이면 좋겠다고. 볼 수 없고 보이지 않는 미래를 그려 봤을 때 그와 함께 서 있다고 상상하면 이상하게 안정이 됐다. 머리카락이 희어지고, 좋아 죽겠는 감정이 최대치로 부풀었다가 변질되더라도 이 남자와 함께라면 큰 굴곡 없이 받아들일 수 있지 않을까 하는 생각마저 들었다.

"원래 이런 건가?"

대책 없는 끌림이 이상해서 결국 누리에게 상담을 신청했다.

"원래 그런 거야."

누리가 아무렇지 않게 진단을 내렸다. 수리는 고개를 흔들었다.

"이상해."

"신기한 거지."

동생의 연애사를 전해 들은 누리가 눈을 찡긋하며 웃었다.

"날 왜 좋아했어?"

차 안에 나란히 앉아 텀블러에 담아 온 캐모마일 티를 마실 때 조수석에 앉은 수리가 불쑥 물었다. 서호는 잔기침을 하며 등받이에 기대앉았다.

수줍음 많은 이 여자에게 갑자기 무슨 바람이 불었나. 수리를 스쳐 지나간 바람의 실체를 파악하려 살펴봤지만 모르겠다. 서호는 신중히 생각할 시간을 벌었다.

"왜 좋아했냐니?"

"첫사랑이었다며."

"응."

서호는 순순히 인정했다. 안경 너머 눈동자가 어떤 무게를 갖고 수리를 바라봤다.

수리는 텀블러 뚜껑을 열었다 닫으며 어둠 속을 응시했다. 잠시 후 서호가 최대한 돌아앉았다.

"임수리 씨, 넌 내 어디가 좋은데?"

장난스럽게 차례가 넘어왔다. 수리는 망설이지 않고 대답했다.

"웃는 얼굴이 예뻐서."

"……예쁘다고?"

"응."

서호는 운전대 위에 팔꿈치를 대며 턱을 괬다.

"그럼 자꾸 웃어야지."

그러면서 한쪽 손으로 입술 꼬리를 힘껏 끌어 올렸다. 고른 치아가 훤히 드러나는 과장된 웃음을 보며 수리는 그렇게 웃는 거 말고, 하면서 손을 뻗었다. 서호는 그 손이 입가에 닿자마자 조금 긴장했다. 손이 닿으면 어쩌자는 건가. 마음대로 닿고 싶은 걸 가까스로 참는 중인데.

입꼬리가 끝나는 지점의 뺨을 검지로 쿡 찌른 수리는 그의 변화를 눈치채지 못하고, 미소를 만들어 내는 데 열중했다.

"이 정도로 웃을 때."

설명은 다 듣지도 않고 수리의 손목을 잡은 그가 상체를 기울였다. 수리의 다른 손에서 텀블러를 옮겨 쥔 그는 더 이상 다가가는 걸 멈추고 가만히 바라보았다. 멀지도 가깝지도 않은 거리에서 마주 보고 있자니 숨 쉬는 게 신경 쓰였다. 고소한 허브티 향 위로 두 사람의 로션 냄새와 샴푸 향 같은 게 뒤섞였다. 음영 진 얼굴 윤곽을 따라 손가락을 대고 싶은 충동이 일었지만 서호는 내색하지 않고 말을 돌렸다.

"립스틱 무슨 색 써?"

"코랄색."

"코란?"

서호가 목소리를 낮춰 물었다. 수리는 고개를 저으며 설명했다.

"분홍과 주황 섞인 색. 산호색이라고 해야 하나."

"아아."

서호는 두 손을 놓으며 낮게 웃었다. 이대로 아무 일 없이 물러가는가 싶어 안심하던 수리는 목덜미를 감싸 오는 커다란 손에 움찔했다.

"그럼, 오렌지 맛 같은 거 나나?"

얼토당토않은 농담에 수리는 바람 빠진 웃음소리를 냈다.

"……그럴걸."

"그럼…… 한번 확인해 보겠습니다."

잠시 후 서호는 코랄색 립스틱을 느긋하게 음미했다. 오렌지 맛은
나지 않았지만 달았다.

악기점으로 일요일 저녁의 오렌지빛 햇살이 쏟아지고 있었다. 오
랜만에 가게에 나온 서호는 카운터에 앉아 피아노 매매 계약서를 정
리하는 중이었다. 그 앞에서 장부를 들춰 보던 석주가 지루함을 못 이
기고 슬쩍 입을 열었다.

"네 엄마랑 처음 연애할 때 얘기해 줬나?"

서호는 흘끔 시선을 들었다가 다시 장부에 집중하며 말했다.

"한 오백 번 정도 해 주셨죠, 윤 사장님."

"네 엄마가 나한테 먼저 고백했다는 것도 해 줬나?"

"엄마 말로는 아버지가 고백하셨다던데?"

"아닌데?"

석주가 눈썹을 찌푸리며 손을 내저었다. 늘 똑같은 레퍼토리다. 누

구의 말이 진실인지 알 수 없고, 확인할 방도가 없으니 서로 다른 진실을 두 개 다 믿을 수밖에 없었다. 서호는 웃음을 삼키며 모나미 볼펜으로 계약서 위를 튕겼다.

"몇 번을 말하냐. 네 엄마가 먼저 편지했다, 나한테. 낙엽이 지고 있는데 석주 씨, 뭐 하고 지내세요, 같이 걷고 싶어요…… 서울에서 자취하던 나를 꾀어냈지."

"그 추파를 냉큼 받은 게 누군데?"

"예쁜 여자가 데이트 신청하는데 거절할 리가 있나."

석주가 뿌듯한 얼굴로 젊은 날의 연애 역사를 읊기 시작했다.

"처음 사귄 여잔 콘트라베이스 같았지. 키가 너무 컸지만 뒤에서 안아 주길 좋아했다. 네 엄만 피아노 같은 여자야. 매력이 여든 개가 넘는데, 지랄도 그만큼 많아."

"하하. 엄마한테 말해야지."

카운터를 빙글 돌아 나온 서호가 출입구로 향하며 웃을 때였다.

딸랑. 먼저 문을 연 누군가가 악기점 안으로 들어섰다. 손님의 얼굴을 확인한 서호는 천천히 미간을 좁혔다.

"형."

일요일임에도 교복을 입은 남자애가 눈에 멍이 든 얼굴로 희미하게 웃고 있었다.

"태림아."

309

잔뜩 구겨진 셔츠에서 눈을 뗀 서호는 태림에게 한 걸음 다가섰다. 말없이 웃던 태림의 얼굴이 빠르게 일그러졌다. 울음을 참느라 숨을 쪼개 내쉬던 태림이 힘겹게 한숨을 삼켰다.

"왜, 무슨 일인데?"

뒤에서 석주가 의아한 얼굴로 다가왔다.

서호는 목이 막히는지 어깨를 들썩이는 태림을 가게 구석으로 데려갔다. 업라이트 피아노 의자에 앉히자 태림이 눈을 비비며 말했다.

"형. 피아노…… 팔고 싶어요."

— ……피아노를?

"응, 꼭 그래야겠다네."

수화기 너머에서는 잠시 아무 말도 들리지 않았다.

침대에 걸터앉아 있던 서호는 뒤로 벌러덩 누워 버렸다. 눈꺼풀 위를 긁느라 눈을 감자 푸른 멍 자국이 스치듯 떠오른다. 하얀 얼굴에 얼룩처럼 남은 멍은 여태껏 봐 온 색들 중에 가장 잔인했다. 살갗 아래 퍼렇게 맺힌 색이 잔상처럼 머물렀다. 탁하게 푸른 색이 잊히지 않는다.

서호는 낮게 한숨을 내쉬며 눈을 떴다.

— 어떻게 할 거야?

한참 지나서 수리가 말했다.

서호는 다시 벌떡 일어나 앉으며 생각을 정리했다. 피아노를 팔고 싶다며 찾아오거나 연락해 오는 수많은 고객들 중에 설마 태림이 있을 줄은 몰랐다. 금요일마다 어머니의 가게로 피아노를 치러 오는 고등학생이, 인문계 학교에 재학 중이지만 전공자 못지않게 피아노를 좋아하는 그 키 작은 남학생이, 눈자위에 멍을 달고 찾아올 줄이야. 상상도 못 한 일이다.

— 무슨 일…… 있는 거 아닌가.

수리에겐 녀석의 멍 자국을 굳이 말하지 않았다.

틀림없이 누군가에게 맞아 생긴 흔적일 것이다. 아무 일도 없이 저절로 멍이 생길 만한 위치가 아니었다.

최근 어머니의 찻집에서 만난 태림은 모의고사 성적이 잘 나와서 집에서도 마음껏 피아노 연습을 한다고 했다. 그렇다는 건 어느 정도 아들 녀석이 피아노에 매달리는 일에 너그러워졌다는 뜻인데. 어쩌면 다른 일이 생긴 건가.

부모의 반대를 능가하는 위기는 무수히 많을 테지만 고등학생을 둘러싼 세상에 하필 폭력과 맞물린 위기가 생기다니.

모든 악조건에도 불구하고 피아노를 치던 태림의 갑작스러운 변심이 서호는 내내 걸렸다.

'팔고 싶어요, 피아노…… 형한테 팔아야 돼요.'

무슨 일이냐고 물어봐도 태림은 그저 피아노를 팔고 싶다고만 말했다. 턱을 문지르며 어두운 방구석을 응시하던 서호는 한숨처럼 말했다.

"글쎄. 일단 토요일에 가 보기로 했는데."

말끝을 흐리자 건너편에서 작게 한숨을 내쉬는 소리가 들린다. 태림과 제법 친해졌다며 자랑하듯 말하던 수리였다. 아마 걱정이 많이 될 것이다. 늦은 밤에 괜히 심란하게 했나, 서호는 짧은 순간 후회했다.

"얼른 자. 내일 출근 잘 하고."

— 너도. ……문자 해 봐야겠다, 내일.

별일 없기를 바라며 전화를 끊었지만 한참 동안 잠이 오지 않았다. 머리 뒤로 두 손을 깍지 껴 넣은 서호는 천장을 올려다보았다. 허공을 빤히 노려보던 서호는 억지로 잠을 청했다. 오래 뒤척이는 동안 태림의 울음소리가 귓가를 맴돌았다.

피아노를 팔아야만 하는 사정은 저마다 달랐다. 이사를 가면서 집 안의 물품을 정리하거나, 피아노를 배우던 자녀가 다 자랐을 때. 드물게 새 피아노를 들이려고 이전의 피아노를 처분하는 경우도 있었다. 가정에서 피아노는 대중적인 악기였고 가구 수집가에게는 모셔 두고 보기 좋은 가구일 것이며, 피아노 매매를 하는 입장에서는 값비싼 상품이다.

석주는 어떤 피아노든 헐값에 사들이지 말자는 주의였고, 아버지의 다부진 신념을 물려받은 서호 역시 그랬다. 타협할 수 없는 조건이 있었다. 일정한 가치가 떨어지지 않도록 제대로 대우하려고 노력했다. 소리가 탁하든 페달이 흔들리든 칠이 벗겨졌든. 피아노는 그들이 생각하기에 하나하나 모두 귀중해서 조금 손해를 보더라도 고가에 매입하곤 했다.

소리 내는 악기라는 것을 떠나서 피아노 자체를 존중했다. 바다 건너 일본과 비좁은 연립 주택 단지, 수많은 아파트와 학교, 공연장처럼 사람이 모여 사는 곳에 찾아가 만난 피아노는 단순한 중고품 그 이상이었다.

어떤 사연을 갖고 있든지 피아노마다 꼭 한 가지씩의 장점을 발견해 내려고 했다. 이 피아노는 보면대 장식이 고급스럽다. 소리가 풍부하고 개성 있다. 액션 반응 속도가 좋다……. 구입한 중고 피아노를 되팔기 전, 창고에서 늘 나직한 목소리로 칭찬했다. 실제 피아노가 살아 있기라도 하듯이. 그들이 하는 말을 모두 듣기라도 하는 것처럼. 그렇게 해서 조율과 조정, 수리 작업을 마친 뒤 새 주인에게 보내면 오래도록 기억에 남았다. 말로는 설명 못 할 뿌듯함이 손끝부터 퍼져 갔다. 보람이랄까 자랑 같은 게 쌓였다.

그러나 항상 가슴 뛰게 하는 피아노만 있는 건 아니었다. 이번 일이 그러했다.

피아노를 팔겠다고 태림이 찾아온 날로부터 일주일 뒤. 연장 가방을 든 서호는 비좁은 집에 들어서며 표정을 굳혔다. 빨간 색상의 압류 딱지가 텔레비전과 소파, 에어컨 등 거의 대부분의 가구에 붙어 있었다.

"형."

문을 열어 준 태림이 애써 환하게 웃었다. 녀석의 옆에는 짧은 파마머리를 한 중년 여자가 꼿꼿하게 서 있었다. 집 안 모습 따위는 조금도 마음에 걸릴 게 없다는 듯 가까스로 꾸민 차분한 얼굴로 서호를 맞이했다. 숨을 들이마신 서호는 평소처럼 유쾌하게 웃으며 인사했다.

"태림이 친구입니다."

태림의 모친이 피로감 어린 얼굴로 조금 웃으며, 얘기 많이 들었다는 인사를 건넸다.

"집 안 꼴이 이래서⋯⋯."

멋쩍게 웃은 여자는 전화벨이 울리자 안방으로 들어가 문을 닫았다. 조곤조곤 통화하던 목소리가 어느 순간 높아졌다. 방 안에서 새어 나오는 목소리를 뒤로하며 태림은 제 방으로 서호를 안내했다.

"이쪽이에요."

서호는 컴퓨터 모니터에 붙어 있는 압류물표목 딱지를 무시하며 구석에 놓인 피아노를 바라보았다. 보란 듯이 압류딱지가 붙어 있었다. 문턱에 선 그는 시선을 내리며 할 말을 골랐다.

"많이…… 어수선하죠."

태림이 어색하게 웃었다.

서호는 눈썹을 치켜세우며 장난을 걸었다.

"형 방이 더 지저분한데?"

"에이."

"진짜야."

두 손을 깍지 낀 채 스트레칭한 서호는 경매로 넘어가게 될 흰 색상의 업라이트 피아노를 바라보았다. 채권자들에게 피아노는 단지 돈이 되는 사치품에 불과하다. 압류를 물릴 수 있는 가능성에 대해 그는 알 수 없었다. 태림의 집에 압류 취소를 신청할 만한 여윳돈이 있을지 역시 짐작할 수 없다. 곳곳에 가압류가 들어온 집 안은 단란한 분위기 대신 서늘한 기운이 맴돌고 있었고 그 모든 불편함을 외면하려는 마음이 무의식적으로 커져 갔다.

저당 잡힌 이 녀석의 꿈을 어떻게 해야 하나.

서호는 차분하게 피아노 앞에 섰다. 보면대에 붙어 있는 딱지를 보지 않으려고 노력했다. 태림의 손길이 무수히 닿았을 악보가 눈에 밟혔다.

얼른 손을 움직이는 편이 차라리 낫겠다. 그러지 않으면 어설픈 위로를 꺼내고 말겠지.

서호는 서둘러 뚜껑을 열고, 도를 눌렀다.

"소리 처졌다."

"그래요?"

"정확한 소리로 연습했어야지."

짐짓 혼내듯 말하자 곁에 선 태림이 눈가를 문지르며 피식 웃었다. 푸르던 멍 자국은 이제 누렇게 변색돼 있다. 누구한테 맞은 거냐고 끝내 묻지 못했다. 묻지 않는 게 나을 수도 있지만 서호는 무심히 참견했다.

"누가 그랬어?"

고개를 저은 태림은 말을 돌렸다.

"형한테 팔고 싶었는데. 너무 늦었다. 딱지도 붙고."

"……"

"제대로 대접받아야 했는데. 형네 가게에 가서."

태림이 압류딱지를 만지며 중얼거렸다. 피아노 의자를 멀찍이 민 서호는 셔츠 소맷자락을 접어 올리고는 잠자코 튜닝 해머를 꺼내 들었다.

"……그럼."

멀뚱히 서 있는 태림을 보지도 않고 서호가 말했다.

"이왕 보낼 거, 예쁘게 보내 주자."

두 시간에 걸친 정성스러운 조율이 끝날 때까지 태림은 책상에 걸
터앉아 멍하니 피아노만 바라보고 있었다. 빨갛고 어두운 집 안에 태
림의 피아노 소리가 울렸다.

도, 레, 미. 도, 레, 미, 파, 솔, 라, 시, 도. 백건과 흑건을 빠르게 눌
러 본 서호는 이마에 맺힌 땀을 닦으며 돌아섰다.

"액션, 튜닝핀, 건반 모두 최상급 됐는데."

씩 웃으며 서호는 의자를 툭툭 쳤다.

"한 곡 쳐 봐, 태림아."

확인해 보라는 그의 말에 망설이던 태림이 이를 드러내며 웃었다.

흔들리는 눈동자를 못 본 척 연장 가방을 챙기며 물러나자, 태림이
피아노 앞에 앉아 자세를 잡았다. 끝이 다 너덜해진 악보가 올라갔다.
퍼시 그레인저(Percy Grainger). 오스트레일리아 출생 피아니스트가 편
곡한 민요가 막 연주되려는 순간이다. 부디 오늘이 마지막 연주가 되
지 않기를 바라며 서호는 멀찍이 떨어져 섰다.

긴 숨을 내쉬었다 들이마시듯 어깨가 흔들렸고, 곧이어 건반이 눌
렸다. 꿈꾸듯 부드러운 연주였다. 느리며 잔잔하지만 주제가 선명한
선율이 흘렀다. 서호는 연주하는 태림의 작은 뒷모습을 물끄러미 보
며 주머니에 두 손을 찔러 넣었다. 열어 놓은 문가에 누군가 다가와

서는 기척이 느껴졌지만 돌아보지 않았다.

4분이 넘는 연주가 끝날 때까지 아무 말도 하지 않았다. 잠시 후 페달에서 발을 떼는 소리가 들리며 연주가 끝났다. 서호는 방문 가까이 서 있다 돌아서는 여자에게 빠르게 말했다.

"태림이 피아노 실력 정말 좋습니다."

여원 어깨가 움찔했다.

"잘 친다고, 피아노 있는 카페에서도 유명 인사예요. 언제 한번 보러 오세요. 태림이 연주 들으려고 금요일마다 거기서 만나잔 여자도 있습니다."

돌아선 여자가 입술을 여는 순간 다시 전화벨이 울렸다.

여자가 파리하게 웃으며 다시 안방으로 향했다. 서호는 피아노 건반을 어루만지는 태림의 어깨를 두드리곤 집을 나섰다.

항상 가슴 뛰게 하는 피아노만 있는 건 아니다. 엘리베이터를 기다리는 동안 서호는 연장 가방을 쥔 손에 힘을 꽉 줘야 했다.

소란스러운 식당에서 둘만이 조용했다. 수리는 다 익은 삼겹살에는 손도 대지 않고 소주를 마시는 서호를 걱정스러운 눈으로 쳐다보았다.

벌써 몇 잔이 비워졌다 채워지는지 모르겠다. 보다 못한 수리가 공깃밥과 된장찌개를 시켜 앞으로 밀어 줬을 때 몇 숟갈 떠먹었을 뿐,

거의 술만 마신 거나 다름없었다. 어디서부터 비롯된 과음인지 알기에 선불리 막을 수가 없어 난처하다.

"술을…… 너무."

눈살을 찌푸리며 소주병을 빼앗은 수리는 느낀 그대로 말했다.

"……너무 겁 없이 마신다."

적당한 장난기. 딱 평균치의 삶. 모자라지도 넘치지도 않는 그의 태도와 생활을 봐 와서 그런지 오늘처럼 어딘가 넘치는 모습을 보니 살짝 겁이 났다.

가만히 불판을 내려다보고 있던 서호가 으핫, 웃음을 터뜨렸다.

"그러네. 너무 마구 마셨네."

"그만 마셔."

"그럼 부탁해."

서호가 불쑥 말했다.

"뭘?"

의아한 얼굴을 한 수리를 바라보던 그가 솔직히 말했다.

"소주보다 강력한 게 필요해."

"위스키?"

피식 웃은 서호가 검지로 수리를 가리켰다.

무슨 뜻인지 알아듣고 얼굴이 달아오른 수리는 아무 말 없이 고개를 확확 저었다. 턱을 괸 서호가 슬며시 웃었다.

"전엔 먼저 해 줬으면서."

"……."

"어떻게 했더라. 먼저 목에 팔 감고, 끌어당겼지? 그리고……."

덜컹.

의자를 밀고 일어선 수리가 상체를 숙여 재빨리 이마에 입을 맞추고 멀어졌다. 누가 볼세라 번개처럼 끝낸 입맞춤이었지만 가까이서 고기를 서빙하던 알바생이 목격하고 비밀스럽게 웃으며 돌아섰다. 할 말을 잃은 서호가 빨개진 귓불을 만지작거렸다.

"정말 해 줄 줄 몰랐는데."

얼떨떨한 목소리를 듣자 조금 웃음이 나왔다. 수리는 소주병을 자신의 잔에 기울였다.

"태림이는……."

괜찮냐고 묻듯이 보자 서호는 말없이 어깨를 으쓱했다. 열아홉이 감당하기 어려운 일이다. 괜찮지 않을 줄 알면서도 괜찮길 바라는 게 욕심일 정도로. 소주잔을 내려놓은 그는 취기가 올라오는지 손으로 부채질했다.

계산을 마치고 식당을 벗어난 두 사람은 골목길로 접어들었다. 조마조마한 눈으로 주위를 살피던 수리가 담벼락 쪽으로 서호를 살며시 밀었다.

"어. 지금?"

박력 있다 임수리, 하면서 장난치는 입술 위로 입술이 맞닿았다. 처음처럼 빠르게 떨어지려는 수리의 얼굴을 양손으로 감싸고 서호는 먹먹히 키스에 몰두했다. 우울함을 빌미로 훔치는 거지만 가슴이 뻐근할 정도로 달콤했다. 수리의 키에 맞춰 상체를 숙인 서호는 어느새 눈을 감은 채였다. 뭔가를 억누르듯 그러쥐고 있던 손을 폈다.

포개지듯 가까이 선 두 사람 위로 보름달이 빛났다.

나 아닌 다른 사람과 안면을 트고 서로의 삶에 관여하는 일이란 결코 끝이 없고, 거리 두기 없이 그런 관계를 지속하면 언젠가 지치고 마는 것을 안다. 그래서 수리는 거리 두는 일에 신경을 써 왔다.

적당한 거리가 중요했다. 좋게 말하면 예의를 차리는 거였고 나쁘게 말하자면 차가운 사람이란 소리 듣기 좋은 처세술이었다. 있는 듯 없는 듯 사는 일에 죄책감을 느낄 필요는 없으므로 수리는 원하는 대로 조용히 살아왔다.

종종 마주칠 수밖에 없는 사람들과는 큰 소리 없이 지냈다. 엘리베이터를 함께 타는 이웃이나 각종 방과 후 수업에서 만난 학생들, 어린이집에서 상대하는 학부모와 아이들과도 평안하게 지냈다. 불필요한 말은 하지 않아도 됐고 몇 년째 이어지는 조용한 생활에서 수리는 꽤 안정감을 느꼈는데, 그간 능숙하게 유지해 온 거리 두기가 최근 무너졌다.

허물어질 수밖에 없다.

그 남자에게는.

수리는 카트를 밀며 천천히 마트를 걸었다. 잡곡이 들어간 시리얼을 카트 안에 넣으며 서호를 생각했다. 물리적, 심리적 거리를 깨고 다가온 서호는 대체로 점심과 저녁 두 차례 전화를 걸어 왔다. 점심시간과 퇴근 무렵. 주로 그가 말을 했고 수리는 많은 순간 가만히 듣는 쪽이었다. 특별할 거 없는 일상 얘기였지만 시간 가는 줄 모르고 듣곤 했다.

낮고 유쾌한 웃음. 가끔 개구지게 짓는 미소. 울기도 할까. 알아 갈수록 별게 다 궁금해지게 하는 사람을 매일 만나고 싶은 건, 아무래도 좀 위험한가.

그렇다고 매주 만날 수는 없었다. 토요일마다 배드민턴을 치기로 한 약속은 두 사람의 일정을 맞추느라 격주에 한 번 만나는 것으로 했다. 주말에 몰리는 결혼식을 비롯한 여러 경조사와 악기점 일을 돕는 서호의 일정, 그리고 직업 특성상 매주 수업 내용을 준비해야 하는 수리의 사정 탓이다.

주말에 못 만나고 넘어가면 서호는 평일 밤늦게라도 차를 몰고 왔다. 보온병에 담아 온 커피가 다 식을 때까지 함께 시간을 보내면 자정을 넘기기 일쑤였다. 밤에는 시간이 특히 빨리 지나간다. 어두운 밤. 좁은 차 안. 두 가지 조건은 이제 막 교제를 시작한 그들이 거리를 좁히는 데 한몫했다.

대화를 하다가 입을 맞추는 부지불식의 순간이 많았고, 숨을 고르고 내뱉는 일에 신경 쓰느라 허리를 더듬어 올라온 손을 뒤늦게 알아챌 때도 있었다.

카트를 밀며 수리는 얼굴을 살짝 붉혔다. 이틀 전 블라우스 위를 맴돌던 손이 떠올랐다. 늘 옷감 바깥에서 허리를 어루만지더니 그 밤에는 실컷 과감해진 것이다. 낮 동안 색종이 접는 아이들의 앙증맞은 손만 보다가, 욕심을 숨김없이 드러내는 어른의 손을 보자니 적응이 안 됐다.

당황한 수리에게 서호가 한참 만에 가라앉은 목소리로 한 말은, "더 나빠지고 싶다."였다. 그를 봤을 때 더 이상 우유 내지는 두유가 생각나지 않도록 나빠지고 싶다고 했다.

너 이제 유제품 아니야, 정정할 수도 있지만 굳이 그러지 않았다. 수리는 손등으로 입술을 문지르곤 갈게, 했다.

차에서 내린 수리가 조수석 쪽 창문을 똑똑 두드렸다.

'……금요일에 올래?'

323

어디를?

대답 없이 웃으며 바라보는 서호에게 최대한 무심히 말했다.

'우리 집.'

놀라 벌어지는 눈을 보다가 아파트 현관으로 빠르게 걸어갔다. 금요일 저녁, 집으로 초대하는 의미를 모르지 않을 테다.

아랫입술을 엄지손톱으로 꾹 누르며 날짜를 헤아렸다. 이제 이틀 후면 서호가 집에 올 테고 그날 밤엔 아마 적당량의 술도 필요할 것이다. 와인 매장 앞으로 카트를 밀고 간 수리는 점원이 건네주는 레드와인을 시음하며 신중히 진열대를 훑어보았다.

한 시간여 동안 장을 보고 집으로 돌아온 수리는 장바구니를 내려놓고 뻐근한 어깨를 주물렀다. 전등을 켜고는 잠시 식탁 위를 바라보았다. 기분이라도 낼 요량으로 오랜만에 향초에 불을 켰다. 새것이나 다름없는 재스민 향초였다. 심지가 타들어 가는 향초를 장식장 위에 올려 두던 수리는 구석에 놓인 흰 종이를 발견했다.

언젠가 누리가 주고 간 피아노 학원의 전단지였다.

성인 취미반 모집.

광고지의 귀퉁이를 만지작거리며 안내 문구를 반복해 읽었다.

늦은 저녁에 찾아간 피아노 학원은 다행히 불이 켜져 있었다. '드뷔시방'에 앉은 수리는 연습실에서 들려오는 갖가지 음표들을 듣고 있는 중이었다. 서너 곡이 동시에 연주되고 있었지만 하나의 곡처럼 작게 어우러졌다. 입시반 학생들이 있을 시간이라 그런지 연주가 수준급이었다.

"문 닫으면 방음 잘돼요."

수강증을 끊어 온 강 원장이 눈웃음을 지었다.

학원에 찾아온 수리를 알아보고 강 원장은 놀란 표정을 지었다. 그러다가 그녀가 올 줄 알았다며 친근하게 웃어 보였다. 서호와 함께 방문한 날, 피아노 하나하나에서 시선을 떼지 못하는 수리를 보며 곧 다시 볼 줄 알았다는 것이다.

"얼마 만에 배우시는 거죠?"

"……10년 좀 넘었어요. 피아노 안 친 지."

피아노를 누구에게 어느 수준까지 배웠는지 꼼꼼히 확인한 강 원장은 잠시 자리를 비웠다가 악보 하나를 들고 왔다.

"어느 반이든 레슨 제일 처음엔 늘 이걸로 시작해요."

강 원장이 부스스하게 흘러내린 잔머리를 넘기며 '체르니 100'을 건네줬다. 기교를 기르는 데 제격인 연습곡이었다. 이미 배운 교습서지만 기본기부터 다시 배우고 싶었던 터라 반가웠다.

"손가락 힘 기르는 데 체르니만 한 훈련 교재가 없거든요. 특별히 연습하고 싶은 곡 있어요?"

　잠깐 머뭇거리던 수리가 고개를 끄덕였다.

　"베토벤이요."

　"소나타?"

　"네. ……템페스트."

　강 원장은 뭔가를 잠시 생각하는 듯하더니 눈을 깜박이며 빠르게
말했다.

　"그냥 악보대로만 치는 건 의미 없고…… 미리 공부해 보는 걸 추
천해요. 이 사람이 그때 대체 뭔 생각을 하고 작곡했나 자꾸 생각해
보면, 곡 이해하는 데 훨씬 도움될 거예요."

　그러더니 같은 제목을 가진, 셰익스피어의 희곡도 읽어 보길 권했
다. 비슷한 대담성을 가진 작품이라며 빙그레 웃은 강 원장이 손을 내
밀었다.

　"잘해 봐요."

　순수한 기대감을 마주 보며 수리는 가볍게 손을 맞잡았다.

　"잘 부탁드려요."

　다시 건반을 누르기까지 참 많은 시간이 걸렸다. 많은 시간을, 엄
마를 잊기 위해 걸어왔지만 이제는 그러지 않는 길로 돌아서게 됐다.

　이 길을 끝까지 걸어 볼 거라고 수리는 생각했다.

"오랜만이네?"

생각에 잠긴 얼굴로 아파트 단지를 걸어가던 수리는 누군가 건넨 인사를 듣고 고개를 돌렸다. 김 노인이었다. 오랜만에 마주친 노인은 전보다 더 야위어 보였다. 팔자 주름이 더욱 깊어진 얼굴이 새겨지듯 눈에 들어왔다.

"운동 다녀오세요?"

"응. 어디 갔다 와?"

"학원에…… 다녀왔어요. 수강 등록하러."

"학원?"

고개를 기울인 김 노인이 "무슨 학원?" 하고 재차 물었다.

어느 순간부터 그에게 일상을 보고하게 된다. 자주 만나진 않지만 어쨌든 만날 때마다 생활의 한 부분을 꺼내 보여 주고 있으니 이 아파트에서 김 노인만큼 수리를 잘 아는 사람은 없으리란 생각이 들었다.

언제부터일까, 기억을 되짚어 올라가던 수리는 가만히 웃었다.

"피아노 학원이요. 저 다시 피아노 배우려고요, 할아버지."

"아아, 피아노!"

김 노인이 이를 드러내 보이며 빙그레 웃었다.

"열심히 해."

"네."

"오랜만에 불면 입이 아프겠네."

327

입이 아파?

수리는 노인의 말에 눈만 깜박이다가 두 손을 앞으로 내밀어 허공을 짚었다. 건반을 누르듯이 손가락을 몇 번 움직였다.

"손으로 연주하는 악기예요."

"아아, 그렇군."

김 노인이 어딘지 모르게 쓸쓸하게 웃었다. 그러고는 수리의 손을 향해 턱짓했다.

"한 곡 연주해 보지."

"지금요?"

"응. '과수원 길' 부탁해."

아무 대꾸 않고 손끝만 집요하게 바라보는 노인 때문에 수리는 잠시 멈칫했다.

"그럼 할아버지가 노래해 주세요. 제가 반주할게요."

"그래."

수리의 제안을 흔쾌히 받아들인 김 노인이 헛기침을 하며 목을 가다듬었다. 노래를 부르기 전 노인이 중요한 사실을 빠트렸다는 얼굴로 말했다.

"당신이 가장 좋아하는 노래잖아."

당신이라 함은 수리가 아닌 노인의 아내를 가리키는 말일 터였다. 수리는 천천히 고개를 끄덕였다.

"네. 제가 가장 좋아하는 노래잖아요."

"기억하고 있어, 전부."

김 노인이 흐뭇한 얼굴로 입을 열었다. 수리는 아무 말도 하지 않았다. 다른 건 다 잊어도 사별한 아내에 관한 기억만은 파편으로나마 생생할 수 있구나. 죄책감을 바탕으로 한 기억력이겠지만, 어쩐지 조금 아린 느낌이 있었다. 전부라고 말했으니 어쩌면 조각조각이 아닌 모두 기억하고 있는지도 모른다.

잠시 후 노인이 오래된 동요를 부르기 시작했다. 갈라져 나온 목소리는 고음으로 갈수록 매끄러워졌다. 수리는 허공에서 건반을 눌렀다.

솔, 솔, 도―

도, 시, 라, 솔―

노인의 박자를 따라가며 정성스럽게 반주했다. 손가락 사이로 과수원 길에 피었을 하얀 꽃잎이 떨어지는 듯했다.

제대로 돌보지 않았음에도 갈색 피아노는 윤기가 흘렀다. 시야에 일부러 담지 않으려 피하기만 했던 정물을, 방치하다시피 한 그 피아노를 수리는 다시 마주 보기 시작했다. 피아노는, 그럴 리 없겠지만 말을 거는 것 같았다. 다시 나를 인지해 줘서 고맙다고, 기다렸다고.

수리는 건반 뚜껑을 열고 몇 번이나 앉았다 일어섰다. 다음 날 아침에는 소프트 페달을 밟은 채 '도'를 눌렀다. 청아한 소리가 나직이 뻗어 갔다. 눈을 질끈 감았다 뜨며 '레'와 '도'를 이어서 눌렀다.

피아노의 우아한 곡선과 직선을 쳐다보다가 뚜껑을 닫았다. 팔고 싶었던 엄마의 피아노 위에 낡은 악보를 꺼내 올려 두었다. 방을 나서기 전 돌아본 피아노는 처음처럼 그 자리에 서서 수리를 바라보고 있었다.

'왜 팔려는 거예요?'

처음 수리의 집에 온 날.

아무렇지 않게 묻던 목소리 하나가 귓가에 울리는 듯했다. 조그맣게 웃은 수리는 메신저백을 어깨에 메고 집을 나섰다.

'버리고 싶은, 피아노예요.'

그리 멀지 않은 과거에 그렇게 대답했었지.

그땐 그랬다. 피아노와 함께 버리고 싶은 게 있었으므로. 하지만 더는 버리고 싶지 않다. 힘들더라도 끝끝내 마주 볼 것이다.

수리는 어린이집으로 걸어가며 하늘을 올려다보았다. 구름 한 점 없는 파란 하늘이 눈부셨다. 놀이공원에 가고 싶은 날씨였다. 언젠가 좋은 날에, 관람차를 타러 가자고 말해야지. 손바닥을 세워 눈가에 차양을 만든 수리의 입가에 미소가 걸렸다.

"기분 좋아 보여요."

어린이집에 막 들어선 수리에게 혜수가 지나가는 말로 인사했다. 구두를 벗느라 흘러내린 머리를 쓸어 넘기며 수리는 조금 더 웃었다. 짓누르던 무언가의 무게가 줄어든 기분이 들었다. 어떤 불길한 징조 같은 건 느끼지 못한 채.

사고는 금요일 오전에 났다. 점심을 먹고 나면 힘이 남아도는 아이들이 이 방, 저 방을 뛰어다닐 때였다. 말리느라 덩달아 뛰어야 할 때도 많았기에 수리는 진작에 긴 갈색 머리를 올려 묶은 상태였다.

"선생님, 태섭이가 제 꺼 가져갔어요!"

머리를 반묶음 한 여자아이가 달려가면서 외쳤고, 놀이방 뒤편에 안내문을 붙이던 수리는 황급히 그쪽을 돌아보았다. 여자아이의 왼쪽 발치에 미처 정리 못 한 바구니가 널브러져 있는 게 보였다.

"그러다 넘어져……!"

아차 싶은 수리가 얼른 입을 다물었다.

거의 동시에 아이가 넘어졌다. 넘어지면서 건드린 탁자 위의 화병이 아슬아슬하게 흔들리다가 결국 떨어졌다. 챙그랑— 날카로운 파열음이 울려 퍼지고 파편이 사방으로 흩어졌다. 멀리 여자애의 머리

핀을 갖고 달려가던 태섭이란 아이가 놀란 얼굴로 돌아보았다. 재빨리 달려갔지만 아이는 바구니에 걸린 발목이 아픈지 주저앉아 울음을 터뜨렸다.

왜.

수리는 주먹을 아프게 쥐었다. 왜, 불행에 가까운 말은 늘 실현될 가능성이 높은 걸까. 나의 확률과 가능성은 왜 안 좋은 일과만 이어져 있는 건가. 거의 모든 말이 무거운 암시와 이어져 있음을 어째서 잊은 걸까. 수리는 아랫입술을 잘근 깨물며 우는 아이를 다독였다.

"자기 탓 아닌 거 알잖아요."

놀라 달려온 혜수가 한참 만에 수리에게 속삭였지만 쿵쾅대는 가슴을 진정시킬 수 없었다. 실은 그 바구니가 전혀 발이 걸릴 만한 장애물이 아니었다는 것을 알기 때문에.

결국 아이는 넘어지고 말았다. 수리가 말한 대로.

괜찮아. 우연일 뿐이잖아. 중얼거렸으나 잊고 있던 두려움이 스멀스멀 기어오른다.

왜 말했을까. 왜 그런 말을 했을까. 어쩌자고 겁도 없이 말을 한 건가. 어두워진 얼굴로 수리는 간신히 고개를 끄덕였다.

─무슨 일 있어?

서호가 어떤 기미를 눈치채고 그렇게 물었을 때 수리는 어둑해지는 거실에 혼자 앉아 있었다.

"일은 무슨."

— 흠. 그래?

손끝이 저려 온다. 체한 것처럼 속이 더부룩했다.

말하는 대로 어떤 일이 벌어지면서, 그것도 불행과 가까운 일만 불러들이면서, 무슨 마음으로 색종이를 접어 온 건지. 애써 외면하던 두려움이 지독하게 몰려왔다. 내 탓 아닌 불행도 내 탓인 듯 느껴지는 것 역시 저주라면 저주였다.

입술만 벙긋거리던 수리는 어렵게 말을 꺼냈다.

"미안. 저기…… 다음에 보면 안 될까."

— 목소리가 무거우시네.

전화기 너머에서 장난스러운 대답이 이어졌지만 수리는 웃을 수 없었다. 이어진 침묵이 어느 정도의 깊이를 갖고 있는지 눈치채기 어려웠을 텐데도, 서호는 웬일인지 더 이상 묻지 않았다.

— 알았어. 대신.

서호가 할 말을 고르는 듯 '음……' 하더니 말을 이었다.

— 최대한 빨리 만나. 다음 주 금요일, 괜찮지?

"응."

미안해. 작아지는 목소리 위로 서호의 나직한 웃음소리가 겹쳤다.

— 푹 쉬어.

이불처럼 포근해지는 목소리였다. 이불 또는 베개처럼 폭신한 사람이다. 유제품이라고 놀리듯 말했으나 실은 침구류에 더 어울리는 사람이 아닌가, 수리는 잠깐 생각했다. 그리고 그 몰래 고마워했다. 어떤 담요를 걸쳐도 따뜻해지지 않을 것만 같던 기분이 점점 데워지고 있었다.

소파 위에 다리를 웅크리고 앉은 수리는 무릎 위에 턱을 괴며 긴 숨을 내쉬었다. 불도 켜지 못하고 한참을 그렇게 어둠 속에 앉아 있었지만, 도저히 견디지 못할 시간은 아니다. 여러 번 만나 온 침울함이므로 다행히 중심을 잃지는 않았다.

천천히 숨을 들이마신 수리는 온기가 남아 있는 휴대 전화를 꽉 움켜잡았다. 우울은 수리의 가장 오래된 감정이자 습관이다. 조금만 갖고 있다가 떨쳐 내자고, 얼른 털어 내고 홀가분한 마음으로 이 남자를 만나자고 수리는 깊이 각오했다.

녹녹한 날이 며칠 더 이어졌다. 그리고 끈끈한 점성을 가진 우울은 떨어질 줄 몰랐다. 독감을 앓듯이 꽤 오랜만에 우울감에서 벗어나지 못했다. 서호와 누리로부터 전화가 왔을 때를 빼곤 금방 다시 몸을 웅크렸다.

오늘 아침엔 접착제가 붙은 것도 아닌데 입술이 떨어지질 않았다. 색종이를 접으며 접는 순서와 가위로 오려야 할 부분을 하나하나 알려 줘야 했으나, 몇 마디 하곤 입을 다물고 말았다. 땀이 흐르고 금방 등이 축축해졌다. 수십 개의 눈동자가 어떤 질책을 담고 수리를 바라보는 것 같았다.

바보야?

그럴 리 없었지만 놀림조의 목소리가 들렸다.

엄마를 죽게 했다면서? 세 치 혀로?

아니야, 부정하는 목소리마저 나오지 않았다. 도망치듯 퇴근할 때까지 수리는 최대한 끌어 올린 미소와 손짓으로 종이를 접었다.

빈집에 들어선 수리는 거실 바닥에 그대로 누웠다. 바닥의 찬기를 느끼다가 진동을 느끼고 휴대 전화를 꺼내 들었다.

[보고 싶어 오늘은.]

메시지를 읽고 나서 조금 뒤에 초인종이 울렸다. 깜짝 놀라 일어선 수리는 휴대 전화를 든 채 현관문 앞으로 가다가 멈칫했다. 열어 줘도 될까. 서호에게 무슨 말을 해야 할지 아직 머릿속이 복잡했다.

— 문 열어 줄 때까지 세레나데라도 부를까.

문 너머에서 서호가 짓궂은 목소리로 말했다.

수리는 조심스레 문고리를 잡아 밀었다. 붉은 장미가 먼저 한 아름 눈에 들어왔다. 향기가 기다렸다는 듯 안겨 온다. 꽃을 내민 서호가 처음처럼 웃었다.

"연락하지."

"연락하고 오면, 어디로 숨을까 봐."

꽃다발을 품에 안은 수리는 바짝 다가서는 서호를 의아한 얼굴로 올려다보았다. 가만히 벽 쪽으로 물러선 수리는 턱을 잡아 들어오는 손길에 입을 열다가 눈을 크게 떴다. 품에 든 꽃다발이 뭉개지는 소리가 들렸다.

서호가 엄지로 수리의 입술을 조심스럽게 쓸었다.

"말해 줘. 무슨 일인지."

단호히 말하는 그를 올려다보다가 한 발 물러선 수리는 입술을 손등으로 눌렀다.

불을 켜지 않은 집에 정적이 내려앉았다. 오래 눌어붙어 있던 모든 근심이 이상하게도 연해질 수 있을 것만 같은 기분이 든다. 딱딱하게 굳어 있는 수많은 불행마저도. 잠자코 발끝을 보고 있던 수리가 천천히 입을 열었다.

"……나는."

그리고 누구에게도 털어놓지 못한 이야기를 시작했다.

"할머니의 말은 외삼촌을 다치게 했고, 엄만 아빨 죽게 했고, 나는 엄말……."

"……."

"말하는 대로 불행해졌어."

집안 내력이야. 내내 그랬던 것 같아. 내가 말이 없는 이유야, 라고 말했을 때 입술이 부드럽게 포개졌다. 허리를 끌어당겨 안은 서호가 가만히 다음 말을 보챘다.

키스하며 수리는 더듬더듬 고백했다.

"이런 말을, 믿어 줄 사람이, 없어."

목이 메어 왔다. 어떤 서러움이 피가 배어 나오듯 울컥 솟아오른다.

"절반의 확률인데도, 내 말은 다치게만 해."

수리는 눈물이 그렁그렁한 눈으로 서호의 옷깃을 잡았다.

"이제부턴 그 반대야."

서호가 말했다. 구할 수 있어. 아무도 다치게 하지 않을 거야, 내가 증명할게, 말하며 이마를 맞대었다.

"……말해 봐. 나한테 뭐든."

겁내지 마. 안경알 너머 자상한 눈빛이 어느 때보다 가깝게 보였다. .

"괜찮으니까."

뜨거운 숨이 입가에 부딪힌다. 민트 향이 엷게 부서졌다. 수리는 두 손을 뻗으며 미소 지었다. 그러나 흘러나오는 눈물로 볼이 점점 축축해지는 게 느껴졌다.

"……해라."

"잘 안 들려."

발뒤꿈치를 든 수리는 단단한 목을 용기 내어 끌어안았다.

사랑해라, 나를.

소원처럼 속삭인 말이 그의 입 속으로 부드럽게 삼켜졌다.

그대로 수리의 집에서 밤을 지새우는 건 영 자신 없어서 자는 것만
보고 가겠다고 은근히 고집을 부렸다. 침대에 누운 채 그를 올려다보
던 수리는 며칠간 잠을 잘 못 잤다고 말하면서도 잠이 올락 말락 하는
모양인지 눈을 오래 감았다 떴다.

장난 같은 수리의 말을 들었을 때 놀랐던가 서글펐던가. 수리의 머
리맡에 앉아 잠든 얼굴을 지켜보던 서호는 소리 없이 한숨을 내쉬었
다. 그러고 나서 조용히 수리에게 빌었다. 혼자 숨어 버리지 말라고,
내가 네 곁에 있게 해 달라고. 저주든 축복이든 나 역시 함께할 테니
밀어내지 말아 달라고, 서호는 잠들어 있는 수리에게 간절히 바랐다.

조심스럽게 일어난 그는 수리가 소원을 말하듯이 중얼거린 말을
떠올리고 조용히 웃었다. 이미 이뤄진 말을 또 빌면 무슨 소용인가.
나는 이미 너를 사랑하는데.

"갈게."

조용히 인사하자 수리가 으응, 하며 몸을 뒤척였다.

그 말을 하고도 한참 수리를 내려다보던 서호는 목뒤를 쓸어내리
다가 다시 앉고 말았다. 그대로 밤이 깊어 갔다.

잠결에 그에게 인사한 걸 떠올리고는 침대에서 벌떡 일어났다. 잠깐 귀를 기울였지만 밖에서 들려오는 인기척이라곤 없었다. 혼자였다. 시계를 보니 정오가 다 돼 가는 시간이다.

부은 눈을 몇 번 비빈 수리는 화장실과 거실, 주방을 훑어보았다. 어젯밤 서호가 머물다 간 흔적을 찾아볼 수 없었지만, 식탁 위에는 토스트와 스크램블 에그가 차려져 있었다.

사랑하라고 했으니 사랑해 줄 남자다. 절반만 사랑해 달라고 해도 나머지 절반마저 꽉 채워서. 만약 이제 됐으니 그만하라고 말하면, 그 사람은 그만둘까, 나를 사랑하는 마음을.

뒤늦게 얼굴이 달아오른 수리는 휴대 전화를 확인했다.

[악기점 가는 길에.]

사진 한 장과 함께 문자 메시지가 도착해 있었다. 물감을 풀어 놓은 것처럼 선명하게 파란 하늘이었다. 떠 있는 뭉게구름이 그림처럼 예뻤다. 지금 그는 뭘 하고 있을까. 어쩌면 한창 손님이 밀려와 바쁠지도 모른다. 피아노든 기타든 악기를 사러 온 다양한 연령대의 고객 앞에서 환하게 웃고 있을 서호가 어렵지 않게 그려졌다.

그가 보내온 사진을 한참 보던 수리는 손을 뻗어 창문을 열었다. 방충망까지 열고 고개를 살짝 내밀자 부드러운 바람이 불어왔다. 햇살 때문에 눈을 찡그리면서도 수리는 멀리 구름이 흘러가고 있는 하늘을 한참 올려다보았다. 정말로, 다 괜찮아질 것 같은 기분이 들었다.

생일 선물 이야기가 나온 건 함께 차 안에 앉아 있던 밤이었다.

"그러고 보니 네 생일 못 챙겼네."

시간이 늦어 동네 카페에서 간단히 밀크티를 마시고 돌아온 길이었다. 운전석에 앉아 있던 서호가 지나가듯이 말했다. 수리는 안전벨트를 잡아당겼다가 푸는 걸 반복하며 대수롭지 않게 대답했다.

"그땐 안 친했으니까."

"맞아. 친하지도 않는데 종이비행길 날려서 당황했었지."

멋쩍은 마음에 눈을 흘기자, 서호가 씩 웃으며 말을 이었다.

"늦었지만 뭐 갖고 싶은 거 있어?"

"없는데."

"정말?"

"정말 없⋯⋯."

말을 잇던 수리는 문득 떠오른 생각에 입술을 감쳐물었다. 그에게 한 가지 받고 싶은 게 있다.

"그럼⋯⋯ 편지 써 줘."

"어?"

"편지."

예상 못 한 선물이었는지 서호가 조금 당황한 얼굴로 쳐다보았다.

"직접 손으로 쓴?"

"응."

"편지라."

잠시 고민하는 눈치던 서호가 뒤로 기대앉으며 중얼거렸다.

"글씨 연습부터 해야겠네."

"악필이야?"

"약간."

이어진 대답에 수리가 조그맣게 웃음을 터뜨렸다. 가끔 서호의 얼굴에서 숫기 없음을 발견할 때마다 어쩐지 반가웠다.

"너한테서 고등학생이 잠깐 보이네."

"어?"

"졸업 앨범 얼굴 남아 있어, 아직……."

"잊어. 그런 용기 없는 애는."

서호가 얼른 손을 내저었다. 그러나 수리는 졸업 앨범 속 서호의 얼굴을 따로 찍어 휴대 전화 사진첩에 옮겨 놓은 지 오래였고, 언젠가 그를 놀리기 위해 보여 줄 생각이었다. 그러니 잊으라는 말은 내게 소용없지. 수리는 비밀스럽게 웃었다.

놀리느라 살짝 벌어져 있는 입술에 벌하듯이 입 맞추고 헤어진 그 날 밤, 서호의 방에는 밤늦도록 스탠드가 켜져 있었다.

"편지 쓰는 법……."

고민하다가 노트북을 켠 서호는 '연애편지 쓰는 법'을 검색해 봤지만 특별히 도움이 되지는 않았다. 턱을 괸 서호의 눈썹이 비뚜름하게 솟았다. 이메일 말고 편지를 원하는 애인이 두고두고 좋아할 만한 편지를 써 주고 싶었다.

수리에게

만년필로 허공만 긋다가 겨우 이름을 썼다.

"어렵네."

서호는 콧잔등을 긁적였다. 휴대 전화 화면을 켜 시계를 확인하니 편지지를 펼친 지 벌써 한 시간째다.

너는 잘 자고 있겠지. 편지 한 장 앞에서 헤매는 날 모르고.

10년 전 박력을 끌어모은다는 마음으로 서호는 진지하게 편지를 써 내려가기 시작했다. 오래 헤맸어서 그런지 점점 만년필의 움직임이 가벼워지고 속도가 붙었다. 한 자 한 자에 단단한 힘이 실렸다. 편지지 위로 만년필촉이 단정한 소리를 내며 지나갔다.

그날 바로 편지를 써 내려간 덕분에 서호는 이튿날 밤에 당당히 웃어 보일 수 있었다.

"자."

공원 벤치에 나란히 앉아 밤바람을 쐬던 중에 편지를 받은 수리는 잠깐 어리둥절한 표정을 지었다.

"이게 뭔데?"

"편지."

그제야 수리가 눈을 동그랗게 떴다. 정말 써 줬구나. 언젠가 써 줄 거라고 생각했지만 이렇게 빨리 써 줄 거라고는 생각 못 한 수리는 조금 놀란 마음에 할 말을 골랐다.

"고마워. 정말로."

예상했던 것보다 더 감동한 수리를 보며 서호는 별거 아니라고 덧붙이며 덩달아 당황했다. 마주 본 두 사람은 결국 소리 내어 웃고 말았다.

"꼭 쓸게, 답장."

그렇게 말한 수리는 봉투를 열고 구겨지지 않도록 편지를 꺼냈다. 목을 가다듬고는 차분한 목소리로 소리 내어 읽었다.

"수리에게."

"지금 읽으려고?"

옆에서 서호가 잠깐만, 잠깐만, 하면서 말렸으나 수리는 멈추지 않았다.

"마주치면 주려고……."

마주치면 주려고 언제나 교복 주머니에 사탕을 넣어 다녔다.

█▌█▐█▌▐█▌█▐██

7월에는 바람의 겹이 얇아졌다. 초록이 우거질수록 여름 냄새가 짙게 풍기기 시작했다. 소나기라도 지나가는 날이면 젖은 흙 냄새가 진하게 올라왔다.

연하늘 색상의 민소매 원피스를 입은 수리는 턴테이블을 들여다보며 몇 개월 전 봄을 생각했다. 멈추는 일 없이 빙글빙글 돌아가는 LP를 보고 있자니 지난봄이 생생히 떠올랐다. 비 내리는 날. 춘분이 지난 지 얼마 되지 않은 날이었을 것이다. 새해 분위기가 아직 남아 있는 그날 우산을 쓰고 졸업 앨범을 든 채 이곳에 왔었지. 그리 오래지 않은 과거임에도 왠지 아득하게 느껴졌다.

"처음 왔을 때 생각나네."

새로 들여온 그랜드 피아노를 보고 있던 석주가 저쪽에서 목소리를 높여 말을 건넸다. 같은 생각을 하고 있던 수리는 살그머니 웃었다. 금방이라도 유자 향이 날 것만 같다.

"유자차 타 주셨죠. 맛있었어요."

"또 타 줄까요?"

"괜찮아요."

두 손을 저은 수리는 생각났다는 듯 말을 이었다.

"그때 알려 주셨던 팝송. 정말 좋았어요."

"응? 어떤 곡?"

"가사 알려 주셨던 곡이요. 이지……."

"이지? ……아, 이지 리빙!"

석주가 활짝 웃었다.

가수의 목소리가 지금도 또렷이 맴돈다. 그날 이후 빌리 홀리데이를 생각하면 유자 향이 먼저 났다.

오래전 그 노래처럼 수리는 사랑에 빠졌고, 지금 수리의 삶에서 그보다 중요한 다른 건 별로 없다. 어떤 생각을 하든지 늘 언니인 누리와 함께 최우선으로 떠오르는 사람. 서호를 기다리며 수리는 악기점에서 토요일 오후를 느긋하게 보냈다. 사랑에 빠지면 정말 사는 게 쉬웠다. 지나간 시간을 하나하나 들춰 보는 수리의 입가에 편안한 미소가 걸렸다.

'서호악기점입니다.'

그날 문이 열리고 나서 천천히 와 닿던 웃음.

345

'왜 나한테 비행기 날렸어요?'

어떤 끌림을 타고, 그의 발치로 떨어진 작은 종이비행기.

흐려진 윤곽 없이 또렷한 기억으로 남아 있다. 아마 잊을 수 없겠지. 평생 갖고 갈 기억이 있다면 그중에 하나가 될 것이다. 어디 가지 않고 남아 있는 지난 3월부터의 시간들이 아직도 수리의 안에서 살아 숨 쉬고 있다.

"지금 나오는 노래는 뭐예요?"

"'아이브 갓 어 크러쉬 온 유(I've Got A Crush On You)'."

분홍색 앨범 표지를 확인한 석주가 덧붙였다.

"보컬은 진 켈리."

당신에게 반했어요. 달콤한 그대여.

꿈꾸는 듯 몽롱하며 부드러운 음색이 뻗어 나갔다. 수리는 지그시 눈을 감았다 떴다. 서호와 여름 내내, 가을, 겨울, 그리고 다시 봄에도 연애하면 좋겠다. 싸우기도 할 테지만 그러면 다시 말해야지, 나를 사랑하라고.

문이 열리는 소리가 들렸다. 뒷짐을 지고 있던 수리는 웃으며 돌아섰다. 눈이 마주치자 그날처럼 서호의 입술이 느리게 올라간다.

'안녕하세요.'

빌리 홀리데이의 노래 위로 곧장 다가왔던 인사를 떠올리며, 수리
는 문 앞에 서 있는 서호에게 달려갔다.

속삭여 줘요. 난 당신에게 반했으니까요— 트럼펫과 퍼커션이 어
우러진 소리가 매장 안에 가득히 울려 퍼졌다. 그네 타듯 미끄러지는
선율이, 작고 동그란 음표가 마주 선 두 사람 주위로 떠다니기 시작했
다. 비눗방울 같은 멜로디가 위로, 위로 올라갔다.

외전 3. 다시

철골과 목골로 이뤄진 피아노는 겉으로 드러난 부분보다 보이지 않는 부분이 더 민감하다. 해머가 닳거나 현이 끊어졌을 때 수리 시간이 늘어나는 이유였다. 신경 써야 할 부분이 많지만 그 모든 걸 감내할 정도로 근사한 예민함이었다.

피아노를 둘러싼 모든 외부 환경은 사람이 받는 스트레스와 성질이 같은데, 사람이나 피아노나 안팎으로 늘 관심이 필요했다. 처음 이 둘의 공통점을 이론과 실기로 배웠을 때 서호는 섬세해지는 법부터 익혔고, 다행히 적성에 맞아 피아노를 찬찬히 살피는 시간이 많았다.

피아노의 안쪽에는 가느다랗지만 탄탄한 줄이 여럿 있다. 이 무거운 악기를 지탱하는 장력의 세기는 어마어마했다. 양쪽으로 팽팽히 당겨지고 있는 힘의 존재가 처음에는 믿기지 않았다. 피아노라는 악기 안에 있어야 할 힘이, 언제부턴가 서호의 바깥에 머무는 걸 알아차린 후에도.

첫사랑은 피아노의 장력 같은 힘으로 그를 끌어당겼고, 피아노란 악기보다 더 생생히 살아 있는 서호는 한 여자 때문에 끊임없이 수축했다가 팽창해야 했다.

보이지 않는 줄이 두 사람을 묶은 듯했다. 그 여자는 의도하지 않았을 테지만 수리에게 어딘가를 묶여 끌려다니는 것 같았다. 그 줄을 손가락 하나 까닥하지 않고 끌어당기는 바람에 고등학생 시절 얼마나 난처했던가. 멀리서 언뜻 보이는 엷은 미소, 등굣길 교문에서 마주친 무표정한 얼굴, 체육복을 입고 복도를 뛰어가는 모습, 달리는 대로 흩날리던 갈색 머리. 모두 제각기 다른 힘을 갖고 흔들곤 했었다.

수리를 다시 만난 건, 피아노 매입 문의가 들어와 아버지 대신 방문한 집에서였다. 한동안 안 보여 이사를 간 건가 싶었는데 아니었다. 서호는 가까스로 놀람을 감추고 웃어 보였다. 현관에서 오랜만에 마주한 얼굴은 갸름해졌지만 긴 갈색 머리만은 학생 때와 다름없었다. 묘하게 풍기던 슬픔은 이제 엷어진 듯했고 대신에 어딘가 염세적인 데가 있어 보인다.

여전하구나, 웃으며 말할 뻔했다.

피아노를 팔고 싶다고 했다. 버리고 싶은 피아노라 말하는 표정이 쓸쓸했다.

반가움 같은 건 일단 저만치 밀어 두고 고르지 못한 건반을 조정하는 데 집중했다. 터치가 무겁고 소리는 반음 이상 처져 있으니 오랫동안 치지 않은 게 분명하다. 긴 시간 동안 죽은 듯 조용히 있었을 피아노가 눈에 그려졌다.

피아노 상태를 보면서도 문턱 너머에서 이쪽을 쳐다보는 시선을 의식했다. 평소보다 손에 쓸데없는 힘이 잔뜩 들어갔다. 얼마쯤 지켜보며 서 있다가 거실로 나가는 걸음 소리가 들리고 나서야 긴장이 풀렸다. 흘끔 문가를 바라본 서호는 소리 없이 한숨을 내쉬었다. 몰래 좋아한 여자의 시선은 생각했던 것보다 따끔했다.

분리해 놓은 피아노 상판을 다시 원상 복귀 시켜 놓고 서둘러 공구를 정리하는 내내 따끔거림이 가시지 않았다.

"안녕히 계세요."

급히 집을 나와 문에 기대서고 나서야 안도 비슷한 웃음이 터져 나왔다.

"……와."

오래전 마음이 다시 이어질 거라는 예감. 수리로부터 팽팽하게 당겨지는 줄이 다시금 느껴지고 있었다. 조금쯤 부식됐지만 거의 처음 그대로인 감정 역시.

"건영아파트, 삼익 피아노. 왜 얼마 전에 네가 나 대신 방문한 집 말이다."

며칠 후 퇴근한 서호에게 석주가 지나가는 투로 말했다.

"아가씨가 안 팔겠다고 전화 왔다. 상태가 좋아 아깝긴 하지만 잘 생각하셨다고 했어. 원래 주인이 이제라도 아껴 주면 더 좋을 테니까, 피아노에게도."

슈트 재킷을 팔에 걸며 서호는 말없이 웃었다.

수리의 갈색 피아노가, 기꺼이 모셔 놔도 충분히 괜찮은 그 피아노가 생각났다. 안 팔기로 했구나. 기쁘면서도 아쉬운 복잡한 기분이 들었으나 내색하지 않았다. 언젠가 또 우연이 있기를 바라며 잘됐네, 하고 다만 웃었다.

그리고 거짓말처럼 우연이 그를 다시 찾아왔다.

코너를 돌자마자 서호는 종이비행기를 쥐었던 손을 바지 주머니에 넣었다.

퇴근 후 느긋한 걸음으로 공원으로 향한 이유는 잠깐 동네 봄꽃이라도 구경하려는 조그만 충동 때문이었다. 어디선가 날아든 종이비행기가 걸음을 막았던 조금 전을 떠올리며 그는 웃음을 깨물었다. 연두색 비행기가 그의 발치에 살며시 바람을 타고 떨어졌었다. 불시착이다. 놀러 나온 꼬맹이가 잘못 날렸나 싶어 비행기를 주워 드는데, 멀지 않은 곳에 수리가 놀란 얼굴로 서 있는 게 보였다.

처음에는 잘못 봤나 싶었으나 가까워질수록 임수리가 분명했다. 우연치고는 너무 운명인데, 우스운 생각마저 들었다. 운명론을 믿지 않았지만 지금까지의 만남이 모두 모여 한 곳을 가리키는 것만 같았다. 네가 만나고 싶어 하던 여자가 저기 있어. 이젠 다가가도 돼, 운명이니까, 하고 말을 거는 듯했다.

안녕하세요, 인사를 건네니 오히려 그의 가슴이 크게 뛰었다.

"왜 나한테 비행기 날렸어요?"

짐짓 짓궂게 말을 걸자 놀란 표정이 미세하게 굳어져 간다.

"저 기억 안 나세요?"

열일곱부터 열아홉까지 같은 고등학교 건물을 쓰고, 가깝지도 멀지도 않은 거리에서 머물며 의식하던 나를 너는 아는지.

태연한 얼굴로 감췄지만 어쩔 수 없이 긴장이 됐다. 이 여자가 아니면 죽을 것 같은 가파른 감정은 아니다. 그건 아닌데, 정말 아닌데, 단념한 줄 알았던 마음이 다시 커져 간다. 같은 사람을 두 번 좋아하는 게 가능하냐고 누군가 묻는다면, 그렇다고 확신을 담아 대답할 수 있을 정도로.

"동산고등학교 20회 졸업 앨범."

모른다면 알게 하고 싶다. 천천히 알아 가게 하고 싶은 마음과 단숨에 나를 알리고 싶은 마음이 충돌했다. 오래전 고백 한 번 못 하고 바라만 보던 학생은 이제 없다.

"그 안에 우리가 있는데."

수수께끼를 내고 힌트를 주는 만남이 시작됐다.

에필로그

눈이 내렸다. 바람이 불지 않아 흩날리지 않고 단정하게 쏟아지는 눈이다. 얌전히 내리는 눈에도 이름이 있을까, 생각해 봤지만 달리 떠오르는 게 없다. 이제 막 아파트 현관으로 나온 수리는 태어나 처음 보듯 눈 쌓인 풍경을 바라보았다. 직선으로 촘촘히 내리는 눈은 벌써 새하얗게 쌓이고 있었다. 하늘은 보랏빛에 가까운 남색이었다.

"많이 오네⋯⋯."

"그러게. 화이트 크리스마스 되려나."

귀에 익은 목소리가 불쑥 대답했다. 흠칫 놀라 고개를 돌리자 언제부터 있었는지 모를 서호가 상체를 숙인 채 웃고 있었다.

"안녕."

회색 모직 코트에 감색 목도리를 두른 그는 무채색이 무척 잘 어울렸다. 반질한 가죽 장갑을 낀 손을 흔들며 웃는 눈빛이 찬 바람 속에서도 따뜻했다.

"언제 왔어?"

놀란 나머지 목소리가 커졌다. 서호는 휴대 전화를 꺼내 흔들어 보였다.

"잠깐 나온다기에. 마침 근처라 들렀는데 타이밍 맞았네."

뭐 하고 있냐는 그의 문자를 받은 지 이제 막 10분 정도 흘렀을 것이다. 설거지를 끝낸 수리는 음식물 쓰레기가 담긴 플라스틱 통을 현관에 내놓던 중에 휴대 전화 알림음을 들었고, 분리수거를 하러 갈 거란 답장을 보낸 참이었다. 수리는 현관 불빛이 닿지 않는 어둠 속으로 슬금슬금 도망쳤다. 하필 턱에 뾰루지가 났다.

"이쪽으로 나와. 얼굴 안 보인다."

일부러 숨은 거라고 말하는 대신 좀 더 물러섰다. 수리는 좀처럼 빛이 비치는 곳으로 나가지 않았다. 롱 패딩에 달린 모자를 황급히 쓰고는 싱글싱글 웃고 있는 서호에게 말했다.

"크리스마스 되려면 아직 일주일이나 남았는데."

더군다나 올해 크리스마스이브와 당일에는 예보된 눈 소식이 전혀 없었다. 화이트 크리스마스가 될 확률은 절반의 절반도 되지 않았다.

"그때까지 눈이 안 녹으면 화이트 크리스마스지."

서호가 한 손을 뻗으며 말했다.

"도와줄게, 분리수거."

"아냐. 얼른 하고 올 테니까 기다려."

도와주러 왔다며 따라오려는 서호를 말리고는 홀로 종이와 음식물 쓰레기를 처분했다. 기다려, 하니 따라오지 않고 얌전히 기다리는 그가 귀여워 웃음이 나왔다.

넘어지지 않도록 조심조심 눈을 밟으며 다가가는데 문득 서호가 외쳤다.

"이리 와."

무릎을 살짝 굽힌 채 두 손을 뻗은 모습이 꼭 걸음마를 떼는 딸애를 기다리는 아빠 같았다. 그대로 달려가려던 수리는 현관 불빛 한가운데 서 있는 서호를 보며 멈춰 섰다.

"왜?"

더는 다가오지 않는 수리를 보며 서호가 물었다. 수리는 비스듬히 선 채 웃었다.

"……네가 와."

언제나 안기는 쪽은 수리였다. 안기면 바깥으로 드러나는 곳 없이 서호의 품에 숨는 기분이어서 좋았다. 그보다 키는 한참 작지만 같은 기분을 느끼게 해 주고 싶다.

이번에는 네가 와서 안겨.

"아하하하하하."

의도를 알아차린 서호가 커다랗게 웃었다.

수리의 발자국이 지나간 눈밭 위로 서호의 구두가 성큼성큼 흔적을 남겼다. 그녀보다 키가 훨씬 큰 서호는 안기듯 걸어와서, 수리를 안아 버렸다. 박력 있게 안아 주려고 했는데 이번에도 안기는 쪽이 되고 말았다. 수리는 허리를 감싼 팔에 힘을 꼭 줬다.

숨이 막힐 듯 꽉 끌어안았다가 천천히 놔주곤 얼굴을 반쯤 가리고 있는 패딩 모자를 벗겼다. 정수리에 금방 찬 기운이 부딪혔다. 가까이 다가오는 얼굴을 보며 수리는 눈을 가늘게 떴다.

"분리수거 도와주러 왔다며."

그가 능청스럽게 고개를 끄덕였다.

"도와주러 왔지."

그러나 턱을 살살 문지르던 엄지손가락이 어느새 아랫입술로 슬그머니 올라와 있었다.

"어릴 땐…… 말도 못 걸던 순진이가."

놀리듯 말하자 서호가 어깨를 감싸 안으며 웃었다.

"지금도 순진해. 얼굴 빨개지잖아. 봐 봐."

굵게 엉기어 내리는 눈 아래에서의 키스는 차갑지만, 뿌려진 시럽이 없어도 달았다. 입술 사이로 닿았다 녹는 눈의 감촉이 더해져서 셔벗 같았다. 키스는 이제 인사나 애정 표현이 아닌 디저트가 돼 버렸다.

그가 이름을 불러 주는 게 좋다. 평범한 이름이 획마다 반짝거리는 기분이었다. 금이나 은이 아닌 분홍빛을 띤 하양으로. 또 어떤 날에는 화려한 형광색으로. 성을 떼고 불러도, 성을 붙이고 불러도 좋았다. 임수리, 하고 부르면 고등학생이 된 것 같았다. 함께 걷지 못한 고교 시절로 돌아간 듯했다. 가까이에서 수리야, 하고 부를 때면 괜히 목덜미가 간지러워지기도 했다. 어쩌다가 한 번씩 "임수리 씨"라고 불러 주는 것도 좋았다. 처음, 둘 사이가 서먹하던 무렵에 놀리듯이 부르곤 하던 말인데, 요즘도 가끔 그는 그렇게 불렀다.

정작 수리는 그의 이름을 많이 부르지 못했다.

윤서호. 언제나 세 글자로 불렀다. 되도록 호칭을 생략하고 말을 할 때도 있었다. 그러니 무미건조하다고 투덜거릴 법도 했으나 서호는 아무렇지 않아 보였다. 연애를 하면 말랑말랑해진다는데, 수리는 어려웠다. 습관처럼 딱딱해졌다. 각이 잡혀 긴장한 수리에게 서호는 보채지 않았다. 때때로 침대 위에서 이름을 불러 달라고 한 적이 있지만 그뿐이다.

피아노 앞에 앉은 수리는 무릎 위에 올려 뒀던 오른손을 살며시 들었다.

도레미—

백건 위를 손톱으로 긁듯이 살짝 짚었다.

서로 다른 음들끼리의 간격을 의식했다. 틈은 어디에나 있고 건반 뿐만 아니라 연애에도 존재할 것이다. 지금은 보이지 않더라도 언젠 가 금이 가고 그 틈이 걷잡을 수 없이 벌어질지도 모른다. 처음으로 함께 보내는 12월이었다. 조금은 말랑해져도 되지 않을까. 워낙 말 없고 딱딱하지만 12월에는, 이제는.

침대에 누워 있던 서호가 부스스한 얼굴로 눈을 떴다. 가슴 위로 이불을 끌어당겼으나 구릿빛 맨어깨가 여전히 보인다. 서호의 코트만 을 걸친 수리는 앞섶을 여미곤 그의 옆에 풀썩 엎드렸다. 폭신한 솜이 불에 코를 묻었다가 몸을 뒤척였다. 코트 깃 위로 흐트러진 갈색 머리 카락을 넘겨 주는 게 좋아서 수리는 눈을 오래 감았다가 떴다.

"좋아해."

갑작스러운 고백에 손길이 멈췄다.

서호가 완전히 돌아누웠다.

"다시 말해 줘."

수리는 대답 대신 소리 내어 웃었다. 곧 잠들 것만 같다. 협탁 위 스탠드 불을 끄려고 일어나던 수리는 허리를 끌어당기는 단단한 팔 때문에 휘청거렸다.

"응?"

어느새 서호의 아래 눕혀져 있었다.

"불…… 끌 거야."

"이따가."

수리의 어깨에 이마를 댄 서호가 잠긴 목소리로 중얼거렸다.

"너 때문에 잠 깼어."

자야지, 하는 말은 형체를 잃고 흐트러졌다. 무슨 말을 해도 산뜻하게 응수하며 서호는 코트를 잡아 벌렸다. 드러난 쇄골에 입술이 닿자 간지러움을 느낀 수리가 작게 키득거렸다.

"들려?"

문득 서호가 물었다. 턱짓으로 피아노 쪽을 가리킨 그가 속삭였다.

"버림받지 않아서 다행이래."

오래전 이 남자에게 팔고 싶은 피아노라고 소개했던 오후가 스친다. 그날 그랬지, 서운했겠네, 배시시 웃던 수리는 허리를 움찔했다. 부드럽게 어루만지는 손끝이 미끄러져 내려가며 졸음을 쫓아낸다. 살짝 들린 허벅지가 흠칫 긴장하더니 발끝까지 힘이 들어갔다. 전혀 익숙해질 수 없는 시간이 다른 농도로 흐르기 시작한다. 참지 못한 숨소리가 몇 번이나 방 밖으로 새어 나갔다.

"많이 피곤해요?"

강 원장이 안색을 살피며 물었다. 수리는 가까스로 하품을 삼켰다.

"템페스트가 하품 나올 곡은 아닌데요."

원장이 농담하며 눈을 찡긋했다. 민망해진 수리는 어색하게 미소 지었다. 벌써 몇 번째 하품이던가. 스트레스나 과중한 업무 탓이 아니므로 터놓고 얘기하기 어려운 피로였다.

"죄송해요."

양 볼을 손바닥으로 몇 번 두드렸다. 눈꼬리에 맺힌 눈물방울을 닦아 낸 수리는 다시 레슨에 집중하기 시작했다.

"릴랙스. 힘 빼요."

4B 연필을 손가락 사이에 낀 채 강 원장이 연주를 중단시킨 후 말했다.

"암보는 다 된 거죠?"

"네, 여기까지."

수리는 악보를 재빨리 넘겨 외운 부분을 가리켜 보였다. 오래전에 배운 곡이었지만 오랜만에 제대로 연주해 보려니 악보가 낯설었다.

"연습은?"

"그게…… 이번 주는 잘 못 쳤어요."

"흐응, 연습 안 하면 금방 티 나요."

강 원장의 표정이 엄해졌다.

"아무리 조율 잘 된 피아노여도 명확하게 안 치면 꽝이에요. 여기, 이 부분은 소리를 크게 치라는 게 아니라 한 음 한 음 놓치지 말고 누르란 뜻이에요. 그리고 여기, 따라라라, 따라라라, 절뚝거리지 않게 골고루 힘줘서. 알았죠?"

"네."

"이 부분 다시 쳐 볼게요. 악보 없이."

수리는 텅 빈 보면대와 건반을 번갈아 바라보며 손가락을 움직였다. 적당한 긴장감은 연주에 도움이 된다지만, 피아노 앞에 앉은 지 얼마 되지 않은 수리는 습관처럼 어깨에 힘이 잔뜩 들어갔다. 그럴 때마다 원장은 4B 연필을 든 손으로 보면대 옆을 톡톡 쳤다.

"릴랙스. 다시요."

같은 마디를 벗어나지 못할 때가 많았다. 성인 취미반임에도 특별 훈련 하듯이 레슨을 받는 건 일주일 뒤에 있을 발표회 때문이었다. 연말에 피아노 학원 수강생들과 지인들을 대상으로 작은 연주회가 열릴 예정이었다. 그 무대에 두 번째 순서로 오르게 된 걸 알았을 때 수리는 속으로 비명을 질렀다.

무대 체질이 전혀 아니었지만, 능청스러운 구석이 있는 강 원장은 빙글빙글 웃으며 수리를 꼬드겼다. 그렇게 해서 발표회 때 연주할 곡을 연습 중이었는데, 흡족할 만한 수준이 되려면 아직도 한참 먼 것 같다. 잘 안다고 생각했던 곡이 실은 처음 듣는 곡이나 다름없었다. 괴팍하면서도 감성적인 베토벤에 대해서, '폭풍'이란 이름을 가진 정열적인 피아노 소나타에 대해서 아는 게 거의 없었다.

"연습 꾸준히 하되, 수리 씨 해석도 잊지 말고. 알았죠?"

수리는 고개를 끄덕이며 스웨터 앞섶을 펄럭였다. 난방이 잘 되는 연습실이라 그런지 조금만 연습해도 땀이 났다. 입술을 꾹 다물고는 다시 집중해서 건반을 눌렀다. 얼마 안 가서 "다시요!" 하는 강 원장의 예리한 외침이 터져 나왔다. 바람 한 점 없는 피아노 학원에 크고 작은 폭풍이 몰아쳤다.

‖ ‖‖‖ ‖‖ ‖‖‖

음악이 멈추지 않는 곳이었다. 「악기점 아래에서」에는 오늘도 피아노 선율이 흐르고 있었다. 지난봄과 여름, 가을 내내 자주 드나든 만큼 수리는 「악기점 아래에서」를 아꼈다. 살고 있는 동네에 아끼고 좋아하는 장소가 있다는 건 생각보다 더 근사한 일이었다.

오늘도 피아노가 가장 잘 보이는 테이블에 앉았다. 의자 등받이에 편히 기대고는 한창 건반을 누르고 있는 태림을 쳐다보았다. 경쾌한 리듬이 건반 위로 올라탔다. 자유로운 스윙 속에 장난기가 자주 비치는 곡이었다. 연주가 끝나자 테이블 곳곳에서 작은 박수가 이어졌다.

"누나."

피아노를 치고 온 태림은 언제나처럼 눈동자가 반짝였다. 수리는 맞은편에 앉는 태림에게 몇 번 더 박수를 쳐 줬다.

"곡 좋다. 처음 들어."

"좋죠? '아임 비기닝 투 씨 더 라이트(I'm Beginning To See The

Light)' 예요."

"'빛을 보기 시작했어'?"

"네, 에롤 가너가 편곡한 버전."

태림은 그 재즈 피아니스트가 얼마나 가볍고 자유로운 멜로디를 연주하는지 들뜬 목소리로 설명했다. 수능 시험을 무사히 치른 태림은 요새 재즈에 빠져 있었다. 클래식과는 또 다른 매력이 있다고 열심히 애정 어린 마음을 설명했다. 가까운 사람의 취향은 금방 내 것이 되는 법이었고 수리는 휴대 전화에 새로이 추천받은 음악가의 이름을 입력하며 귀를 기울였다.

감당하기 어려운 일을 겪은 태림은 기특하게도 밝음을 유지했다. 피아노가 경매로 넘어가지 않게 된 게 다행이라면 다행이었다. 집안의 분위기가 전보다 무거워졌지만 다행히 회복 가능한 수준에 그쳤고, 태림은 침착하게 피아노와 거리를 뒀다. 대신 그 시간에 교과서와 문제집을 넘기며 공부에 집중한 덕분인지 가채점 결과, 만족스러운 대입 시험을 봤다고 태림은 말했다. 연말까지 조금 여유가 생겼으므로 오늘처럼 「악기점 아래에서」에 들러 피아노를 연주하고 가는 날이 많았다.

마음껏 피아노 앞에 앉았다 가는 태림의 얼굴은 한결 편안해 보였다.

"이제 불빛이 보이기 시작했어요, 저도."

태림이 문득 중얼거렸다.

사는 게 어두운 밤 같기만 했는데, 조금씩 좋은 일이 생기고 있었다.

수리는 턱을 괴며 가만히 미소 지었다. 이 아이가 보고 있는 희미한 불빛이 어서 빨리 또렷한 테두리를 갖게 되기를 바랐다. 빨리 등대의 불빛처럼 커지길. 그래서 이 조그만 남학생의 밤을 밝혀 주기를.

"누나, 연주회 기대돼요."

"응……?"

흐뭇하게 웃던 수리는 눈을 크게 떴다.

"누나가 피아노 치는 거 한 번도 못 봤잖아요, 전. 서호 형은 봤어요?"

수리는 휘청하며 테이블 위로 엎드렸다. 소문을 퍼뜨린 이가 누군지 짐작됐다. 별로 알리고 싶지 않은 피아노 실력인데도, 서호는 어쩐지 제 아이의 학예회라도 열리는 것처럼 여기저기 발표회 소식을 전했다. 난 네 딸이 아니잖아, 여자 친구잖아. 어느 날 중얼거렸을 때 서호는, 아빠도 되어 줄게, 하고 능청스럽게 선언했다.

수리는 엎드린 채 새끼손가락으로 커피 잔의 손잡이를 문질렀다. 애인과 아빠, 이 두 자리만으로도 벅찬데 나중에 혹여나 엄마마저 되어 주겠다고 할까 봐 가끔 조마조마하다.

"누나?"

태림이 덩달아 엎드리며 생각에 빠진 수리를 불렀다. 수리는 발그레한 뺨을 긁적이며 꼭 오지 않아도 된다고 당부했다. 그러나 태림은 크리스마스에 할 일이란 친구들과 PC방에 가거나 집에서 영화를 보는 일뿐이라며, 발표회에 반드시 가겠노라고 눈을 반짝였다.

알레그레토(Allegretto). '조금 빠르게'로 시작하는 템페스트 3악장은 잔잔하되 강렬한 선율이 주된 곡으로, 점잖게 휘어잡는 힘이 있었다. 청력을 거의 잃은 피아니스트의 음울한 열정이 고스란히 담긴 피아노 소나타였고 많은 이들에게 사랑받는 작품이었다.

처음 이 곡을 CD플레이어로 들었을 때를 수리는 지금도 기억했다. 템페스트 1악장을 연습하던 중이었다. 어느 연주자의 해석으로 녹음된 CD였으며 수리는 첫 마디가 나오자마자 반해 버렸다. 제대로 사로잡혔다. 늘 선생이 짜 오는 대로 피아노를 익히던 수리가 처음으로 먼저 나서서 배움을 청한 게 바로 이 곡이었다.

제목은 모든 것을 파괴하는 폭풍이지만, 건반으로 옮기는 풍경은 고요하면서 뜨거웠다. 연습하는 틈틈이 수리는 빌헬름 켐프의 연주 영상을 수십 번 돌려 보았다. 독일 피아노계의 거장 중 한 사람인 그는 화려한 기교 없이도 베토벤을 우아하게 해석하는 음악가였다.

그의 느긋한 폭발력을 좋아했다. 편안하고 아늑한 눈빛을 보면 한창 연주 중임에도 가만히 명상하는 것 같았다. 미끄러지듯이 이어지는 음표들을 순간순간 더해 갈수록 어떤 경지에 오른 여유가 보였다. 만약 베토벤이 약간의 청력을 갖고 되살아난다면 "바로 그거야!" 하며 박수를 보냈을 것이다. 습하거나 거칠지 않은 폭풍을 만들어 내는 감성이었으니까. 쉽게 흉내 내지 못할 분위기를 연주하니 작곡가로서 대견할 터였다.

빌헬름의 톤을 따라잡을 순 없을 것이다. 따라잡을 필요 역시 없다. 피아노를 치기 전 손톱을 단정하게 깎으며 수리는 생각했다. 하지만 단순히 악보를 외우고 연주 기법대로 건반을 누르는 것만으론 부족했다. 아마추어가 할 수 있는 최대치의 연주를 선보이려면 일단 충분한 연습이 필요하므로 수리는 다시 피아노 앞에 앉았다.

숨을 들이마시고 첫 음을 누른다.

악상 안의 하늘이 점차 어둑해졌다. 원래 템포보다 천천히 폭풍우를 만들었다. 느릿느릿 먹구름이 모이더니 비가 쏟아진다. 빗줄기가 점점 굵어지고 나뭇가지가 흔들리며, 간혹 잔해 같은 것들이 바닥을 쓸고 지나갔다. 수리가 만든 폭풍은 크기가 작았다. 바람의 위력도 크지 않았다. 겹음이 모이다가 미스 터치. 잘못 짚는 건반이 꽤 많아 버벅거렸고, 같은 마디를 여러 번 다시 치는 동안 폭풍은 형체를 잃고 희미해지다가 선명해지길 반복했다.

수리는 못마땅한 얼굴로 눈을 감았다 떴다.

'건반 누를 때 망치질하듯 치면 안 돼요. 잔뜩 힘줄 필욘 없어요.'

어느새 이마에 땀방울이 맺혔다. 손가락이 어느 정도 풀린 수리는
오래전 베토벤의 피아노 소나타에 마음을 뺏기던 순간을 상기하며 건
반을 눌렀다. 연습은 두 시간이 넘도록 계속되었다.

▮▮▮▮▮▮▮▮▮▮▮

토요일 아침. 늦잠을 자도 되겠지만 만나고 싶은 사람을 만나려고
일찍감치 눈이 떠지는 주말이었다. 동네 영화관에서 조조로 영화를
관람하고 나오니 어느덧 정오가 가까워졌다. 데이트를 서두른 이유는
주말마다 악기점 일을 거드는 서호를 배려해서였다.

피아노가 싫어진다면 그건 너 때문이야. 아침잠이 많은 서호가 투
정처럼 말했을 때 수리는 가만히 웃기만 했다. 나는 윤서호 때문에 피
아노가 좋아졌으니, 우리는 서로의 피아노에게 참 정반대의 마음을
갖게 되는 것이니 비긴 걸까.

"시간이 너무 빨리 가네."

아파트 단지를 향해 차를 모는 서호의 얼굴에 아쉬움이 배어 나왔
다. 팝콘을 잔뜩 먹고 나온 건 수리인데, 어쩐지 그에게서 캐러멜 팝
콘 향이 났다.

373

가까이 살고 있어도 생각보다 자주, 오래 만나지 못했다. 그렇다고 수리는 딱히 애가 타지 않았다. 워낙 오래전부터 혼자인 게 익숙해서인지도 모른다. 연애를 하더라도 수리는 대체로 소란스럽지 않았다. 전보다 말이 늘어나기는 했으나 과묵한 여자에서 아주 조금 벗어난 정도였다.

날이 갈수록 웃음도 많아졌지만 존재 자체가 햇님이고 달님인 서호에 비하면 한참 모자랐다. 어쩌면 정말 반대인 사람끼리 만난 거 아닐까, 이렇게 밝음의 정도가 다른데. 서호는 너무 환하고 수리는 아주 약간 밝았다.

'딴 데 보지 않고 너만 볼 것 같아.'

언젠가 누리가 그를 한 문장으로 단언한 적이 있었다. 서호의 밝음을 마음에 들어 하는 누리는 동생의 애인을 망설임 없이 치켜세웠다. 거의 칭송했다. 좋은 남자를 만난 것 같아서 다행이라고.

그러면서도 가끔 걱정 아닌 걱정을 하기도 했는데, 다른 사람들이 도무지 모른 체할 수 있는 밝음이 아니라는 것이다. 내가 눈여겨봤듯이 다른 누구도 볼 수 있고 어쩌면 생각보다 곤란해지기 쉬운 매력이라고 했다. 그러면서 덧붙이길, 너 역시 좋은 사람이므로 쓸데없는 걱정일지도 모르겠다고 누리는 말했었다.

말없이 차창 밖을 바라보던 수리는 몸을 틀어 그를 살폈다. 그리고 보니 요즘 들어 턱선이 갸름해진 것 같다. 후드 티에 파란 패딩 차림은 서호의 유쾌한 분위기를 더욱 돋보이게 했다. 정면을 보며 운전하던 서호가 시선을 느끼고 "왜?" 하고 물었다.

내가 너무 아무것도 아니라는 생각이 들게 한다. 그러면서 한편으로는 나를 대단한 사람처럼 느끼게 하는 남자다. 오래갈 수 있을까? 유효 기간이 반드시 있을 이 행복이 언제까지 이어질 수 있을지 느닷없이 불안해진다.

"얼마나······."

관찰을 끝낸 수리가 입을 열었다.

"얼마나 갈까? 지금 우리. 내 꺼 되면 점점 식는다잖아."

"······뭐?"

황당하다는 듯 웃음을 터트린 서호가 슬쩍 쳐다보았다. 마침 신호에 걸린 차가 천천히 멈춰 섰다. 넘겨짚기 어려운 마음속을 살피느라 침묵이 길어졌다. 장난처럼 던진 물음에 수리 스스로도 놀라고 있던 차에 신호가 바뀌고 다시 차가 움직였다. 사거리에서 막 우회전하며 서호가 말했다.

"임수리. 그런 걱정은 내 몫인데?"

안전벨트가 허용하는 범위 안에서 최대한 옆으로 몸을 틀고 앉아 있던 수리는 얼떨떨한 표정을 지었다. 거짓말처럼 안심하게 된다. 혹시 도돌이표 안에 갇힌 것처럼 느껴질 때가 오더라도 마디를 바꿔서 다시 연주를 하는 방식으로, 연애를 이어 갈 수 있지 않을까, 생각한 것보다 더 오랫동안 변주되면서 만날 수 있겠단 기대감 같은 것이 마음을 데운다.

아파트 입구에 도착하자 수리는 안전벨트를 풀었다. 그러고는 조금 상기된 얼굴로 조용히 말했다.

"연락할게."

그대로 내리려는데, 그녀가 했던 질문을 곱씹는 건지 별다른 말 없이 바라보던 서호가 불쑥 손목을 잡았다. 달칵, 안전벨트 풀리는 소리가 나더니 갑자기 입술이 가까워졌다.

"잊은 거 없어?"

놀란 수리는 눈을 빠르게 깜빡였다. 서호가 비스듬히 고개를 숙여 왔다.

순백의 피아노를 볼 수 있는 장소는 대체로 특별하다. 가정이나 학원을 제외하면 따로 시간과 비용을 들여 방문해야 하는 곳이었다. 이를테면 예식장과 레스토랑, 카페. 새하얀 피아노는 실내 장식품으로서 인기가 많았다. 악기일 뿐만 아니라 가구였고 그렇다 보니 관리가 잘된 피아노를 만나는 일이 드물었다. 중고 시장에서 역시 상태 좋은 피아노를 만나기 힘들었다. 대부분 노랗게 변색되거나 칠이 벗겨지는 등 리폼이 꼭 필요한 피아노들이 많았다.

그러나 오늘 만난 아이보리색 업라이트 피아노는 달랐다. 이제까지 고객의 집과 가정에서 만나 온 흰색 계열의 피아노 중에 가장 상태가 좋았다.

"예식장에서 쓰던 피아노래요."

단발머리가 잘 어울리는 젊은 고객이 웃으며 설명했다.

이 피아노를 만나려고 서호는 40분가량 운전하고 온 터였다. 악기점에서 제법 먼 곳에 있는 주공 아파트였다. 전화로 먼저 상담을 해 온 고객은 서호 또래의 여자였는데, 남편이 틈틈이 모은 목돈으로 선물한 중고 피아노라고 소개했다. 그러니까 사랑의 증표인 '영창 U-121' 모델이 2층의 신혼집에 자랑처럼 놓여 있었다.

서호는 피아노를 자세히 살폈다. 건반은 깨끗했고 페달 역시 문제없었다. 음향판은 물론이고 액션과 해머 등 내부 상태 역시 깔끔했다. 건강했다. 수많은 결혼 행진곡을 연주했을 피아노는 지난 세월 동안 소중히 관리받아 온 것이 틀림없다. 적당한 시기마다 꼼꼼히 관심을 주고 보살폈을 누군가의 정성이 고마운 건, 조율사로서 날마다 느끼고 싶은 감정이다.

운 좋은 녀석. 서호는 다시 한번 속으로 중얼거렸다. 이곳, 젊은 부부의 단란한 신혼집에서도 피아노는 편히 머물 수 있을 것이다. 책상 옆에 놓인 턴테이블과 스피커, 그리고 빽빽이 꽂혀 있는 각종 LP, CD

를 보니 바로 알 수 있었다. 클래식을, 팝송과 가요를 사랑하는 부부라는 것을.

"상태 좋네요."

조금 처진 음만 제대로 올려놓으면 완벽해질 터다. 서호는 피아노 의자를 멀리 밀어 놓곤 패딩을 벗었다. 한참 조율을 하는 중에 여자가 방울토마토와 직접 내린 드립 커피를 내왔다.

"잠깐 드시고 작업하세요."

"감사합니다."

잠시 목을 축이며 서호는 벽에 걸린 웨딩 사진을 바라보았다.

"사실 오늘 결혼기념일이에요."

그의 시선이 머문 곳을 바라본 여자가 조곤조곤 말을 늘어놓았다.

"이따 남편이랑 외식하고 영화 보기로 했어요. 같이 영화 보는 게 얼마 만인지."

"축하드립니다."

서호는 부러움을 숨기지 않고 웃었다. 피아노 관리법과 중고 거래 시장에 관한 대화까지 몇 차례 주고받으니 어느덧 15분이 훌쩍 지나가 있었다. 마저 조율 작업을 끝낸 서호는 안경을 고쳐 쓰며 긴 숨을 내쉬었다.

잘 지내라. 예쁨 많이 받으면서.

보면대를 잡은 채 평범한 행운을 빌었다.

"조율 끝났습니다."

돌아선 서호가 외쳤다. 연장 가방을 챙기는 동안 여자에게 간단한 연주를 권했다. 티 없이 깨끗한 소리를 확인한 고객이 만족스러운 미소를 지었다.

"좋은데요."

"앞으로도 잘 관리해 주세요."

조율비가 담긴 흰 봉투를 건네며 여자가 고개를 끄덕였다.

"저기."

현관으로 향하던 서호가 문득 할 말이 있는 얼굴로 돌아섰다.

"결혼하면, 외식하고 영화 보는 게 좀 다르게 느껴지나요?"

"네?"

무슨 말인가 싶어 잠시 눈만 깜박이던 여자가 높은 음으로 웃음을 터뜨렸다. 아이보리색처럼 환하고 부드러운 웃음이다. 서호도 마주 웃었다. 비슷한 채도의 웃음이 눈높이에서 흩어졌다가 모여든다. 연애 중이시구나, 단번에 그를 간파한 여자가 눈을 찡긋하며 웃었다.

"더 특별해져요. 상대가 특별한 사람이라면요."

▌▌▌▌▌▌▌▌▌▌

하늘이 어둑해져 간다. 누군가 불러 모으기 시작한 듯이 거뭇한 구름이 흘러가고 있다. 오후 늦게 진눈깨비 섞인 비가 예보된 날이었다. 꼬마전구로 칭칭 감긴 나무가 군데군데 보였다. 코트 주머니에 한 손을 넣은 서호는 다른 손으로 장우산을 고쳐 쥐며 걸었다. 지팡이처럼 바닥을 툭툭 치기도 했다.

날이 저물면서 바람이 더 매서워졌는데도 명동 한복판은 사람들로 붐볐다. 관광객이 모여든 도심 한가운데는 오늘도 떠들썩했다. 퇴근 후 곧장 버스를 타지 않은 건 선물을 사기 위해서였다. 수리와 처음으로 함께 보내는 크리스마스였다. 굳이 의미를 두지 않으면 아무것도 아닌 날이 되겠지만 올해는 특별하게 보내고 싶었다.

캐럴과 가요가 한데 겹쳐 들려왔다. 시끌벅적한 상점을 하나하나 살피며 걷던 서호는 벨기에 초콜릿 전문점 앞에서 멈춰 섰다. 이 일대에서 입소문이 자자한 가게로, 언젠가 동료 직원이 밸런타인데이 때 선물로 받은 것을 줘서 먹어 본 적 있는 브랜드였다. 쇼윈도 너머로 보이는 다양한 초콜릿에 눈길을 뺏긴 그는 유리문을 열고 들어섰다. 따뜻한 공기가 훅 몰려오자 안경 렌즈에 김이 서리기 시작했다.

"어서 오세요!"

갈색 유니폼을 입은 직원 서너 명이 입 모아 인사했다.

진한 초콜릿 향이 코끝을 파고든다. 캐럴이 흐르는 상점 안에는 이미 초콜릿을 구경하는 사람들로 발 디딜 틈이 없었다. 한쪽에는 가격대에 따라 다른 크기의 하트 모양 상자가 진열돼 있었다.

허리를 조금 굽히며 진열대를 훑는 눈빛이 진지하게 반짝였다. 뭐가 맛있으려나, 꼼꼼히 둘러봤지만 전부 다 먹음직해 보였다.

헤이즐넛이 첨가된 물방울 모양의 초콜릿. 건포도가 박힌 화이트초콜릿. 오렌지가 조각조각 들어간 다크초콜릿. 종류만 해도 열 가지가 훌쩍 넘었다. 게다가 아까부터 핫초콜릿을 제조하는 직원 덕분에 군침이 돌고 있었다. 한 잔 마실까 고민하다가 서호는 저도 모르게 "안 돼." 중얼거렸다. 옆에 서 있는 청년이 제게 한 말인가 싶어 힐끔거리는 걸 모르고, 다시금 다짐했다.

참아야 했다. 요즘 그는 군것질을 최대한 줄이며 몸만들기에 신경 쓰고 있었다. 불끈거리는 근육질 몸까지는 아니더라도 균형 잡힌 몸매로 유지하고 싶었다. 탄탄한 체격을 목표로 한 노력은 그의 식습관마저 바꿔 놓았다. 어느 날엔가 희영은 집으로 배달돼 온 닭 가슴살 한 박스를 보곤 웬일이냐면서 놀리기까지 했다. 실은 운동하는 그를 본 석주가 응원하마! 외치더니 선물로 주문한 것이었다.

"이걸로 주세요."

오랜 고민 끝에 중간 크기의 선물 세트를 구입했다. 서호는 포장을 기다리는 동안 벽에 기대섰다.

"이번에 한정으로 나온 초콜릿이에요."

조각낸 초콜릿을 담은 앞접시를 든 직원이 손님들 사이를 오가며 시식을 권했다. 갈등하던 서호는 한숨과 함께 활짝 웃었다.

"감사합니다."

마다하지 않고 하나 입에 털어 넣었다. 혀끝에 닿는 순간 거짓말처럼 녹으며 단맛이 퍼진다. 입자 고운 가루를 먹는 느낌이었다. 최근 먹어 본 초콜릿 중에 가장 진하고 달았고, 곧 강력하게 행복해졌다. 일주일 치 피로가 풀리는 기분이다.

서호는 빙긋이 올라가는 입매를 엄지로 매만졌다. 근처 테이블에 앉아 핫초콜릿을 홀짝이던 사람들이 그를 흘긋 쳐다보았다. 캐시미어 코트의 제일 끝 단추를 푼 그는 이제 각종 초콜릿 상자가 가득한 선반 앞에서 허리를 숙이고 있었다. 아무것도 눈치채지 못했다. 제 모습이 아까부터 가게 안 손님들의 시선을 끌고 있다는 것을.

"애인 선물 고르는 거겠지?"

한 여자가 속삭였다.

"그렇겠지."

맞은편에 앉아 있는 여자가 턱을 괴며 부러운 눈빛을 했다. 누가 봐도 각별한 사람을 위해 초콜릿을 고르는 얼굴이었다. 그렇지 않다면 저렇게 웃을 리 없다고, 틀림없이 누군가를 아끼는 중인 사람만이 지을 수 있는 미소라고 사람들은 생각했다. 감출 수 없는 게 있었다. 드러날 수밖에 없는 넉넉한 감정이 저기, 저 남자에게 비친다.

유리창 밖으로는 어느새 겨울비가 내리고 있었다. 퍼붓는 게 아닌 얼었다가 녹는 것처럼 추적추적 내리는 비였다. 하나둘 펴진 색색의 우산들이 거리를 가득 메워 갔다.

‖‖‖‖‖‖‖‖

보통날과 다른 날이었다. 스웨터에 코르덴 바지를 입은 수리는 거울 앞에서 립스틱을 바르다가 눈을 질끈 감았다 떴다. 이런 날, 어째서 화장이 잘 안 받는 건지. 괜한 근심이 솟는다. 너무 짙은가 싶어 휴지로 입술 위를 살짝 두드린 수리는 시간을 확인하곤 서둘러 집을 나섰다.

날은 화창했지만 바람이 매서웠다. 얼굴이 거의 파묻히다시피 목도리를 칭칭 감았다. 아파트 현관을 나가자 바람에 머리카락이 세차게 흩날렸다. 헝클어진 머리를 빗어 넘기며 수리는 주위를 두리번거렸다. 갈색 코트를 입은 서호가 주머니에 두 손을 꽂은 채 화단 앞에 서 있었다.

"춥지."

"엄청 춥다."

종종걸음으로 다가가자 서호가 빨개진 귓불을 만지며 웃었다. 가죽 장갑을 낀 손이 어느 때보다 커 보였다. 수리는 그의 목도리를 고쳐 둘러 주곤 보일 듯 말 듯 미소 지었다. 날이 날이니만큼 대중교통을 이용하기로 했다. 추워서 이동하기 불편하지만 길이나 주차장에서 시간을 다 보내는 것보다 낫겠다 싶어 내린 결정이었다.

"길 많이 막히려나."

"크리스마스니까."

버스 정류장으로 향하며 공원을 가로질렀다. 소나무며 은행나무 가지마다 지난주에 내린 눈이 하얗게 남아 있다. 바닥에는 눈이 녹았다가 언 흔적이 군데군데 있었고, 두 사람은 넘어지지 않게 조심하며 걸었다. 장갑 사이로 전해지는 체온이 따뜻했다. 그의 손을 힘주어 잡으며 하늘을 올려다보았다. 구름 한 점 없는 파랑 속에서 비행기가 지나가고 있었다.

"나중에, 멀리 놀러 갈까?"

12월 말의 하늘을 바라보며 서호가 불쑥 물었다.

"가고 싶은 나라 있어?"

"통가."

"통가?"

"남태평양에 가고 싶어. 혹등고래 보러."

낯선 이국을 떠올리며 수리는 전에 없이 큰 목소리로 설명했다. 언젠가 티브이에서 방영된 다큐멘터리를 보고 알게 된 나라였다. 뉴질랜드의 북동쪽에 위치한 170여 개의 섬나라. 수리는 상상했다. 에메랄드빛 바다와 따뜻한 해양성 기후가 넘실거리는 풍경 속에 언젠가 서호와 함께 서 있는 모습을. 생각만으로도 추위가 조금 가시는 기분이 들어 맞잡은 손을 즐겁게 흔들었다.

서호는 가만히 웃었다. 어떠한 망설임도 없이 이야기를 늘어놓는 수리를 보는 게 좋았다. 수다스러운 축에는 끼지도 못하지만 날이 갈수록 말이 많아지는 수리를 보면, 차분한 그 목소리를 가만히 듣고 있으면 이루 말할 수 없을 정도로 가파르게 기뻐졌다.

조금 더 말해 줘. 네 계획들, 경계 없이 솔직한 감정, 표정까지 전부. 보채고 싶어진다. 덩달아 기분이 좋아진 서호는 "가자, 통가!" 하면서 웃다가 넘어질 뻔했다.

예술 영화관에서 독립 영화를 관람하고 나오자 바람이 잦아들어 있었다. 가까운 중식당에서 요리를 시켜 먹고 나니 겨울 추위가 조금 누그러진 것 같았다. 기분 탓이겠지, 수리는 웃음을 삼키며 생각했다. 배도 부르고, 오랜만의 데이트 덕분에 약간의 긴장감을 느끼고 있었다. 추위를 타기엔 조금 정신이 없었다. 광화문에서 명동 방향으로 천천히 걷다가 늦지 않게 버스를 탔다.

"긴장돼?"

차창 너머를 물끄러미 바라보고 있자 서호가 물었다. 곧장 피아노 학원으로 가는 길이었다. 그는 수리를 바래다준 뒤 악기점에 들렀다 학원으로 오기로 했다. 오늘 저녁 발표회용으로 쓰일 그랜드 피아노를 조율할 예정이었다.

"조금."

수리는 고개를 끄덕이다가 불쑥 울상을 지었다.

"사실, 많이."

서호는 저도 모르게 웃고 말았다. 오늘, 또 다른 얼굴을 봤다. 표정 수집가도 아닌데 수리의 새로운 모습을 발견할 때마다 기분이 좋았다. 불안을 어쩔 줄 몰라 하는 표정이 귀여웠다.

"베토벤이라. 기대되는데?"

수리는 앓는 소리를 작게 내며 차가워진 손끝을 마주 잡았다. 잘 치려고 피아노 앞에 앉는 게 아니었지만 떨렸다. 사람들 앞에서 연주라니, 뒤늦은 절망이 솟아 끔찍해지는 마음도 모르고, 옆에서 서호는 자꾸 웃었다.

"오늘 조율은 특히 신경 써야겠다."

언제는 안 그랬겠냐마는. 수리는 그를 흘겨보다가 두 손을 들어 올렸다. 건반 없이 연습을 시작했다.

허공에서 건반을 짚는 열 손가락을, 서호는 유심히 바라보았다. 조금만 더 기다리면 수리가 치는 피아노를 들을 수 있다. 기대감으로 반짝이는 시선 때문에 연습은 오래가지 못했다.

피아노 학원 입구에 짧은 레드 카펫이 펼쳐졌다. 원생들을 대상으로 한 작은 연주회지만 아무래도 강 원장이 단단히 준비를 한 모양이었다. 11월 말부터 입구에서 원생과 보호자 들을 맞아 온 커다란 트리는 오늘 저녁에도 꼬마전구를 감싼 채 한껏 빛나고 있었다.

코트를 벗은 수리는 원장실과 연습실을 분주히 오가며 막바지 준비를 돕고 있었다. 잇따라 도착하는 사람들로 학원은 북적거리기 시작했다. 초등학생부터 예대 입시를 준비하고 있는 고등학생까지 다양한 연령대의 사람들이 모였고, 그들의 연주를 보러 온 지인과 친구들이 대부분이었다. 청중이라고 해 봤자 가족 단위의 사람들이 많았다.

인디언 핑크색 스웨터를 입은 수리는 학원 입구에 줄지어 내놓은 책상 위에 핑거 푸드를 날랐다. 새하얀 자기 그릇에는 크래커와 청포도, 귤, 버터쿠키가 가득 담겨 나왔다. 책상 한편에는 화이트와인과 미성년자를 위한 오렌지주스가 꽃 장식과 함께 놓여 있었다.

마지막으로 피아노 상태를 점검한 서호는 건반 뚜껑을 열어 두고 멀찍이 접수대 앞으로 걸어가 한숨 돌렸다. 그새 땀이 맺힌 이마를 손등으로 대충 닦았다. 강 원장이 몇 시간 전에 챙겨 준 사이다를 마시면서도 눈으로는 수리를 좇았는데, 분주함과 긴장감 속에서 조금 멍해 보였다. 완전히 캔을 비운 그는 고개를 돌렸다.

조금 전까지 그의 손으로 낱낱이 살핀 검은 피아노 한 대가 학원 정중앙에 꼿꼿이 놓여 있다. 오랜만에 비좁은 연습실을 벗어난 피아노는 조명 바로 아래 놓여서 그런지 윤기가 흐르는 것처럼 보인다.

처음 차를 샀던 날이 떠오른다. 고르고 골라 유행을 덜 타는 어두운 색상의 SUV를 뽑았던 날. 주차장에 반듯이 주차된 새 차를 바라보며 뿌듯하게 중얼거린 적이 있다. 잘 부탁한다고, 별일 없이 달리자고. 첫 주행을 앞두고 설레었던 그때는 기대감만큼 근심도 가슴 한편에 버티고 있었다.

오랜만에 피아노 앞에 앉게 되는 기분도 비슷하지 않을까. 익숙지 않은 차로 처음 도로 위에 나서는 것처럼 낯설고 떨릴 것이다. 그러나 지금 조명을 받고 서 있는 그랜드 피아노는 흠잡을 데 없이 훌륭하다. 강 원장이 아껴 준 덕분에 오늘 밤 연주자들은 악기를 걱정할 필요가 없었다.

가장 좋은 소리를 내 줘.

잘 부탁한다, 서호는 눈으로 말을 걸었다.

그리 넓지 않은 평수의 학원이 사람들로 꽉꽉 찼다. 피아노 반 사람 반이었다. 시작부터 제대로 분위기가 무르익었다. 강 원장이 틀어 놓은 캐럴이 분위기를 띄우는 데 한몫해서, 작은 발표회는 화려한 파티 현장이 됐다.

"선생님!"

화장실에 다녀온 수리는 손의 물기를 털다가 흠칫했다. 어린이집이 아니어도 누군가 선생님, 하고 부르는 목소리가 들리면 습관처럼 돌아보게 된다. 설마 나를 부르는 거겠어, 가벼운 마음으로 돌아서는

데 낯익은 여자아이가 꽃다발을 들고 달려와 무릎께에 안겼다. 준영이었다. 멀지 않은 곳에 유정이 손을 흔들며 서 있었다.

"어떻게……."

어떻게 알고 왔냐고 물으려던 수리는 가만히 입을 다물었다. 유정이 고갯짓으로 수리의 등 뒤를 가리켰다. 저 뒤에서 의자를 꺼내 와 정리하고 있는 서호가 보였다. 편지를 나르는 비둘기처럼, 발표회 소식을 부지런히도 곳곳에 전한 모양이다.

"고마워. 준영아."

준영의 동그란 머리를 쓰다듬은 수리는 유정에게 고개를 끄덕여 보였다. 건네받은 장미 몇 송이를 손에 꼭 쥐고 학원을 훑어보았다. 누리와 태림이 나란히 앉아 귤을 까먹고 있었다. 어느새 친해진 건지 웃으며 대화 중이었다. 수리는 못 말린다는 표정으로 작게 한숨을 쉬었다. 언니를 제외한 사람들은 전부 저 남자가 부른 걸 테지. 처음 각오했던 최선보다 조금 더 정성을 들여야겠구나, 수리는 가슴에 손을 얹으며 긴 숨을 내쉬었다.

잠시 후 조명이 꺼졌다. 피아노 바로 위의 전등만 남겨 둔 채 학원은 캄캄해졌다. 어둠 속에서 피아노를 빙 둘러앉은 사람들은 산타 모자를 쓴 강 원장이 앞에 서자 박수를 쳤다. 검정 원피스를 입은 그녀는 누구보다 들떠 보였다. 오늘을 위해 특별히 네일 아트까지 받았다고 했다.

"날이 많이 추운데도 정말 많이 와 주셨네요. 감사합니다."

박수가 잦아들길 기다린 강 원장은 긴말 않고 시작을 알렸다.

"그럼 동산초등학교 1학년, 박혜령 양의 연주로 시작해 볼게요. 박수로 맞아 주세요!"

옆으로 몇 걸음 물러난 강 원장이 박수를 치며 환호를 이끌어 냈다.

상아색 정장과 나비넥타이 차림인 여자아이가 도도한 얼굴로 피아노 앞에 앉자 아이의 보호자로 보이는 여자 둘이 커다랗게 파이팅을 외치며 박수를 쳤다. 아이가 작은 두 손을 펼쳐 야무지게 건반을 누르기 시작했다. 모차르트의 '작은 별 변주곡'이었다.

수평선 너머에 있어야 할 별이 이 밤, 한국의 아담한 피아노 학원 안에 가득 떠다녔다. 작지만 힘 있는 열 손가락은 중력과 각종 법칙을 가볍게 부수고 작은 별들을 이곳으로 끌어당겼다.

별이 팽이처럼 떠돈다.

설탕 같은 가루가 간간이 흩날린다.

하나의 주제를 가진 변주곡이 명랑하게, 때로는 잔잔하게 울려 퍼졌다. 왜소한 몸에서 나오는 풋풋한 폭발력. 입술을 오므린 채 집중한 아이의 옆모습에서 수리는 눈을 뗄 수 없었다. 틀린 부분 하나 없이 적당한 빠르기의 곡이 이어지는 동안 가슴이 쿵쾅거렸다.

긴 제목을 가진 변주곡이 사뿐사뿐 끝을 향해 나아갔다.

망설이지 않고 건반을 누르는 기세. 당당히 풍겨 나오는 자신감을 안고서 마지막으로 치닫는다. 아이가 엉덩이를 들썩거리며 건반에서 손을 떼자 박수가 터져 나왔다. 수리는 가져 본 적 없는 재능이 바로 저 앞에서 빛나고 있었다. 대견하게도, 많은 연습량을 투명하게 보여 주는 무대였다.

미리 안내받은 대로 수리는 피아노 가까이 서 있었다. 연주를 마친 아이가 의자에서 일어나며 수리에게 생긋 웃어 보였다. 순간 가슴이 덜컹했다. 이제 그녀의 차례였다.

"연습할 때보다 훨씬 잘했네요. 우리 학원의 샛별, 박혜령 양이었 구요. 다음 순서는 성인 취미반의 임수리 씨입니다!"

강 원장의 소개를 받으며, 수리는 어색하게 미소 지었다. 의자와 피아노 간격 사이를 조절해 앉고는 새하얘지려는 정신을 간신히 붙잡 았다.

"임수리 파이팅!"

누리가 어둠 속에서 갈라진 목소리로 외쳤다. 그에 질세라 태림이 누나, 하면서 환호성을 내질렀다. 침을 삼키며 수리는 눈을 감았다 떴 다. 기분 탓인지 어깨가 굳어 있는 것만 같다. 괜찮아. 수리는 속으로 중얼거리며 두 손을 뻗었다. 사방이 고요했다. 청중들이 두 번째 연주 가 시작되길 숨죽인 채 기다리고 있었다.

수리는 떨리는 손으로 첫 음을 눌렀다. 그동안 수없이 연습한 베토벤의 템페스트 3악장을 머릿속으로 그려 가며 연주하자 건반 위로 작고 초라한 바람이 나타나기 시작했다.

바람의 세기는 차분히 세졌다. 급할 것 없이 침착하게 바람의 규모가 커져 갔다. 점점 손끝이 뜨거워지는 기분이 들었다. 빼곡히 붙어 있는 음표 사이로 부지런히 페달을 밟았다. '작은 별'을 들어서일까, 젊은 시절의 엄마가 생각났다. 먼 기억 속에서 건강하고 반짝이던 엄마가 어렵지 않게 복원됐다. 묵직한 소리들을 만들며 수리는 희미하게 웃었다.

'좋다. 누구 거야? 쇼팽?'

템페스트를 처음 연습한 날. 빨래를 하다 말고 방으로 들어온 엄마가 물었다. 두 손에 낀 분홍색 고무장갑에선 물이 뚝뚝 떨어지고 있었다.

'베토벤'

흥분을 감추고 무심하게 대답하자 빙긋이 웃던 엄마.

'대단하네.'

'대단하지.'

엄마, 당신에게 말씀드려요. 피아노 앞에 다시 앉게 된 나를. 거기
에서 잘 지켜봐 줘요.

"설마 자정이 다 돼서 끝날 줄이야."

녹지 않은 눈을 밟으며 서호가 말했다. 그의 입가에서 하얀 입김이
흩어졌다. 발표회가 모두 끝나고 간단히 차만 마셨을 뿐인데 시간은
벌써 새벽 1시가 가까워져 있었다. 2차로 노래방을 가겠다는 무리에
서 간신히 빠져나온 두 사람은 동네를 걷고 있는 중이었다.

긴 하루였다.

수리는 혀를 살짝 내밀며 고개를 숙였다. 어떻게 연주를 마쳤는지
모르겠다. 천천히 자리에서 일어나는 순간 기다렸다는 듯이 쏟아지던
박수. 피아노 소리만이 전부였던 시간이 끝나고 나서 밀려오던 세상
의 소리. 오늘 밤의 모든 순간이 꿈만 같다.

기억이 맞는다면 건반을 잘못 짚기도 했다. 그러나 실수와 상관없
이 격려가 쏟아졌다. 멀리 사람들 틈에 섞여 앉아 있는 서호가 입 모
양으로 말을 건넸다.

'잘했어.'

그제야 수리는 안도의 웃음을 터뜨렸다.

그 후 남은 무대는 마음껏 즐길 수 있었다. 강 원장이 연주 중간마다 던지는 농담에도 마음 놓고 웃을 수 있었다. 파티가 이제 막 시작된 기분이었다. 수리는 피아노를 멍하니 바라보며 눈을 몇 번이나 비볐다. 그리고 마음 놓고 웃었다. 재잘거리는 태림의 옆에 앉아, 누리의 울먹이는 시선을 모른 척하며, 눈이 마주칠 때마다 마주 웃어 주는 유정과 준영을 바라보기도 하면서.

가로등 아래 다다르자 서호가 걸음을 멈췄다.

"손 좀 줘 봐."

가죽 장갑을 낀 두 손을 등 뒤로 감춘 채 장난스럽게 웃는다. 수리는 어리둥절한 얼굴로 한 손을 내밀었다. 연보라색 털장갑 위로 서호는 작은 상자를 올려 주었다.

"초콜릿?"

상표명이 낯익었다. 포장지에 붙은 빨간 리본을 건들며 수리는 고개를 들었다. 서호가 안경을 밀어 올리며 대답했다.

"초콜릿."

밤이 깊어 거리는 조용했다.

고개를 돌릴 때마다 다정한 눈과 마주쳤다. 미소만으로 전해지는 것이 있었다. 횡단보도를 건너, 수령이 오래된 느티나무 아래를 지날 무렵 수리는 코끝에 닿는 차가움을 느끼고 하늘을 올려다보았다. 멀리서부터 눈이 내리고 있었다.

"아…… 눈이야!"

아이처럼 외치는 수리를 돌아보며 서호가 웃었다.

"일기 예보 빗나갔네."

초콜릿 상자를 끌어안은 수리는 다른 손을 쭉 뻗어 눈을 받았다. 눈송이는 닿자마자 보드라운 털실 속으로 녹아들었다. 스며들면서도 어느 간판 불빛을 받아 반짝였다. 한 걸음 앞에서 서호가 캐럴을 흥얼거렸다. 그에게 팔짱을 끼며 수리는 고마워, 속삭였다. 별은 하나도 안 보였지만 밤이 환했다.

〈끝〉

작가 후기

안녕하세요. 만나 뵙게 되어 반갑습니다. 『피아노 급히 삽니다』를 쓴 정은구입니다.

처음 『피아노 급히 삽니다』를 구상하고 쓰기 시작한 건 2017년 초. 그 때로부터 6년이 넘는 시간이 흘러 책이라는 물성을 갖게 되었다는 사실 이 여전히 믿기지 않고 신기합니다. 노트북의 폴더 한편에 밀어 두었던 『피아노 급히 삽니다』를 다시 열어서 수리와 서호를 만나는 동안 즐거웠 습니다.

무척 서툴고 풋내 나던 시절, 피아노를 둘러싼 사랑 이야기를 짓고 싶 다는 일념하에 한 문장 한 문장 써 내려갔던 시간이 바로 어제 일처럼 역연합니다. 그 시절의 저와 지금의 저는 제법 많이 변했는데, 수리와 서호는 그대로인 것 같아 감회가 새롭기도 했습니다. 마침내 두 사람의 이야기를 전할 수 있어서 기쁩니다. 혹시 기다려 준 분이 계신다면, 기다려 주셔서 진심으로 감사하다는 인사를 보냅니다. 피아노 매매 광고지 한 장에서 시작된 『피아노 급히 삽니다』가 많은 분들께 가닿았으면 좋겠어요.

한 권의 책을 선보이고 나니 고마운 분들이 늘어갑니다. 『피아노 급히 삽니다』를 세심히 살펴 주신 이경순 편집자님께 존경과 감사한 마음을 전합니다. 오래전 많은 응원을 주신 박경희 편집자님, 김민지 편집자님, 심은지 편집자님, 킴쓰컴퍼니 작가님, 신이지기님 등께 용기 내어 감사한 마음을 전합니다. 어디서든 안녕히 잘 지내고 계시리라 믿어요.

『피아노 급히 삽니다』를 손에 들어 주고 책장을 넘겨 주신 독자님들께도 깊이 감사합니다. 덕분에 수리와 서호가 책장 너머에서 살아 숨 쉴 수 있게 되었습니다. 언젠가 다음 이야기의 주인공들과 찾아뵐 때까지 건강하시길 빕니다.

2023년 겨울
정은구

* 참고 도서

서상종 『피아노조율과 관련기술』 일진사, 2014.
세이모어 번스타인 『자기발견을 향한 피아노 연습』 음악춘추사, 백낙정 옮김, 2011.
야나기다 마스조 외 『악기 구조 교과서』 보누스, 안혜은 옮김, 2018.

피아노 급히 삽니다

1판 1쇄 찍음 2023년 11월 17일
1판 1쇄 펴냄 2023년 11월 24일

지은이｜정은구
펴낸이｜정 필
펴낸곳｜(주)뿔미디어

기획·편집｜이경순
표지·디자인｜우 물

출판등록｜2002년 9월 11일 (제1081-1-132호)
주소｜경기도 부천시 원미구 소향로17, 303(두성프라자)
전화｜(032)651-6513 팩스｜(032)651-6094
E-mail｜dahyangs@naver.com
블로그 ｜http://blog.naver.com/dahyangs
비북스 ｜http://b-books.co.kr

값 9,000원

ISBN 979-11-6973-892-7 03810